HANS ERNST

WETTERLEUCHTEN ÜBER ROSSGOTTEN

HANS ERNST

Wetterleuchten über Roßgotten

Roman

TITANIA-VERLAG STUTTGART

Umschlag-Foto: Bildarchiv Huber/Simeone
Druck und Einband:
Ueberreuter - Korneuburg/Austria
Verlags-Nr. 9487
ISBN 3 7996 9487 0
Set: ISBN 3 7996 9488 9

Dem Mädchen Barbara war es schon in der Wiege von einer weisen Frau gesagt worden, daß ihr Lebensweg von Irrtümern und Wirrnissen beladen sein werde.

Die weise Frau, von der Mutter des Mädchens daraufhin befragt, wieso dies festzustellen sei, erwiderte darauf, daß dies an den Augen des Kindes abzulesen sei. Diese stünden etwas schräg auseinander und hätten das eigentümliche Blau zwischen Vergißmeinnicht und den Flügeln einer Libelle, eine undefinierbare Farbe, die es nur äußerst selten an Menschenaugen zu sehen gäbe.

„Kann man dagegen nichts tun?" fragte die Mutter, die sich von dem merkwürdigen Aberglauben einspinnen ließ.

„Dagegen läßt sich nichts tun. Die Farbe der Augen wird so bleiben."

„Nein, ich meine gegen die Irrwege und Wirrnisse."

Nicht viel. Oder — man könnte das Kind nur gefeit machen, indem man ihm mit dem Saft einer Jesuswundenwurzel die Herzgegend einreibe und dabei dreimal hintereinander den Namen der Heiligen Dreifaltigkeit ausspreche. Dies müsse geschehen bei aufnehmendem Mond in einer Freitagnacht kurz vor zwölf Uhr, gerade so berechnet, daß das letzte Wort beim ersten Glockenschlag der Mitternachtsstunde zu Ende gesprochen sei.

Es wurde genau befolgt, und das Mädchen hatte ein paar Tage ein rotes Mal auf der Brust, das der Vater, der nicht abergläubisch war, mit kaltem Wasser wegwischte, weil nach seiner Meinung doch kein Mensch dem entrinnen könne, was ihm vom Schicksal vorbestimmt war.

Sie lebten damals in einem kleinen Landstädtchen. Der Vater war ein kleiner Beamter beim Finanzamt. Er starb ganz unerwartet an einem Herzschlag, als

Barbara fünf Jahre alt war und ihr Erinnern gerade so weit ausreichte, daß dieser Vater sie sehr lieb gehabt hatte, und daß er ein Mensch von selbstloser Güte gewesen war. Seine anderen Tugenden, sein Gerechtigkeitssinn, seine strenge, beinahe pedantische Pflichtauffassung in- und außerdienstlich, seine schwärmerische Liebe zur Natur und alles, was damit zusammenhing, das alles war noch nicht in Barbaras kindliches Bewußtsein eingedrungen. Aber es mochte sein, daß sie manches davon von ihm vererbt bekommen hatte. Ihre Schulaufgaben erledigte sie mit peinlicher Genauigkeit, hatte in der dritten Klasse eine Schrift wie gestochen, so daß sie im Jahre darauf auf Anraten der Lehrerin in eine höhere Lehranstalt gegeben wurde.

Das aber war das Ungeschickteste, was Frau Ponkraz je getan hatte. Vielleicht hatte auch die Eitelkeit sie vorübergehend dazu verleitet. Im Grunde genommen wollte sie etwas ganz anderes und strebte es die Jahre über auch zielbewußt an.

Nach dem schnellen Tod ihres Mannes hatte sich Frau Helene Ponkraz eine Heimarbeit angenommen und verdiente damit soviel, daß sie sich und Barbara damit ernähren konnte. Die kleine Pension, die sie erhielt, legte sie Monat für Monat auf Heller und Pfennig zurück und hatte zehn Jahre nach dem Tod ihres Mannes soviel, daß sie daran denken konnte, ein kleines landwirtschaftliches Anwesen zu erwerben.

Selbst vom Lande stammend, hatte sie sich noch nie so richtig heimisch gefühlt in der Stadt. Obwohl es nur eine kleine Provinzstadt war, glaubte Frau Ponkraz, daß das Laster in allen Winkeln und Gassen blühe. Sie sah eine Gefahr für die heranwachsende Barbara, und da sie über die langen Jahre hin nie vergessen hatte, was dem Kind einmal in der Wiege gesagt worden war von den Irrtümern und Wirrnissen, glaubte sie dem am besten begegnen zu können, wenn sie aus der Stadt fortzog und in die Einsamkeit ländlicher Abgeschiedenheit flüchtete, die der sensiblen Veranlagung des Mädchens Barbara wohl am besten bekommen werde.

Barbara war gerade fünfzehn Jahre alt, ein hoch aufgeschossenes Geschöpf von erschreckender Magerkeit, noch vollständig unentwickelt in den Proportionen. Nur ihre Augen hatten noch den gleich schönen Glanz und dieses merkwürdige Blau, das von langen, dunklen Wimpern umschattet wurde. Ihr früher ganz hellblondes Haar war jetzt vom Scheitel heraus etwas nachgedunkelt und hatte einen leichten Goldton. Obwohl schon so groß, trug sie die Zöpfe noch auf die Brust herabhängend, weil die Mutter der Mode keine Zugeständnisse machen und möglichst lange ein Kind haben wollte, das sie behüten konnte.

Merkwürdigerweise hatte aber Frau Ponkraz nie zu Barbara von ihren Plänen gesprochen. Und erst als ihr durch einen Häusermakler das Rechte vermittelt worden war und sie zum nächsten Ersten bereits die Wohnung gekündigt hatte, setzte sie Barbara an einem Septembermorgen von der vollzogenen Tatsache in Kenntnis.

Frau Ponkraz betrachtete dies als einen feierlichen Augenblick in ihrem und ihres Kindes Leben. Barbara hatte im Institut viel Gutes gelernt, vor allem auch, daß man einer Mutter nicht widersprechen dürfe; sie hob darum nur langsam die langen Wimpern, setzte das Rühren in der Kaffeetasse aus und sah die Mutter erwartungsvoll an.

„Ja, es ist so, mein Kind“, wiederholte die Mutter feierlich. „Ich habe dir heute eine Eröffnung zu machen, eine sehr wichtige Eröffnung, die unser ferneres Leben betrifft. Wir werden von hier fortgehen.“

„Von hier fortgehen?“ Die Überraschung war vollständig, und Barbara nahm sie so hin, als wenn ihr jemand gesagt hätte, sie müsse sich morgen zum Sterben hinlegen.

„Ja — und zwar aufs Land hinaus, ins Gebirge. Ich habe dort ein kleines Anwesen gekauft. Ich habe es besonders im Hinblick auf deine Zukunft getan — eine liebe und feste Heimat wollte ich dir geben —"

„Ja, Mutter. Vielen Dank." Auch das hatte sie im Institut gelernt, danke zu sagen für etwas, was man eigentlich nicht will. In Wirklichkeit konnte es Barbara nicht fassen, daß das Leben hier so plötzlich abgebrochen werden sollte. Und im Hinblick auf ihre Zukunft hatte sie sich gestattet, ein paar eigene Gedanken zu haben.

„Dort werden wir gemeinsam arbeiten", sprach die Mutter weiter. „Und es wird dir gesundheitlich guttun, Barbara. Du bist zu schnell gewachsen. Ich habe mir vom Doktor sagen lassen, daß die inneren Organe dabei etwas schlecht mitgekommen sind, und daß du auch ein wenig blutarm bist. Was du brauchst, ist gesunde Luft und viel Bewegung. Darum habe ich mich dazu entschlossen."

Die Mutter war voll Güte zu ihrem Kind, obwohl es nicht nötig gewesen wäre, in dieser Stunde gütiger zu sein als sonst, denn Barbara hatte es wirklich nicht auf einen Widerspruch abgesehen. Sie fügte sich, weil ihr dünkte, daß man sich in eine beschlossene Sache fügen müsse und daß einem zu einem wirklichen Widerspruch mit fünfzehn Jahren noch kein Recht gegeben sei. Darum fragte sie nur: „Und wohin ziehen wir, Mutter?"

„Drei Stunden Bahnfahrt von hier liegt das Dorf Breitbruck. Von dort eine gute Stunde aufwärts liegt das Häusl an der Mur. Es ist ein schöner, großer Obstgarten dabei und saftige Wiesen für drei Kühe. Da ich von klein auf mit den bäuerlichen Dingen vertraut bin, wird es uns nicht schwerfallen, zurechtzukommen."

„Ich will das gern hoffen, Mutter. Ich meine, es ist nur schade um das, was ich in den Jahren gelernt habe."

„Man hat nichts umsonst gelernt, mein Kind. Nein, gar nichts. Ich bin überzeugt, daß es dir ausnehmend gut gefallen wird dort. Eigentlich bin ich ein wenig erstaunt, daß du nicht mehr Freude zeigst."

Gedankenlos hatte Barbara in der Tasse zu rühren begonnen. Jetzt schaute sie die Mutter klar und offen an. „Soll ich Freude heucheln, wenn ich Angst empfinde?"

„Angst? Vor was denn?"

„Vor allem, was kommt."

„Ach, du einfältiges Kind! Ja, ich sehe, du bist wirklich noch ein Kind, sonst könntest du nicht Angst haben vor dem, was deine Mutter zielbewußt seit Jahren für deine Zukunft vorbereitet hat."

„Sorg dich nicht um mich, Mutter. Wo du bist, wird, es auch für mich schön sein", sagte Barbara und lächelte. — —

Von diesem Tage an konzentrierte sich Barbara dann auf das Neue, weil sie begriff, daß sie mit dem Alten abzubrechen hatte. Aber es war ihr doch schwer ums Herz. Das Städchen hatte so liebe, vertraute Winkel, die mit ihrer Kindheit verwachsen und verbunden waren. Dann war ja auch das Grab des Vaters draußen auf dem Friedhof, wo die alten Bäume so schön rauschten. Das tat Barbara am wehesten, den Vater allein hier zurücklassen zu müssen.

Schließlich aber fand sie sich ins Unvermeidliche und wurde sogar in den Tagen des Einpackens und Verladens der Möbel von einem kindlichen Eifer gepackt; und als sie mit der Mutter die Stadt verließ, winkte sie lachend den paar Freundinnen zu, die sich mit Blumen zum Abschied eingefunden hatten.

In Wirklichkeit aber war dieses Weggehen schon von einer leisen Tragik überschattet, die wie ein fernes Morgenrot über die Berge herleuchtet und nach einer alten Bauernregel schlecht Wetter kündet. — —

Von allem, was die Mutter gesagt und in ihrem Eifer versprochen hatte, entsprach es am meisten der Wahrheit, daß man vom Murhäusl aus eine herrliche Fernsicht ins Land hinaus hatte. Sonst aber war Barbara mehr erschrocken als beglückt von der Wildheit des Gebirges, das sich im Hintergrund aufbaute. Es wirkte bedrückend auf ihre Seele, und immer hatte sie das Gefühl, daß einmal so ein Berg herunterstürzen und alles erdrücken könnte.

Da lohnte es sich schon mehr, den Blick über die Wiesen hinunter zu richten zum Einödhof Roßgotten, dem größten und schönsten Bauernhof ringsum. Barbara hatte den stolzen und schweigsamen Mann, der dort Bauer war, flüchtig gesehen, als sie mit ihrer Mutter den schmalen Fußweg durch die Viehweiden zum Häusl heraufgegangen war. Da hatte er am Gatter gelehnt, hemdärmlig und einen Grashalm zwischen den Lippen wippend.

„Sind Sie die Neue von da oben?" hatte er gefragt.

Die Mutter wäre gleich geschwätzig geworden, aber der Mann aus Roßgotten winkte mit der Hand ab und sagte: „Wie Sie das machen wollen, ist mir gleich. Nur — passen Sie auf Ihre Hühner auf. Ich habe Weizen auf meinen Hochacker gebaut."

Dann hatte er sich umgedreht und war davongegangen. Kein Willkommen, kein Handschlag, kein Wort von einer guten Nachbarschaft. Barbara war es vorgekommen, als sei dieser Mann feindselig gestimmt gegen diesen Neuzuzug; sie wußte nicht, daß er mit dem alten Besitzer, der das Muranwesen veräußert hatte, jahrelang in Feindschaft gelebt hatte.

Und doch schaute sie gern vom Obstgarten aus hinunter auf diesen Hof, der wie eine Festung auf seinem grünen Hügel stand und dessen weiße Mauern in der Sonne so freundlich schimmerten, dessen Dachglocke so friedsam läuten konnte um die Essenszeit.

Sah man weiter links hinunter, konnte man das Dorf Breitbruck in der Tiefe sehen. Man sah den Bach, der sich mitten durch den Ort schlängelte und weiter draußen das Sägewerk trieb, dessen Lärm man bei Westwind bis zur Höhe herauf hörte. Das war das untrügliche Zeichen für kommendes schlechtes Wetter.

Als sich Barbara nach einer Woche mit der näheren Umgebung vertraut gemacht hatte, begann sie erst die ganze Tragweite dieser Umsiedlung zu begreifen. Etwas begehrte in ihr auf. Die Mutter hatte sie mitgenommen, wie sie die Möbel und sonstige Haushaltsgegenstände mitgenommen hatte. In ihren schlaflosen Nächten legte sie es sich so aus, als hätte sie irgend etwas verschuldet und wäre deshalb von der Mutter zeitlebens in diese Einsamkeit verbannt worden.

Diese Gedanken waren nicht gut und führten sogar soweit, daß sie der Mutter bei sich das Recht absprach, derart einschneidend in ihr junges Leben einzugreifen. Irgend etwas in ihr lehnte sich dagegen auf, und wenn sie die glücklich-heitere Art betrachtete, mit der sich die Mutter ihren neuen Aufgaben hingab, dann spielte ein spöttisches Lächeln um Barbaras jungen Mund.

Ach ja, die Mutter war von einer stillen Heiterkeit erfüllt. Jeden Schritt, den sie über eigenen Boden tat, genoß sie mit dankbarer Zufriedenheit.

Diese Gegensätze in der Auffassung über Sinn und Zweck der Umgestaltung des bisherigen Daseins mußten zwangsläufig einmal aufeinanderprallen. Natürlich merkte es die Mutter nach einiger Zeit, daß Barbara nur widerwillig an die Arbeit heranging. Sie tat alles mit unbewegtem Gesicht und großer Unlust. Und so sagte Frau Ponkraz dann einmal:

„Mir scheint, du begreifst nicht, was es heißt, für sich selber schaffen zu dürfen."

„Ich begreife nur, Mutter, daß du mich zur Bauernmagd machen willst."

„Magd ist man nur, wenn man andern dient. Du aber dienst dir selber, deinem künftigen Grund und Boden."

Trotzig entgegnete Barbara: „Warum denn so große Worte wegen der paar Wiesen und der armseligen Ackerstreifen?"

„Armselig?" Die Mutter streifte das Kopftuch in den Nacken zurück und sah die Tochter lange an. Dann forderte sie Barbara auf, daß sie neben ihr auf der Bank unter dem alten Apfelbaum Platz nehme. „Armselig nennst du das, was der Acker trägt? Im Institut hast du wohl gelernt, wie man das Brot bricht, damit es vornehm aussieht, aber mir will scheinen, man hat dort vergessen, euch zu lehren, woher das Brot kommt. Die Zeit wird über dich noch bitter kommen müssen, damit du lernst, dem Leben das abzugewinnen, was es wirklich bietet."

Es war ein wenig heftig gesprochen, und darum fügte sie nach einer Weile ruhiger hinzu:

„Daß du es noch nicht begreifst, nehme ich dir nicht übel. Aber du solltest dir wenigstens Mühe geben, es zu begreifen. Das Kornfeld da unten — es bedeutet dir nichts. Und doch ist so ein Kornfeld mehr als nur eine Fläche mit Stroh und schmalen Ähren. Im Halm reift schweigend schon das Brot fürs Jahr. Ich sage dir das nur, damit du weißt, daß nichts von ungefähr kommt. Ich sage dir das auch deswegen, damit du nie glauben sollst, daß ich jemals wieder von hier fortgehen werde."

Barbara war bereit, die Mutter zu verstehen. Sie zeigte sich nachgiebig und lehnte sich nur dagegen auf, daß es so furchtbar einsam hier sei.

„Diese Einsamkeit erdrückt mich noch mit der Zeit."

„Das meinst du nur jetzt. Eines Tages wirst du die Einsamkeit lieben. Und schau, Barbara, es bleibt ja nicht immer so. Du wirst älter und, wie ich glaube, einmal ein recht hübsches Mädel. Wenn es soweit ist, dann suchen wir für dich den passenden Mann. Dann sind wir schon zu dritt. Und wenn Kinder kommen, dann wird es nie mehr einsam sein um dich."

Da mußte Barbara herzhaft auflachen. „Wie du das sagst, Mutter — das vom Mannsuchen! Kann man denn das Glück suchen? Ich glaube, das muß ganz von selber kommen."

„Ja, aber man kann schon etwas nachhelfen. Manches schaut am Anfang so aus wie Glück und schlägt hernach zum Unglück aus. Im übrigen — es hat ja noch lange Zeit. So schnell will ich dich nicht verlieren." — —

Barbara erkannte aber in den kommenden Wochen, daß nicht alles nur leeres Geplauder gewesen war. Die Einsamkeit hörte immer mehr auf, Einsamkeit zu sein. Das Mädchen fand, wenn auch langsam, in einer immer mehr vertraulichen Art zu den Dingen. Als sie das Korn eingebracht hatten, fühlte sie die Müdigkeit in den Gliedern nicht mehr als eine unverdiente Plage des Schicksals, sondern mehr als eine Verpflichtung im Hinblick auf das Bibelwort, daß der Mensch sein Brot im Schweiß des Angesichts zu verdienen habe.

Es war ein anderes Niederlegen jetzt am Abend. Der Schlaf ließ nicht mehr so lange auf sich warten, und Barbara empfand beinahe ein frohes Gefühl, ein früher unwichtiges Dasein mit dem harten Dienst an der Erde ausgefüllt zu wissen.

Die Mutter lehrte sie pflügen. Barbaras magere Arme hielten die Pflugsterzen am Anfang ein wenig unbeholfen, und wenn unter dem Scharmesser ein Stein aufschrie, dann erschrak sie, als ob man ihr einen Schmerz zugefügt hätte. Die Mutter lehrte sie mähen, und Barbara lernte begreifen, daß es zwischen Aussaat und Ernte, zwischen dem Schnitt des Drittgrases und dem Verbrennen des Kartoffelkrautes einen Zusammenhang gab, daß nichts allein für sich bestand, sondern alles in der Natur dem unbeirrbaren Gesetz des Werdens und Vergehens unterworfen war.

Ganz unversehens war dieser Sommer in einen noch schöneren Herbst hineingeglitten. Die Berge waren jetzt durchsichtig wie Glas, von den Vogelbeerbäumen leuchteten wie kleine Blutstropfen die Beeren, und die Nächte waren erfüllt vom Brunftschrei der Hirsche, die zuweilen bis ins Murgelände herunterkamen. — —

Drunten auf der großen Ackerbreite gingen jetzt die Pfluggespanne des Roßgotters. Barbara sah den Bauern Gregor Rainer am Ackerrand stehen und wunderte sich, daß es die ganze Zeit über nie möglich gewesen war, jemandem von da unten zu begegnen. Außer mit dem Briefboten, der jeden Ersten die Rente für die Mutter brachte, hatte sie noch mit keinem Menschen gesprochen. Von ihm nur wußte sie, daß der junge Mensch da unten, der das Pfluggespann mit den beiden Goldfüchsen lenkte, der Sohn des Roßgotters war und daß er Georg hieß.

Sie hatte das Verlangen, sich wieder einmal mit einem jungen Menschen zu unterhalten. Es konnte doch nicht aufdringlich sein, so über den Hang hinunterzuschlendern, als hätte man drüben im Wald etwas zu tun. Man konnte einen freundlichen Gruß hinwerfen und warten, was der junge Mensch darauf zu sagen haben würde.

Langsam ging sie durch den Obstgarten. Aber gerade als sie die letzte Reihe der kleinen Spalierbäume erreicht hatte, rief die Mutter mit einem scharfen Ton hinter ihr her. „Wo willst du hin, Barbara?"

„Nirgends — nur bloß einmal da ein wenig hinunterschaun."

„Nein, komm her. Hilf mir Häcksel schneiden."

Also doch eine Verbannte! dachte Barbara bitter und ging ins Haus zurück.

Einige Wochen später fiel unverhofft in einer Oktobernacht der erste Schnee, und damit brach ein Winter über die Landschaft herein, der die beiden Frauen auf der Mur oben völlig von der Außenwelt abschnitt.

*

Es geschah erst im Frühjahr, als die Palmkätzchen schon wieder verblühten, daß Barbara dem Bauernsohn Georg Rainer von Roßgotten begegnete. Es war in einer Sonntagfrühe, Barbara ging in die Frühmesse ins Dorf, und wo der Hohlweg von der anderen Seite auf die Straße einmündete, da stand Georg, als hätte er auf sie gewartet.

Er bot ihr einen Gruß, ein wenig schüchtern und leise, wie man es von einem Menschen nicht hätte erwarten dürfen, der, vielleicht zwanzigjährig, gesund und kraftstrotzend am Wegrand stand.

Barbara gab den Gruß zurück. Nein, es war wirklich nichts Besonderes an dieser Begegnung. Der Bursche hatte nicht den rechten Mut zu einem Gespräch, überlegte sich jedes Wort lange und brachte endlich heraus: „Schon lang wollte ich einmal sehen, wie du aussiehst."

„Jetzt siehst du es."

„Ja, ich sehe es."

„Bist enttäuscht, gell?"

Schweigen.

Georg Rainer nahm seinen Hut ab und fuhr sich mit der flachen Hand über das sauber gescheitelte Haar. Barbara sah von der Seite her verstohlen in sein Gesicht. Es war ein strenges, männlich schönes Gesicht, mit einer weichen Linie um den Mund, die diesem Gesicht noch einen Schimmer von Knabenhaftigkeit gab. Die Tracht, die er trug, kleidete ihn ausnehmend gut; alles war blitzblank und sauber an ihm, von den hellgrauen Kniestrümpfen bis zu dem grünen Plüschhut mit der wehenden Adlerfeder.

„Wie heißt du eigentlich?" fragte er plötzlich in die Stille hinein.

„Barbara", antwortete sie gehorsam wie ein Kind, das von Erwachsenen gefragt wird. „Barbara Ponkraz."

„Bar—ba—ra—" sprach er langsam nach, als ob er jede Silbe nachkosten wollte wie schweren Wein. „Ein schöner Name."

„Gefällt er dir?" fragte Barbara, von einer merkwürdigen Freude erfüllt, und sie hätte noch zu gern hinzugefügt: „Gefalle ich dir auch?" Aber dazu hatte sie keinen Mut und fragte lieber: „Und wie nennt man dich?"

„Georg Rainer von Roßgotten."

„Georg. Ist das derjenige Heilige, der seinen halben Mantel verschenkt hat?"

„Das weiß ich nicht. Ich weiß nur, daß er einen Drachen getötet hat. Mir käme es übrigens auch auf einen ganzen Mantel nicht an, wenn du frieren würdest."

War das nicht eine wunderbare Liebeserklärung? Georg Rainer hielt es dafür, und das Mädchen Barbara könnte sich schon ihren Teil dabei denken, weil man einen ganzen Mantel nicht ohne weiteres an einen Menschen verschenkt, der einem nicht sympathisch ist.

Doch, du heilige Einfalt! Das Mädchen faßte es anders auf.

„Du kannst leicht verschenken, weil du reich genug bist."

„Mein Vater ist reich, ich nicht. Mir zählt er sonntags weniger Taschengeld hin als unserm Drittknecht Wochenlohn."

„Aber du wirst einmal Bauer auf Roßgotten sein?"

„Dorthin ist noch ein langer Weg." Und mit einer schnellen Bewegung wendete er ihr das Gesicht zu. „Wie alt bist du eigentlich, Barbara?"

„Sechzehn."

In den Haselnußstauden längs des Weges sangen die Vögel, und dann läutete die Glocke vom Kirchturm mit dünnen, klanglosen Lauten, als hätte das Metall einen Sprung.

Georg zeigte keine Verwunderung über diese sechzehn Jahre. Vielleicht hatte er sich's gedacht, daß das Mädchen noch nicht älter war. Er fragte jetzt: „Warum ist es dir noch nicht eingefallen, einmal bei uns hereinzuschauen?"

„Meine Mutter will es nicht. Gäbe es etwas zu sehen dort für mich?"

„Möglicherweise schon. Aber warum will es deine Mutter nicht?"

Sie blieben voreinander stehen und schauten sich an. Nach einer Weile hob Barbara die Schultern und ließ sie wieder sinken. „Ich weiß nicht. Die Mutter will mich ganz allein für sich haben." Dann verstummte sie und wurde ein wenig rot, weil Georg sie so unverwandt ansah. Er hatte noch nie in seinem Leben solche Augen gesehen, und er hätte ihr zu gern gesagt, daß sie schöne Augen habe. Aber dazu reichte sein Mut nicht aus, und er dachte wohl auch, daß sich dies wie ein Geständnis der Liebe anhören müsse, das man einer Sechzehnjährigen noch nicht sagen konnte. Zudem waren ihm selbst noch keine Kenntnisse gegeben, was die Liebe betraf. Er hatte unklare Vorstellungen davon; und wenn die Liebe das war, was sich die Knechte und Mägde des Hofes während der Arbeit oft in derbwitzigen Geständnissen zuflüsterten, dann mußte er erst noch eine große innere Scheu überwinden lernen, um einem Mädchen von der Liebe zu reden.

Er wußte, daß die Mägde des Hofes hinter seinem Rücken zuweilen lachten, weil er noch rot werden konnte mit seinen zwanzig Jahren. Thomas, der Großknecht hatte ihm einmal gesagt: „Bei einem Mädchen mußt du einfach reden, wenn es auch Blödsinn ist, was du redest — nur immerzu reden mußt du."

„Reden oder lügen?" hatte er zurückgefragt.

„Du brauchst es nicht unbedingt selber zu glauben, was du sagst. Hauptsache ist, du redest, das imponiert den Weibern am meisten."

Eine Weisheit, die ihm fragwürdig schien, eine Theorie, die auf wackeligen Füßen stand. Er hätte zum Beispiel diesem Mädchen Barbara nie etwas sagen können, was er selbst nicht glaubte. Was er in diesem Augenblick empfand, das war so unerhört neu, daß ihm das tiefere Begreifen dafür noch fehlte. Zuerst war es reine Neugierde, die ihn auf sie warten ließ. Und nun bedrückte ihn etwas, machte ihn unsicher und verlegen, je länger er in ihre seltsam blauen Augen sah. Darum begann er wieder zu gehen, sprach kein Wort mehr und sah nachdenklich zu Boden. Erst als sie zu den ersten Häusern kamen, sagte er, ohne sie dabei anzusehen: „Ich möchte, daß du auf mich wartest."

„Ja", antwortete Barbara und war ein wenig verwundert, weil er daraufhin einen Handschlag von ihr verlangte. — —

So wartete sie nach der Frühmesse beim letzten Haus

des Dorfes auf ihn. Sie wartete fast eine Viertelstunde und begann dann ganz langsam zu gehen, damit er sie leicht einholen könnte. Aber Georg blieb unsichtbar. Er hatte sie offenbar schon wieder vergessen.

Es tat ihr ein wenig weh. Es war nichts Großartiges an dieser Begegnung, sie konnte sich morgen vielleicht schon wiederholen oder spätestens am nächsten Sonntag. Dann würde sie ihn zur Rede stellen, warum er vergessen hatte, daß sie auf ihn warten sollte.

Merkwürdigerweise erzählte sie der Mutter nichts von dieser Begegnung.

*

Der Sommer kam mit verschwenderischer Schönheit über die Landschaft. Es war jetzt schon fast ein Jahr her, daß Barbara mit ihrer Mutter hierhergezogen war. Sie fühlte nun nichts mehr von Einsamkeit oder Verlassenheit, obgleich ihr seitdem Georg Rainer nie wieder begegnet war. Ja, es hatte sogar den Anschein, als ob er sie absichtlich meide.

So war Georg Rainer selbst schuld, daß er bei Barbara ins Vergessen geriet, und daß sie zuweilen wie in gutmütigem Spott über ihn lächelte, weil er nie den Mut fand, den schmalen Weg heraufzukommen, obwohl sie ihn am Abend zuweilen über die Felder hingehen sah.

Andere Burschen waren nicht so schüchtern wie er. Wenn Barbara sonntags jetzt mit der Mutter zum Hochamt ging, dann senkte sie züchtig den Kopf, wenn sie beim Hofwirt vorbeigingen, wo sich auf dem großen Treppenabsatz die Burschen zusammenfanden und die Mädchen Spießruten laufen ließen — eine Unsitte übrigens, die der Pfarrer vergeblich von der Kanzel herunter geißelte. Ja, da standen sie und gafften und warfen kecke Worte auf die Straße heraus, mit denen man auch die Neue nicht verschonte, die zum Verrücktwerden schön war, wie der junge Weingartner fachmännisch bekundete. Der junge Weingartner war der Don Juan des Dorfes und verstand sich auf Schönheiten. Und er sagte das von Barbaras besonderer Schönheit so laut und anerkennend, daß das Mädchen den Blick zu ihm hinwenden mußte. Aber da faßte die Mutter fest nach ihrer Hand, als ob sie sie vor einer Gefahr beschützen müßte.

Nein, Barbara kam mit niemandem in Berührung, der ihr hätte gefährlich werden können. Die Mutter wachte mit Argusaugen über sie, weil ihr immer noch jene Weissagung im Gedächtnis haftete, nach der Barbaras Lebensweg mit Irrtümern und Wirrnissen beladen sein sollte. — —

Und doch brachte dieser Sommer eine entscheidende Wendung in Barbaras Leben.

Eines Tages klopfte eine Wanderin an die Tür des Murhäusls und fragte, ob man ihr nicht ein Zimmer vermieten möchte. Wenn es ums Geld ging, war Frau Ponkraz immer zugänglich. Überhaupt hatte sie schon ein paarmal daran gedacht, so etwas wie ein Fremdenzimmer einzurichten.

Die Wanderin war ein Fräulein Dagmar Lorenzen, Malerin von Beruf, nicht mehr ganz so jung, wie sie sich kleidete, aber von einer gewinnenden Art. Als sie Barbara die Hand reichte, leuchteten ihre Augen auf, denn sie hatte einen Blick für alles Schöne und war sofort gefesselt von der Eigenwilligkeit dieses Mädchengesichtes.

„Diese Begegnung ist mir ein gutes Omen“, sagte Fräulein Dagmar. „Ich bin nämlich schon seit Monaten durch nichts mehr inspiriert worden. Und nun ist es da, wie die Sonne nach langen Regentagen. Ich werde Sie malen, Fräulein.“ — —

Aber erst nach vielen Tagen und mühseligen Versuchen gelang es ihr, Barbaras Gesicht bis in die letzte Linie wahrheitsgetreu auf den Zeichenblock zu bannen und dann mit dem Pinsel auf die Leinwand.

Als das Bild fertig war, war sie so glücklich, daß sie Barbara in die Arme nahm und sie auf den leicht staunenden Mund küßte, um hernach so herzhaft darüber zu lachen, als hätte sie soeben den köstlichsten Scherz ihres Lebens erlebt.

Blutübergossen stand Barbara vor ihr. Sie war von dem Kuß auf eine unvergleichliche Weise bestürzt, trug sie doch von der Erziehung und besonders von der Einsamkeit ihres Lebens in den letzten Jahren her eine tiefe und ängstliche Scheu in sich und hätte sich nun verkriechen mögen, weil ein fremder Mund den ihren geküßt hatte in einer geradezu leidenschaftlichen Art und Weise. Sie hatten sich wohl in den Wochen befreundet, sagten sich du, aber dieses Küssen war ihr wie ein Überfall erschienen, und darum stand sie jetzt da wie in einer dumpfen, zornigen Verwirrung.

„Mein Gott, Kind, was hast du denn?" fragte Fräulein Dagmar. „Ich tat doch nichts Unrechtes."

„Das hättest du nicht tun dürfen", antwortete Barbara.

„Aber warum denn nicht? Ich hab dich doch lieb. Du bist doch kein Kind mehr, und — du wirst doch auch schon öfter einen Mann geküßt haben."

„Nein."

„Was?"

„Ich habe noch nie einen Menschen geküßt, außer meiner Mutter."

Fräulein Dagmar kam aus dem Staunen gar nicht heraus. „Da muß ich mich erst einmal niedersetzen. Sag mal, Barbara, bist du wirklich noch so unschuldig, wie du ausschaust, oder tust du nur so?"

Tränen verdunkelten Barbaras Blick. „Warum beleidigst du mich?"

„Nein, das will ich nicht." Impulsiv sprang Dagmar auf und legte zärtlich ihren Arm um Barbaras Schultern. „Verzeih mir, ich habe dir nicht weh tun wollen. Aber ich freue mich jetzt mehr, als ich dir sagen kann, einen Menschen angetroffen zu haben, der noch ein festliches und reines Herz besitzt."

Am Abend dieses Tages legte Dagmar ein kleines blaugebundenes Buch in Barbaras Zimmer. Sie wollte, daß Barbara kein Kind mehr sei. „Benedikta" hieß der Titel des Buches, und es stand viel von Liebe darinnen. Es nannte sich im Untertitel „Ein Buch der Liebe", und Barbara wurde mit einem Schlag in eine fremde Welt hineingeführt. — —

Ein paar Abende später fragte Barbara unvermittelt: „Gibt es das wirklich, Dagmar?"

„Was meinst du?"

„Ich meine, daß ein Mensch den andern so grenzenlos liebt, daß er dafür sterben kann."

„Ach so, du hast das Buch gelesen?"

„Du legtest es mir wohl hin, daß ich es lesen sollte."

„Ja, Barbara, du solltest nicht mehr so unwissend sein."

„Ich wollte von dir wissen, ob es das gibt."

„Doch, das kann es wahrhaftig geben."

„Dann habe ich Angst."

„Vor dem Sterben?"

„Nein, vor der Liebe. Ich fürchte mich davor."

„Zuerst fürchten wir uns alle, und dann —"

„Was ist dann?"

„Das erstemal ist es so wunderbar, daß man seinem Empfinden keinen richtigen Namen geben kann. Beim zweitenmal ist es schon wesentlich anders. Da weiß man, was kommen wird. Später verflacht es immer mehr, und oft genug ist es dann nur noch ein Balancieren zwischen Einbildung und Wirklichkeit."

Der Abend war still und schön. Der erste große Stern flimmerte bereits über den Bergen, und ein Käuzlein rief vom Wald herüber. Es war kein Unterschied mehr da zwischen Fichten und Laubbäumen, und man konnte auch annehmen, daß nicht das Käuzlein, sondern die Schwärze des Waldes rufe.

Barbaras Herz war von einer seltsamen Erregtheit und wie von einer leisen Verzauberung umstrickt.

„Hast du es denn schon einmal erlebt?" fragte dann Barbara in die Stille hinein.

„Was erlebt?"

„Die grenzenlose Liebe."

„Wenn man öfter liebt, weiß man nicht mehr, wo das Grenzenlose zu finden ist."

„Kann man denn das? Ich meine, man kann doch nur einmal einen Menschen lieben, dann ist es aus für immer."

„Ja, das meint man, und dann wird man enttäuscht und möchte sterben. Aber man stirbt nicht so leicht an zerbrochenem Herzen. Man ist eine Weile verbittert und gedemütigt, dann steht das Neue auf. Man hofft wieder und vergißt, daß man schon einmal enttäuscht worden ist."

Wieder war es eine lange Weile still zwischen den beiden ungleichen Mädchen. Dagmar war um zehn Jahre älter und hatte das längst hinter sich, was Barbara noch wie ein Wunder erwartete. Dagmar war eine Wissende und konnte das Problem Mann und Liebe bis in die kleinsten Details zerpflücken. Barbara aber war noch eingekapselt in die Welt ihrer kindlichen Vorstellungen. Darum stand sie jetzt auf und sagte mit fester Zuversichtlichkeit:

„Bei mir weiß ich es ganz genau, daß ich einmal nur

einen Mann lieben kann. Hinterher könnte nichts mehr über mich kommen, wenn ich enttäuscht würde.“

Dagmar schwieg eine Weile, dann gab sie ehrlich zu: „Seit ich dich bis ins Letzte kenne, weiß ich, daß es so sein wird. Ich möchte nochmal so jung sein wie du. Vielleicht würde ich anders beginnen. Aber sein Leben kann man nicht wiederholen, und ein Fehlbetrag in der Rechnung bleibt immer ein Fehlbetrag, der sich auch später mit nichts begleichen läßt.“

Aus der Tiefe des Gebirges kam jetzt ein Wind heraus, warm und mild. Im Osten war der Himmel hinter den Bergen sanft beglänzt. Dann stieg der Mond heraus wie aus einem fernen Tor. Ganz in der Ferne und lautlos geboren hinter den Bergen murrte ein fernes Gewitter. Der schwache Widerschein der Blitze verlor sich wie ein sanftes Flimmern im Glänzen des Mondlichtes.

„Von allem, was ich jetzt durch dich weiß“, begann Barbara wieder, „besteht also ein großer Unterschied zwischen Liebe und Verliebtsein.“

„Aber natürlich. Ein sehr großer sogar.“

„Du wirst dich also wieder einmal verlieben.“

Dagmar lächelte, aber sie war nicht böse über diese Frage.

„Du fängst an, unbequem zu werden, meine Kleine. Aber ich will nicht ausbiegen vor deiner Frage. Natürlich werde ich mich wieder verlieben, oder besser gesagt, es verliebt sich wieder einer in mich, wenn ich es will oder brauche. Siehst du, Kleines, ich brauche immer wieder so kleine Episoden, ich brauche die leise nagenden Schmerzen, die sich hinterher einstellen, wenn es vorüber ist. Das gibt mir einen Auftrieb zum Künstlerischen. Ich kann ein Jahr lang allein und einsam sein, aber ich habe erkannt, daß aus der Einsamkeit allein sich schwerlich die Besessenheit eines künstlerischen

Aufbauens entwickeln läßt. Dazu gehört wie das Salz zur Suppe ein leidenschaftliches Verlieben, aus dem sich die Lust zum Schaffen und Gestalten neu erhebt."

„Aha", sagte Barbara. Eigentlich hätte sie sagen müssen: „Das verstehe ich nicht, das ist mir zu hoch." Aber sie sagte nur: „Aha", und verschleierte damit auf einfache Weise die Verständnislosigkeit für eine solche Anschauung.

Damit war das Thema noch nicht erschöpft. In der folgenden Zeit fand Dagmar Zeit und Anlaß, in Barbara etwas zu erwecken, das bisher noch unbewußt in ihr geschlummert hatte. Sie war geradezu von einem fanatischen Aufklärungsbedürfnis besessen. Es geschah nicht aus unreinen Motiven, vielmehr aus dem brennenden Wunsch heraus, das Mädchen Barbara vor Enttäuschungen zu schützen, denn, so merkwürdig es sich anhören mochte, sie liebte dieses Mädchen mit einer wirklichen Zuneigung.

Barbara bekam von Dagmar über sich und über ihr Aussehen Dinge gesagt, die ihr wahrscheinlich im Leben nie wieder ein Mensch sagen würde. Dagmar betrachtete und studierte Barbara mit den Augen einer wirklichen Künstlerin. Einmal sagte sie:

„Dein Schreiten ist das Vollendetste, was ich bisher bei einem Menschen gesehen habe. In ihm verbinden sich das Rassige einer Tscherkessengräfin reinster Adeligkeit und die Anmut eines griechischen Hirtenmädchens. Bei dir weiß man nie, ob du überhaupt den Boden unter dir fühlst, wenn du gehst."

Oder ein andermal: „Dein Gesicht ist so ebenmäßig geworden in diesem Sommer, daß es mich immer an ein Heiligenbild erinnert, das ich einmal in einem opalisierenden Lichtschein gesehen habe. Was vorher noch uneben war, hat sich jetzt harmonisch zusammengefügt. Und deine Augen leuchten mitunter, als stünde ein unsichtbares Licht hinter ihnen. Dein Inneres aber gleicht einem Saitenspiel, das zu den Sternen tönen will. Das Wärmste und Sinnlichste zugleich an dir aber ist dein Lächeln mit den zwei Grübchen. Das sieht genau so aus, als hätte ein Engel dich auf beide Wangen geküßt und dort sein unsterbliches Siegel hinterlassen."

Eine der bestechendsten Eigenschaften aber war, daß Barbara nicht eitel sein konnte. Sie wurde es auch nicht durch dieses Lob, obwohl sie Fräulein Dagmar von Tag zu Tag geneigter wurde, weil sie vor ihren Augen eine buntblühende, schönere Welt aufzeichnete, als ihr bisher bekannt war.

Und darum stellte sie mit schmerzlichem Erschrecken fest, wie sehr sie mit Dagmar innerlich verbunden war, als der Tag des Abschieds kam. Es war ihr, als würde ein Licht aus ihrem Leben fortgenommen, und es war gar kein oder nur ein schwacher Trost, als Dagmar versprach, im nächsten Sommer wiederzukommen. —

Es wurde ein recht trostloser Herbst für Barbara, obwohl er eine recht lange Zeit seinem Bruder Sommer gleich sein wollte, indem er eine Reihe von schönen Tagen aufblühen ließ. Man konnte sogar noch baden, und Barbara ging zu dem kleinen Waldsee hinauf, wo sie so oft mit Dagmar um die Wette geschwommen war. Jetzt aber konnte sie oft lange Zeit am Ufer liegen und im Wasser ihr Spiegelbild betrachten, bis es von einer kleinen Welle zerteilt und fortgetragen wurde. Dann war ihr zumute, als habe Dagmar sie hinter ein dunkles Tor gestoßen, und sie säße nun wie eine Verzauberte in einer Höhle und müsse sehnsüchtig darauf warten, bis jemand käme und sie befreite.

Ja, Dagmar war gegangen und hatte eine völlig veränderte Barbara zurückgelassen. Ihre Augen dunkelten in der Sehnsucht nach dem Unbekannten noch mehr, und ihr Mund zeigte eine wartende Weichheit.

Dagmar war der einzige Mensch gewesen, dem sie in diesen Wochen der Wandlung und des heftigen Gärens nahegestanden war, der einzige Mensch, mit dem sie über Dinge hatte sprechen können, die über Saat und Ernte hinausgingen.

Die Mutter war so erfüllt von ihrer Berufung als Herrin über drei Kühe und die paar Streifen Wiesenlandes, daß sie Barbaras Veränderung gar nicht merkte. Dabei wurde sie, weil sie ja schon mit dem ersten Hahnenschrei aufzustehen pflegte, rechtschaffen müde und legte sich am Abend so frühzeitig schlafen, daß oft noch mildes Tageslicht um das Häusl an der Mur spielte. So war Barbara ganz mit sich allein an diesen Abenden. Manchmal saß sie auf der Bank vor dem Haus und sah zu, wie die Dämmerung über den Berg heraufkroch. Nur der Wind war um sie und manchmal der klatschende Laut eines fallenden Apfels in der Tiefe des Gartens.

Später lag sie oft stundenlang wach in ihrer Kammer, die der Kammer der Mutter gegenüber lag. Ganz still und mit verschränkten Händen lag sie da und horchte auf die fremde, wildschöne Melodie, die ihr Blut in die Stille sang. Eine seltsame, lustvolle Schwermut sank dabei in ihr Herz. Das dauerte bis zum Wintereinbruch, dann verlor sich das sehnsüchtige Rufen ihres Blutes wieder.

*

Zu Barbaras täglichen Obliegenheiten gehörte es, daß sie den Zwanzigliter-Milchkübel jeden Morgen zum Hohlweg hinunter brachte, weil das Milchfuhrwerk den steilen Weg bis zur Mur nicht nehmen konnte. Dort stellte sie den Kübel auf den für diesen Zweck angebrachten Tisch, wo ihn der Milchfuhrmann auf dem Rückweg von Roßgotten mitnahm. Die andere leere Kanne brachte er jeden Morgen wieder mit.

Im Winter war es einfach und leicht. Da lud Barbara den Kübel auf den Rodelschlitten und sauste damit über den Hang hinunter, daß es eine wirkliche Lust war. Jetzt aber mußte sie den Kübel entweder mit dem Schubkarren herunterbringen, oder sie trug ihn.

Einmal, als sie den vollen Milchkübel abgestellt hatte und den leeren wegnahm, sah sie, daß darunter ein weißes Kuvert lag, das ihre Anschrift, oder vielmehr nur ihren Namen trug.

„An Fräulein Barbara von der Mur", las sie und sah sich zuerst um, ob niemand auf dem Wege sei. Dann riß sie das Kuvert hastig auf und las erstaunt, was da mit steilen Druckbuchstaben geschrieben stand:

„Du brauchst mir deine Liebe nicht zu schenken,
ich bin zufrieden, wenn du sie mir leihst.
Behalte sie als Angedenken,
wenn uns das Schicksal auseinanderreißt.

NB. Ich warte auf dich am Samstagabend um neun Uhr droben im Fichtenschlag oberhalb unserer Viehweide. Georg Rainer."

Barbara wußte im Augenblick wirklich nicht, sollte sie sich freuen, oder sollte sie sich ärgern. Mit zusammengezogenen Brauen sah sie nach Roßgotten hinüber. Wie lange war es schon her, daß sie Georg Rainer nicht mehr gesehen hatte, oder doch nur von weitem, wenn er auf den Wiesen drunten gearbeitet hatte. Nie wieder hatte er auf dem Kirchweg auf sie gewartet wie damals. Sie konnte sich sein Gesicht gar nicht mehr recht vorstellen. Lag die erste und letzte Begegnung mit ihm nicht schon zwei Jahre zurück?

Jetzt fiel es ihm ein, sie nach dem Fichtenschlag zu bestellen, so wie man vielleicht einen Holzknecht hinbestellt, dem man die zu fällenden Stämme zeigen will.

Konnte er nicht schreiben: „Bitte, komme dorthin, ich möchte gern mit dir sprechen." Nein, ganz einfach: „Ich warte auf dich."

Langsam trug sie den leeren Kübel den Berg hinauf, blieb immer wieder stehen und schaute auf Roßgotten hinunter. Dann schob sie den Brief in den Ausschnitt ihres Leibchens, denn auf einmal wußte sie, daß sie der Mutter davon nichts sagen dürfe, wenn sie auch nicht gewillt war, zum Fichtenschlag zu gehen.

Barbara wurde in diesen Tagen von Zweifeln hin und her gerissen. Sie konnte doch nicht einfach einem Manne nachlaufen. Jetzt fehlte ihr Dagmar an allen Ecken und Enden. Dagmar hätte die Sache beurteilen können, sie hätte das Richtige gefunden. Aber Dagmar war weit. Vor vier Wochen war eine Karte aus Spanien gekommen, auf der sie auch mitteilte, daß sie diesen Sommer nicht würde kommen können.

Je mehr sich die Woche dem Ende näherte, desto unruhiger wurde Barbara. Am Samstagnachmittag wußte sie endgültig, daß sie zum Fichtenschlag gehen würde. Sie war auf einmal voll prickelnder Erwartung. Sie hatte ihr erstes Stelldichein, sie hatte ihr erstes Geheimnis; denn wenn sie aus dem Hause ging, schlief die Mutter bereits.

Wie wird es sein? Sehnsüchtig wurde ihr Mund. Ihr Blut klopfte wieder diese süße Melodie. Ach, und es war doch Frühling! Die ganze Welt stand in reiner Blütenpracht, von den Bergen rann das letzte Schneewasser herunter. Und die Nachtigallen sangen schon.

Am Samstag ging um die Mittagstunde das erste Gewitter des Jahres über die Landschaft nieder. Es hatte noch nicht die Kraft der Sommergewitter, und gegen Abend war der Himmel wieder reingefegt von jeder Wolke. Um sechs Uhr stieg der Dreiviertelmond als blaßgrauer Scherben hinter den Wäldern hoch und begann in der Dämmerung matt zu leuchten.

Acht Uhr war es, als die Mutter sich schlafen legte. Da strähnte Barbara ihr Haar, zog sich von Kopf bis zum Fuß frisch an, denn es war kein Alltagsgang, den sie zu gehen bereit war. Ein festlicher Gang, von dem sie nicht wußte, wie sie davon zurückkam.

Fünf Minuten vor neun Uhr schloß sie behutsam die Haustür hinter sich. Bis zum Fichtenschlag mochten gut zehn Minuten sein. Aber Dagmar hatte ihr erzählt, daß man getrost fünf Minuten später kommen dürfe. Besser, es wartete der Mann, als daß das Mädchen zu früh kam.

Ein Käuzchen schrie in der Tiefe des Apfelgartens. Aber dann wurde es ganz still. Nur den Schlag der Kirchenuhr hörte man noch heraufklingen. Es schlug gerade neun Uhr, als Barbara das letzte Weidegatter überstieg und über die Bergwiese dem Fichtenschlag zuging.

*

War Georg nicht da? Barbara blieb stehen und horchte. Ihr Herz schlug einen rasenden Takt. In diesem Augenblick wurde sie angerufen. Georg stand im Schatten und trat ihr nun ein paar Schritte entgegen. Er reichte ihr die Hand, genau so wie damals in der Sonntagsfrühe beim Kirchgang, und sagte:

„Ich danke dir, Barbara, daß du gekommen bist."

Das Mädchen lächelte ein wenig verlegen. „Ich wollte eigentlich nicht, aber —"

„Die Hauptsache ist, daß du da bist."

Damit nahm er ihren Arm in den seinen und ging mit ihr in die Tiefe des Waldes hinein, bis zu einer Lichtung, wo eine Bank stand. Barbara war in Erwartung, daß er jetzt den Arm um sie legen würde.

Statt dessen nahm er nur ihre Hand zwischen seine Finger und suchte offenbar nach den rechten Worten. Endlich schien er sie gefunden zu haben.

„Weißt du noch, Barbara, wie ich damals zu dir gesagt habe, du sollst auf mich warten?“

„Ich habe gewartet auf dich, Georg. Fast eine halbe Stunde bin ich damals am Wegrand gestanden und habe nach der Kirche auf dich gewartet.“

Überrascht hob Georg den Kopf. „Ach so. Nein, so war das nicht gemeint. Ich meinte, du solltest überhaupt auf mich warten, Barbara. Und ich weiß, daß du es getan hast. Ich habe dich nie aus den Augen gelassen die ganze Zeit über. Jetzt, meine ich, wäre es soweit, daß ich dir sagen darf, wie gern ich dich habe.“

Barbara gab keine Antwort, sie saß ganz still und horchte in sich hinein, ob kein Echo aufspringe in ihrem Herzen. Es war doch etwas anders, als Dagmar es ihr geschildert hatte. Nichts vom Ineinanderfallen zweier Flammen, nichts von jenem himmelhochjauchzenden Gefühl, nur die sachliche und nüchterne Feststellung, daß er sie gern habe. Aber das lag vielleicht nur an Georg, dem der Mut fehlte zu befreiender Tat, oder der einfach nicht die Worte so setzen konnte, daß sie flammende Beschwörung wurden. Der Funke fehlte, der die Flamme hochschlagen lassen sollte.

„Ich habe vor dir noch nie ein Mädl liebgehabt“, gestand er jetzt, „aber wie ich dich das erste Mal gesehen hab', habe ich gewußt, daß ich auf dich warten muß. Und wenn du meinst, Barbara, daß du mir nicht gut sein kannst, dann weiß ich, daß nach dir keine andere mehr kommen kann, die mir was bedeuten könnte.“

„Ich weiß das nicht, Georg, es ist mir alles so neu. Und meinst du, daß du dich auch nicht täuschst? Nichts ist so trügerisch wie das eigene Gefühl. Du weißt ja gar nicht richtig, wer ich bin."

„Ich weiß, wer du bist", unterbrach er sie. „Das kann man leicht erfahren, wenn man Zeit genug hat. Und ich habe zwei Jahre Zeit gehabt, dich zu beobachten. Und wenn du meinst, man kann sich am eigenen Gefühl täuschen — ich nicht. Ich kann mich auf mein Gefühl verlassen. Ich weiß, was ich will. Ich will dich und sonst gar nichts."

„Wenn ich aber nicht so bin, wie du mich siehst, Georg?"

„Du bist so, wie ich dich sehe, Barbara."

„Weißt du aber auch ganz gewiß, Georg Rainer, daß ich für dich noch frei bin?"

„Ob für mich, das weiß ich nicht genau. Aber daß du noch keinem Mann nahe warst, das weiß ich. Ich hätte das unbedingt merken müssen. Oft, wenn ich spät abends von der Jagd heim bin, dann bin ich vor eurem Häusl gestanden und habe zu deinem Fenster hingeschaut. Es war nicht immer leicht, daran vorbeizugehen; aber du warst so jung, Barbara, so blühjung, daß ich dir deinen Sinn noch nicht beschweren wollte." Er faßte sie plötzlich an beiden Schultern und suchte ihre Augen. „Oder ist es so, daß ich wirklich zu lange gewartet habe?"

„Nein, Georg, mir ist noch kein Mann begegnet, der mir etwas bedeutet hätte."

Er schluckte und streichelte ihre Hand, statt daß er sie jetzt geküßt hätte. Es wäre ein guter Augenblick gewesen, das Mädchen Barbara hatte darauf gewartet, alles in ihr war voller Bereitschaft, und sie bog ein wenig enttäuscht das Gesicht aus dem fließenden Mondlicht in den Schatten zurück.

„Weißt du", sprach er weiter, „ich müßte dich nur um eines bitten, Barbara. Du müßtest Geduld haben.

Der Vater ist noch zu eigenwillig und viel zu rüstig, als daß er das Heft schon aus der Hand gäbe. Aber einmal wird doch alles mir gehören, und darum muß ich dich um Geduld bitten."

„Geduld habe ich schon. Ich bin kein Mädel, das vom Fleck weg geheiratet sein will. Hast du eigentlich noch Geschwister, Georg?"

„Nur meinen Zwillingsbruder Heinrich. Er studiert auf Rechtsanwalt."

„Ach, einen Zwillingsbruder?"

„Ja, ich hänge sehr an ihm. Wir sehen einander so ähnlich, daß ich oft in der Schule die Schläge für ihn einstecken mußte."

„Ach, du Armer!"

„Nein, ich habe es gern getan. Es ist ja auch längst vorbei. Aber daß wir zu uns zurückkommen: das Ganze ist eigentlich nur eine Vertrauenssache. Ich will und muß dir unbedingt vertrauen können bis ins Letzte. Und bei dir habe ich sofort das Gefühl gehabt, daß man dir blindlings vertrauen kann. Wenn du mir nur ein wenig gut sein könntest!"

„Doch, Georg, ich glaube, daß ich es kann, weil du ein guter Mensch bist."

„Das weiß ich nicht, Barbara. Aber wenn man jemand so richtig von Herzen liebhat, dann ist's Gutsein nicht schwer."

Durch den Fichtenwipfel rieselte silbern das Mondlicht in die Lichtung herein. In einem stahlblauen Himmel stand diese Ampel Gottes, umgeben von einer Pilgerschar blitzender Sterne. Vielleicht dachte der Mond, daß er etwas sehen könnte da unten; etwas Bewegendes, etwas Forsches von seiten des Mannes. Ein leichtes Sträuben des Mädchens, das sich dann schließlich doch ergibt, so wie der Mond es in Jahrtausenden immer wieder gesehen hatte, weil es über die

Jahrtausende gleichgeblieben war, daß junge Menschen sich im Mondenschein zur Liebe trafen.

Daß es doch noch zu einem Kuß kam bei diesem ersten Stelldichein, das war mehr der Initiative Barbaras zuzuschreiben, denn sie konnte nicht glauben, daß sie in all ihren Erwartungen enttäuscht werden sollte.

„Wenn du mich so lieb hast", sagte sie plötzlich, „warum küßt du mich dann nicht?"

Daraufhin tat er es. Er tat es zögernd und scheu und ohne jede Fähigkeit zu wirklichem Küssen. Kaum daß er ihren Mund berührt hatte, zärtelte er schon mit seinen Lippen über ihre Stirn und ihre Schläfen hin. Und dabei konnte er doch so entzückende Verse schreiben, wie:

„Du brauchst mir deine Liebe nicht zu schenken,
ich bin zufrieden, wenn du sie mir leihst —"

„Hast du den Vers geschrieben?" fragte Barbara nach einer Weile.

„Das war nur so", erwiderte er verlegen. „Ich dachte mir nichts dabei."

„Ja, aber ich meine, hast du es selber gedichtet?"

Darauf blieb er die Antwort schuldig, weil man in der Tiefe des Waldes einen Vogel leise rufen hörte.

„Ich glaube, es ist Mitternacht. Wir müssen heim", sagte er dann.

Auf dem Heimweg blieben sie noch ein paarmal stehen. Er hob sie über Weidenzäune, trug sie auch ein Stücklein über die Wiese und trennte sich von ihr, dort wo der Apfelgarten des Murhäusl begann.

Am Samstagabend wollten sie wieder zusammenkommen, um die gleiche Zeit, am gleichen Platz, und Barbara wußte noch nicht, ob sie nochmals hingehen würde, denn nichts von dem hatte sich erfüllt, was Dagmar ihr von der Süße einer Liebe zu sagen gewußt hatte.

Aber unter der Woche lag wieder ein Verslein unter dem leeren Milchkübel. Diesmal schrieb Georg nur:

„Gottvater im Herzen,
ein Dirndl im Arm.
Das eine macht selig,
das andere warm —"

Da mußte Barbara von ganzem Herzen lachen und freute sich auf den Samstag.

*

Die Wochen vergingen, und Barbara wurde dem Burschen von einem zum andernmal mehr geneigt, obwohl er nie über einen Kuß hinauskam. Es wurde aber dann so, daß sie selbst noch einen Tag in der Woche vorschlug, weil es ihr von Samstag zu Samstag zu lange dauerte.

Was Georg ihr aber bereits bedeutete, das erkannte sie erst mit aller Klarheit, als an einem Sonntagnachmittag Wilhelm Gröbmayr, der Sohn des Schreinermeisters heraufkam und ohne langes Herumreden zu wissen gab, daß er mit seinen Eltern bereits alles besprochen habe und sie nichts dagegen hätten, wenn er ihnen die Barbara als zukünftige Schwiegertochter bringen würde.

Barbara brauchte nicht lange zu überlegen. Der Gedanke an Georg jagte pochend durch ihre Seele. In diesem Augenblick erkannte sie, wie lieb sie ihn schon hatte. Darum sagte sie dem anderen ein ganz klares und unabänderliches Nein.

Das mußte sogar der Mutter auffallen, und sie fragte dann beim Abendessen:

„Warum hast du ihn eigentlich so kurz abgewimmelt? So schlecht will mir diese Partie nicht scheinen."

Barbara wußte sofort, daß dies der Augenblick war, in dem sie für ihre Liebe einzustehen hatte. Georgs

Vater durfte vorerst nichts erfahren, das verstand sie ohne weiteres. Sie selbst aber brauchte nichts zu verleugnen.

„Ich habe einen anderen lieb, Mutter."

Frau Ponkraz' Leben für ihre Tochter war lange genug Liebe und behütende Eifersucht gewesen, um vor dieser plötzlichen Eröffnung nicht tödlich zu erschrekken. Der Löffel entfiel ihren Händen, und sie starrte Barbara mit großen Augen an.

„Was hast du da gerade gesagt?"

„Daß ich bereits einen anderen liebe."

„Das ist gelogen!"

„In solchen Sachen lügt man nicht, Mutter."

Die Mutter hörte die Festigkeit in der Stimme, und sie sah ganz plötzlich, daß Barbara nicht mehr das gefügige Kind von ehedem war, daß sie überhaupt kein Kind mehr war, sondern ein jungerblühtes Mädchen von eigenartiger Schönheit. Ihr Herz krampfte sich zusammen, und voller Ungeduld stieß sie die Frage heraus: „Und darf man wissen, wer es ist?"

„Ja, natürlich, Mutter. Ich bin nicht gewohnt, von einer Wahrheit nur die Hälfte zu sagen. Es ist Georg Rainer, der Sohn von Roßgotten drunten."

„Um Gottes willen, auch das noch!"

„Du brauchst nicht zu erschrecken darüber, Mutter. Georg wird kommen und mit dir darüber sprechen."

„Und du glaubst, daß dies zum Segen ausschlagen wird?" fragte die Mutter weinerlich. „Kind, Kind, da ist es jetzt schon! Das müssen die Irrtümer und Wirrnisse sein."

„Nein, Mutter, zwischen mir und Georg ist alles klar und einfach."

„Und das habt ihr alles hinter meinem Rücken abgemacht! Du bist vielleicht nachts sogar fortgelaufen. Von heute an wirst du bei mir in der Kammer schlafen."

„Nein, Mutter!"

Diese leidenschaftliche Abwehr hatte Frau Ponkraz nicht erwartet. Es verschlug ihr die Sprache, und dies nützte Barbara sogleich aus, indem sie sagte:

„Wir wollen doch lieber ganz vernünftig darüber sprechen, Mutter. Nicht ich bin hierhergegangen, sondern du hast mich hierhergebracht. Ich habe — das gebe ich gern zu — mich am Anfang nur mit Widerwillen in diese neue Lage hineingefunden. Aber dann ist die Freude gekommen, und ich habe, nach deinem eigenen Eingeständnis, eine gute Hand gezeigt für alle bäuerlichen Arbeiten. Jetzt bin ich das, was du aus mir machen hast wollen: keine Magd, wie ich es einmal vermutet habe, sondern die Tochter vom Murhäusl, das gegen Roßgotten freilich nur ein kleiner Ableger sein kann; aber der Weg dorthin führt nicht mehr über Unwissenheit und Unwillen zu allem, was mit dem bäuerlichen Dasein zusammenhängt."

Die Mutter hatte sich wieder gefunden.

„Du redest wie ein Buch. Aber ich fürchte, daß deine Rechnung nicht aufgehen wird."

„Das Leben läßt sich nicht einfach auf einer Rechnung anlegen."

„Ja, glaubst du denn, daß der stolze Roßgotter jemals damit einverstanden sein wird? Ich habe den Mann nur einmal gesehen. Das war am Tage unseres Herkommens. Dieser Mensch ist von einem maßlosen Stolz erfüllt. Gegen ihn sind wir nur Fretter. Er hat auch nicht ein einzigesmal den Weg zu uns gefunden."

„Wir auch nicht zu ihm, Mutter."

„Weil ich ihn nicht gebraucht habe, Gott sei Dank. Ich würde diesen Menschen nie um etwas bitten können."

„Ich habe ja auch nicht die Absicht, ihn zu heiraten, sondern seinen Sohn Georg."

Barbara lachte, als sie dies gesagt hatte, und dieses Lachen war ganz ohne Sorge. Wenn Georg auch nicht das war, was Dagmar unter einem feurigen Liebhaber verstanden hätte, so war er trotz seiner Jugend doch schon ein ernster und gefestigter Mann, der sicher seinen Willen durchsetzen würde, wenn die Stunde es einmal forderte. Irgend etwas würde er doch von diesem stolzen und willensstarken Vater vererbt bekommen haben.

„Du lachst", sagte die Mutter. „Mir ist zum Weinen."

„Nein, Mutter, dazu hast du keinen Grund. Es kommt ja doch alles so, wie es kommen muß. Seinem Schicksal kann man nicht entrinnen."

„Man kann ihm aber aus dem Wege gehen, wenn man sieht, daß es zum Unglück ausschlägt."

„Lerne du Georg erst einmal kennen, dann sprechen wir weiter darüber." — —

Und Georg kam, an einem der nächsten Samstage, als es in Strömen regnete. Mit einer gefaßten Ruhe trat er mit Barbara in die Stube, nahm seinen Hut ab und reichte Frau Ponkraz die Hand.

„Das ist er", sagte Barbara und lächelte ein wenig.

Frau Ponkraz verschloß sich zunächst in den Eispanzer gekränkter Mutterwürde, weil man sie bisher übergangen hatte. Sie setzte sich in den hintersten Herdwinkel, drehte die Daumen und betrachtete immer wieder den jungen Mann da vorn am Tisch, der höflich fragte, ob er seine Pfeife rauchen dürfe, und dann sein Gesicht in eine Wolke von Tabaksqualm einhüllte. Je länger sie ihn betrachtete, desto besser gefiel er ihr. Wenigstens bekam sie Verständnis dafür, daß er Barbara gefallen mußte. Und als sie ihn einmal länger betrachtete, wandte er ihr plötzlich sein Gesicht zu, daß sie mit ihren Augen nicht mehr ausweichen konnte.

„Du mußt eine andere Weizensorte anbauen auf

deinem Acker", sagte er. „Dieser Boden heroben verträgt den Buchweizen nicht. Ich bringe dir im Herbst eine andere Sorte."

„Ja", meinte Frau Ponkraz. „Ich habe auch schon daran gedacht. Barbara, trägst du keinen Apfelwein auf?"

Barbara ging in den Keller, und diese Gelegenheit nützte Georg und sagte:

„Barbara hat mir erzählt, daß du böse warst. Aber du brauchst keine Angst zu haben. Ich werde die Barbara zur Bäuerin von Roßgotten machen, so oder so, weil ich nicht mehr leben kann ohne sie."

Noch ehe die Mutter etwas antworten konnte, erschien Barbara wieder, stellte ein Steinkrügl mit goldgelbem Apfelmost auf den Tisch und schenkte drei Gläser voll.

Ohne dazu aufgefordert zu werden, trat nun Frau Ponkraz an den Tisch und stieß mit den beiden an.

Der Bann war gebrochen, und Georg hätte nun ruhig jeden Mittwoch und Samstag heraufkommen können. Aber sie zogen es doch lieber vor, sich bei schönem Wetter an verschwiegenen Plätzchen zu treffen.

*

Der Sommer ging dahin, und Barbara wurde neunzehn Jahre alt. An einem Abend begegnete ihr der Bauer Gregor Rainer von Roßgotten. Er ging gerade zur Jagd, hatte die Doppelflinte hinter dem Rücken und den Schweißhund zur Seite. Nur durch das Knurren des Hundes wurde er überhaupt veranlaßt, aufzublicken. Und da sah er Barbara in ihrer blühenden Schönheit. Seine kalten, grauen Augen hafteten an ihr, so wie man einen prächtigen Sechserbock mustert, ehe man die Büchse auf ihn anlegt.

Barbara erschrak vor seinem Blick und stammelte in ihrer Verlegenheit: „Weidmanns Heil!"

„Weidmanns Dank. Von wem bist du?"

„Vom Häusl an der Mur."

„Ach so." Der Rainer langte an seine Joppentasche, ob er die Patronen nicht vergessen habe, zog die Leine des Hundes straffer in seine Hand und ging davon. —

Barbara erzählte es am anderen Abend Georg. Ganz ausführlich erzählte sie ihm, wie er sich brüsk abgewandt habe, als sie ihm gesagt, daß sie vom Häusl an der Mur sei.

Georg nahm das nicht weiter wichtig und sagte: „Ja, so ist er. Ganz genau so ist er. Da mußt du dir nichts denken, Barbara."

„Aber du hast doch gar nichts von ihm."

„Dafür alles von der Mutter. Die Mutter ist die Güte selber."

Dann schwieg er eine Weile, und es geschah auch weiter nichts Bemerkenswertes in dieser Nacht. Georg war einfach zu schwerfällig, was die Liebe betraf. Er küßte sie, und dann legte er den Arm um ihre Schultern. Später ging er mit ihr tiefer in den Wald hinein. Barbara wußte genau im voraus, was kommen würde. Er würde seine kurze Pfeife anzünden, eine Weile schweigen und dann von seiner Arbeit sprechen.

Da sagte er auch schon: „Morgen werden wir das Korn mähen. Es wird einen heißen Tag geben."

Barbara hatte ihren Kopf an seine Schulter gelehnt und schaute zu den Sternen hinauf. Zuweilen fiel ein Wort in die Stille.

„Vorhin habe ich den Thaler Hannes mit der Reindl Zilly vorbeigehen sehen", sagte Georg. „Das fehlte gerade noch, daß sie uns gesehen hätten."

„Warum? Fürchtest du dich, Georg? Oder schämst du dich mit mir?"

„Weder das eine noch das andere. Aber sie könnten wunder was denken, und morgen wüßte es das ganze Dorf. In der nächsten Woche wechseln wir unseren Treffpunkt wieder."

„Ja", antwortete sie gehorsam, aber sie lächelte ein wenig spöttisch über seine Vorsicht. Sie würde also nächsten Mittwoch wieder bei der Schonung hinter den Viehweiden warten.

Plötzlich fragte sie ihn ganz jäh: „Hast du eigentlich nie Angst, Georg, daß ich auch einmal einem andern gefallen könnte?"

Er schaute sie an wie ein Kind, das etwas recht Unvernünftiges dahergeplappert hatte.

„Das würde keinem etwas nützen, denn du gehörst ja mir."

„Sicher, aber —"

Er nahm sie schnell an den Schultern und drehte ihr Gesicht herum. „Warum? Ist es vielleicht schon soweit?"

„Nein, wo denkst du hin. Es war nur eine Frage."

Er ließ sie wieder los und drückte mit dem Daumen die Glut in seiner Pfeife nieder.

„Ich weiß, Barbara, daß ich vielleicht nicht so wie andere, so draufgängerisch bin. Aber ich weiß, was ich will, und werde mich, was dich betrifft, durchsetzen. Da kann sich der Vater meinetwegen grün und blau ärgern. Du mußt nur zu mir halten."

„O ja, Georg, da brauchst du keine Angst zu haben."

„Angst?" Er schüttelte den Kopf. „Was ich einmal in den Händen habe, das nimmt mir keiner mehr. Ich glaube ja auch an dich, Barbara. Für dein Treusein ginge ich durchs Feuer."

Geradezu erschütternd war der Glaube des Mannes an sein Mädchen Barbara. Das machte sie gut und söhnte sie mit allem aus. Vielleicht war das das richtige

Glück; eine Liebe, die nicht wankte, eine Treue, die nicht brach, eine Güte, die ohne Ende war. Weiß Gott, das dürfte mehr wert sein als das bedenkenlose Hineinfallen in das hochzeitliche Rufen des jungen Blutes zu jeder Stunde, bis die Herzen leergebrannt und müde waren. Man durfte den Frühling nicht verschwenden und mußte sich das Beste aufbewahren für die Höhe des Sommers.

Barbara war so glücklich in ihrer Liebe, daß sie Dagmars aufreizenden Theorien jede Gültigkeit absprach. — —

Beim Heimgehen legte Georg ihr seine Joppe um die Schultern. Geradezu rührend war er in seiner Sorge um sie.

„Morgen kommt Heinrich in Ferien heim", sagte er so nebenbei.

„Dein Bruder Heinrich?"

„Mein Zwillingsbruder, ja."

„Seht ihr euch sehr ähnlich?"

„Wie ein Ei dem andern. Nur — unterm linken Schulterblatt hat Heinrich ein kleines Muttermal. Das sieht man natürlich nicht."

Georg sprach voller Achtung von seinem Bruder, der gerade im letzten Semester studierte. Zeitlebens war er diesem Bruder in großer Liebe zugetan gewesen, der seine Züge trug, in seinem Wesen aber ganz anders war.

„Warum studiert er eigentlich?" fragte Barbara.

„Weil er ein heller Kopf ist. Heinrich konnte in der Schule schon einen Aufsatz aus dem Ärmel herausschütteln, während ich mich damit abquälte. Er hat mir auch oft genug meine Aufgaben gemacht. Übrigens, ich werde Heinrich schon einmal mitnehmen zu euch, daß du ihn kennenlernst. Denke dir aber nichts dabei, Heinrich hat zuweilen ein lockeres Mundwerk."

Nein, nein, Barbara wollte sich nichts dabei denken. Sie hatte an dem Studenten Heinrich kein großes Interesse. — —

Da standen sie schon vor dem kleinen Haus. Eine Kette klirrte im Stall, und durch die Herzlöcher der geschlossenen Fensterläden hörte man die scharfen Atemzüge der Mutter. Sie lächelten sich beide an. Eine Sternschnuppe fiel vom Himmel, und sie sahen zu, wie sie einer Feuerrute gleich zwischen den schwarzen Bergwänden erlosch.

„Hast du dir etwas gewünscht?“ fragte Barbara.

„Ich habe dich, was soll ich mir sonst noch wünschen?“

Da schlang das Mädchen plötzlich in aufwallender Liebe beide Arme um seinen Hals und nahm sich, was er ihr in seiner eigenen Scham immer verweigerte. Ihr Mund saugte sich fest an dem seinen, und dann umschlossen auch seine Arme ihren Körper mit aller Kraft. Sein Mund trank sich dem Wunder zu, eine namenlose Seligkeit durchschauerte ihn. Er trat wie aus einer verschleierten Dämmerung heraus, mitten hinein in den Lichtstrahl einer verzauberten Glückseligkeit. Aber dann machte sich Barbara plötzlich los und rannte ins Haus. Georg stand benommen und still wie ein Pfahl in der Nacht. Etwas in ihm war aufgebrochen, etwas ungemein Schönes war in sein Leben gekommen, das ihm bisher fremd gewesen.

Hinter der Haustür knarrte der Riegel. Da erst kam er wieder zu sich und ging den Berg hinunter. Sein Herz war voll ausgefüllt bis zum Rande mit satter Zufriedenheit.

*

Heinrich war da. Oh, dieser Heinrich, dieser großartige Student, der seinen schweren Handkoffer im

Bahnhofsschalterraum eingestellt hatte, weil er ihn bei dieser Hitze nicht den Berg hinaufschleppen wollte.

„So?“ sagte der Vater. „Du glaubst, wir könnten jetzt in der Erntezeit extra für dich großen Herrn ein Gespann bereitstellen und dich abholen?“

Das war aber nicht ganz so scharf gemeint, denn nach dem Mittagessen mußte doch der Altknecht Thomas den Braunen vor das Laufwägerl spannen, um den Koffer von der Bahnstation zu holen.

Heinrich war in jeder Hinsicht das, was man einen flotten Kerl nennt. Sogar der sonst so strenge Vater konnte sich eines verstohlenen Schmunzelns nicht erwehren, wenn dem Heinrich die Frechheiten so aus dem knabenhaft geschwellten Munde kollerten. Er drückte auch ein Auge zu, als Heinrich sich am ersten Tage wie ein richtiger Feriengast benahm und sich mit Buch und Liegestuhl in den Schatten des Obstgartens vertrollte. Aber schon am zweiten Tag in der Frühe machte der Rainer diesem Zauber ein Ende, indem er in die Kammer trat und dem Herrn Studenten die Bettdecke wegzog.

Heinrich schlug die Augen auf und blinzelte ein wenig. Das Bett an der anderen Wandseite war leer. Der Bruder pflegte mit dem ersten Hahnenschrei aufzustehen. Horch nur, hinter dem Haus läutete schon sein helles Sensendengeln.

Ja, das war nun einmal so. Nach des Vaters Ansicht hatte Heinrich in der Stadt genügend Zeit, sich auszuschlafen. Hier wurde jede Hand gebraucht, und als über den Feldern der Tau verdampfte, ging Heinrich mit den anderen hinaus wie ein frischgedungener Ernteknecht. Aber es rührte sich immer etwas, wenn er dabei war. Er packte die Arbeit nicht verdrossen an und ließ sein flottes Mundwerk gehen. Immer wußte er einen Witz, und bei der Brotzeit zwickte er die Jungmagd in den Hintern und machte das scheinheiligste Gesicht dazu. Hernach stand er wieder in der Reihe hinter seinem Bruder. Seine Sense leuchtete hell wie ein Schwert in der Sonne. Der Schweiß perlte über sein Gesicht, und er zog das Hemd über den Kopf. Das Muttermal unter dem Schulterblatt wurde sichtbar. Es lag wie ein dunkelroter Blutstropfen auf seiner hellen Haut, nicht größer als ein Johanniskäferchen.

Die ungewohnte Arbeit verursachte ihm Schmerzen im Kreuz, und die Sonne brannte unbarmherzig auf seinen Rücken nieder. Er hatte etwas Nußöl bei sich in einem Fläschchen, und die Jungmagd sollte ihn damit einreiben. Es half zwar nicht mehr viel, denn hernach wurde sein Rücken doch rot wie ein gesottener Krebs. Aber das Mädchen tat es nicht ungern. Das Innere ihrer Handfläche war zwar rauh wie ein Reibeisen, und Heinrich dachte unwillkürlich an Mädchenhände, die weiß waren und weich wie Samt. Aber dies war jetzt fern, und darum sagte Heinrich der Jungmagd ein paar nette Worte. Ja, das verstand er, so zwischenhinein die Worte zu streuen von der Liebe. Er nahm nichts sonderlich ernst, dieser Student. Er sprach von der Liebe in leichtem Ton, wie von einem Vogel, der mit lautlosem Flügelschlag über das Feld hinzog. „Sonntag hast du wohl ein wenig Zeit, Annerl?"

Das Annerl wußte es nicht genau. Sie wurde ein wenig rot unter dem schamhaften Ansturm der Freude und zärtelte mit ihrem Zeigefinger über das Muttermal unter seinem Schulterblatt.

„Was ist das?" fragte sie. „Es ist so allerliebst."

Heinrich war auch hier nicht verlegen und lächelte auf seine Weise.

„Dorthin hat mich einmal eine Fee geküßt. Ihr Kuß war wie eine Flamme, und darum ist dieses Mal zurückgeblieben."

Das Annerl streichelte weiter mit dem Finger über dieses Feenzeichen und hätte auch gern ihre Lippen daraufgelegt. Aber das ging nicht auf offenem Felde, die Blicke der anderen waren da. Dafür zog sie am Abend im Stall ihr Leibchen herunter und wusch sich den Erntestaub von der straffen Haut. Und der Student war nicht wie sein Zwillingsbruder Georg, er ging nicht wie dieser mit abgewandtem Gesicht vorbei, sondern betrachtete die Sache mit fachmännischem Blick. Er wagte eine Kleinigkeit, und es stand dabei schon so ziemlich fest, daß das Annerl am Sonntagnachmittag Zeit haben würde. — —

Der Tag mit seiner Hitze und Plage hatte auch den Studenten ein wenig mürbe gemacht. Aber er ließ sich nichts anmerken. Er duschte seinen brennenden Rücken unter dem kalten Wasserstrahl am Hofbrunnen und ging dann mit dem Vater zum Stammtisch beim Lammwirt im Dorf unten.

Der Vater wollte das so haben, und es war wohl eine gewisse Absicht bei seinem Wunsch. Die Eitelkeit verleitete ihn dazu, mit so einem Studentensohn konnte man sich schon zeigen. Ein großartiger Kerl, jawohl, das bestätigten die anderen auch.

Heinrich saß unter den Bauern, lehnte die Ellbogen auf den Tisch und verstand zu trinken. Als der Vater bei der zweiten Halben war, hatte Heinrich die vierte. Und nun begann auch sein Mundwerk locker zu werden. Der Vater saß neben ihm, ein wenig steil aufgerichtet, und schaute zuweilen wohlgefällig in Heinrichs schmales Gesicht. Die Bauern waren nicht schüchtern, nein, sie fragten dies und das. Hier saß einer aus ihren Reihen, den man ausfragen konnte, ohne daß es gleich etwas kostete.

Jawohl, Heinrich wußte Bescheid. Er warf mit den Paragraphen umeinander wie der Wirt am Nebentisch drüben mit den Spielkarten. Er solle sich hier bei ihnen im Dorf niederlassen als Rechtsanwalt, meinten die Bauern. Aber Heinrich hob die Hand und winkte lachend ab:

„Ich habe keine Lust, in einem Dorf zu sitzen, wo ich aufgewachsen bin. In der Stadt gibt es für einen Rechtsanwalt ganz andere Fälle. Ehescheidungen, dunkle Tragödien, Mord und Korruption, lauter Dinge, an denen ich als Anfänger meinen Geist schleifen kann. Bei euch auf dem Dorf aber, was gibt es da schon? Höchstens einmal eine pfiffige Betrügerei beim Viehhandel, oder um die Kirchweihzeit eine Rauferei mit Körperverletzung. Nein, nein, wenn ihr mich braucht, bin ich auch in der Stadt zu finden. Ich werde eure Sachen dann schon richtig vertreten, das könnt ihr mir glauben."

„Wir brauchen einen", sagte der junge Hechler vom Kar, „wir brauchen einen, der nicht gar so dick aufschreibt."

„Das kommt darauf an, um was es sich dreht", antwortete Heinrich und bestellte sich die sechste Halbe. — —

Auf dem Heimweg fragte ihn der Vater: „Wenn du doch schon soviel weißt, dann kannst du mir auch sagen, wie das zum Beispiel mit meinem Prozeß sein wird, den ich mit dem Hacker wegen der Bergwiese führe, die er mir abstreiten will."

„Also, wie ist das eigentlich mit der Wiese?" fragte Heinrich. Sie blieben voreinander stehen und sprachen den Handel genau aus. Klar und still leuchteten die Sterne über ihnen. Zuweilen ging ein fahles Leuchten über die Bergspitzen hin. Weit draußen im Flachland mußte ein Gewitter sein.

Nach Heinrichs Auffassung mußte der Vater den Prozeß unbedingt gewinnen, und der Alte zeigte darüber eine tiefe Befriedigung. Er zündete seine erloschene Virginia wohl zum zehnten Male wieder an und meinte:

„Da habe ich also mein Geld doch nicht ganz zum Fenster hinausgeworfen mit deinem Studium, und es soll mir meinetwegen auf ein paar Tausender nicht ankommen, wenn du dich einrichten willst in der Stadt drinnen. Obwohl, du hast mich ganz schön gerupft, die ganzen Jahre her."

„Der Wert des Hofes steht doch in keinem Verhältnis zu dem, was mein Studium kostet. Und gar so splendid warst du gerade nicht. Wenn es auf den Ersten hingeht, habe ich oft kein Geld mehr."

„Wenn du so saufst wie heute abend, dann kann es nicht reichen."

„Das war heute nur ausnahmsweise, weil es auf deine Kosten ging."

Da lachte der Rainer herzhaft auf. „Ehrlich bist du wenigstens, das muß ich sagen." Die Virginia war schon wieder ausgegangen. „Also, Heinrich, da streiten wir uns jetzt nicht. Ich habe dir schon gesagt: es kommt mir auf ein paar Tausender nicht an."

Dann gingen sie langsam weiter, und der Bauer Rainer sprach jetzt vom Wetter, das nach seinem Dafürhalten bald umschlagen würde.

Heinrich dagegen war mit seinen Gedanken noch bei dem letzten Gespräch.

„Es wird ja auch so sein", meinte er, „daß Georg eine auf den Hof bringt, die mit ihrer Mitgift das wieder ausgleicht, was an mich bezahlt wird."

„Das gleiche gilt auch für dich, mein Lieber", antwortete der Vater. „Such dir nur eine, die brav mitbringt. Der Spruch: So, wie man sich bettet, liegt man! hat auch heute noch Gültigkeit."

„Na ja, darüber kann man denken, wie man will, Vater. Ich betrachte das als eine Sache des Herzens."

Da blieb der Alte stehen, schob den Hut aus der Stirn und schaute seinen Studenten lustig an.

„Aha! Du gefällst mir immer besser. Für dich ist es eine Herzenssache, und für den andern soll es eine Geldsache sein."

Nun mußte auch Heinrich über seine eigenen Worte lachen. Er war im Grunde genommen wirklich nicht materiell eingestellt.

„Natürlich soll auch Georg das Herz mitsprechen lassen. Hat er denn schon ein Mädl?"

„Der? Der zwickt ja die Augen zu, wenn ihm eine schöne Augen hinmacht. Zackziment! Ich weiß nicht, wem der nachschlägt. Ich war doch nicht so zimperlich, und du bist auch kein Duckmäuser in dieser Hinsicht, wie mir scheinen will. Für den Georg aber muß wahrscheinlich ich einmal Ausschau halten. Vorerst pressiert es überhaupt noch nicht, denn ich gehöre noch lange nicht zum alten Eisen."

Da bellte ihnen schon der Hofhund entgegen und begann dann ein freudiges Jaulen, als er die beiden erkannte.

*

Georg lag halbwach und drehte sich herum, als Heinrich die Kammer betrat. Über Georgs Bett hing ein Ährenbüschel mit einer halbverdorrten Mohnblume. Heinrich hatte ein Foto über seinem Bett befestigt. Am Abend hatte es Georg lange betrachtet. Ja, ein schönes Mädchen, ohne Zweifel. Man konnte es nicht ohne Bedrückung auf die Dauer ansehen. Ihre Brauen wölbten sich wie schmale Sicheln über den dunklen Augen, ihr Hals stieg weiß und schmal wie bei einem Schwan aus dem Kleidausschnitt. Mit schläfriger Stimme fragte Georg: „Ist das die Deine?"

Heinrich saß auf dem Bettrand und löste die Schuhriemen.

„Was meinst du, Georg? Ach so, Sabine. Gefällt sie dir?“

„Ja, sie ist schön wie die Sünde.“

Heinrich lachte ein wenig. „Bruder, was weißt du von Sünde? Gott sagt zu jeder Liebe ja.“

Darüber hatte Georg angestrengt nachzudenken. Für ihn war die Liebe und aller Glaube an das Weibtum in dem Namen Barbara eingeschlossen. Frauenbilder, wie sie Heinrich über seinem Bett hängen hatte, waren für ihn eine Fata Morgana, die dem Bezirk seines Innern fremd blieb.

„Sabine ist das, was man unter Kennern ein Rasseweib nennt“, sprach Heinrich weiter. „Man kann sich das Herz verbrennen an ihr. Vor ihr habe ich eine geliebt, die war gerade das Gegenteil von Sabine. Adelheid hat sie geheißen. Sie war sanft und still wie ein Herbstmorgen ohne Wind. Im vergangenen Frühjahr hat sie einen kleinen Beamten geheiratet. Ach ja“, seufzte Heinrich, „Adelheid war ein gutes Mädchen. Viel zu gut für mich. Zu ihrem Hochzeitstag habe ich ihr einen großen Strauß weißer Rosen geschickt. Kürzlich sind wir uns einmal begegnet. Wir sind uns nämlich nicht böse, mußt du wissen. Nein, nein, ich mag das grundsätzlich nicht, im Streit auseinandergehen. Das vernebelt die schönsten Erinnerungen, und es gibt Zeiten, in denen man nur von den Erinnerungen zehrt.“

Heinrich hatte nun den Schlafanzug an (auch so ein kurioses Zeug, das Georg nicht begriff) und schlug das Deckbett zurück. Dann lag er still und verschränkte die Hände hinter dem Kopf. Aber er sprach schon wieder weiter:

„Hier ist es in dieser Hinsicht verdammt langweilig. Ich bin wirklich froh, wenn die Ferien wieder vorbei sind. Wie steht es eigentlich mit dir, Georg? Noch kein

Mädchen? Wenn ich dir raten darf, geh weiter weg und such dir eine. Hier ist ja wirklich nichts los, was die Mädchen betrifft. Im Laufe der Jahrhunderte wurde hier zuviel Inzucht getrieben, verstehst du? Mein Gott, man kennt sie ja alle von der Schule her. Ist nichts Außergewöhnliches dabei. Vor einigen Jahren, da bin ich einmal mit der Reindl Zilly zusammengewesen — es traf sich gerade so. Die konnte nicht einmal richtig küssen. Nein, das war gar nichts. Da müßtest du Sabine einmal erleben, Menschenskind!"

Georg lag mit angehaltenem Atem. Dieser Heinrich war doch ein Kerl! Er wollte ihm das mit Barbara erzählen. Aber da fiel ihm plötzlich etwas anderes ein. Hurtig richtete er sich auf.

„Wie ist das? Du bist doch Rechtsanwalt. Wenn man ein Mädchen hat, und ein anderer nimmt sie einem weg — kann man ihn dann gerichtlich belangen?"

Heinrich prustete los. Nein, so eine Frage hatte ihm auch noch niemand gestellt!

„Nein, Bruderherz, dafür gibt es noch keinen Paragraphen. Aber du hast mich auf einen guten Gedanken gebracht. Ich muß da etwas ausknobeln, man könnte im Strafgesetzbuch etwas einflicken. Im übrigen macht man sich kein schweres Herz, wenn einem ein Mädchen weggenommen wird. Man sagt: Fahr wohl! und denkt an die Töchter anderer Mütter."

„Du vielleicht, mit deinem leichten Blut", antwortete Georg.

„Warum, Georg? Hast du vor so etwas Angst?"

„Nein, was ich in Händen habe, das bleibt mir."

„Also doch verliebt. Darf man wissen, wer sie ist? Kenne ich sie?"

„Nein, du kennst sie nicht. Ich werde dich an einem der nächsten Sonntage mitnehmen zu ihr. Auf dein Urteil bin ich gespannt."

„Da bin ich aber neugierig“, sagte Heinrich. Dann drehte er sich auf die Seite und schlief sofort ein.

*

Im übrigen war es immer noch so wie in früheren Jahren auch. Die beiden Brüder sahen sich so verblüffend ähnlich, daß sie dauernd verwechselt wurden. Ja, der alte Lehrer, der in diesen Tagen einmal heraufkam, um nachzufragen, ob er auch heuer wieder sein Quantum Honig haben könnte, behauptete, daß die beiden einander noch nie so ähnlich gesehen hätten wie jetzt, da sie zu jungen Männern herangereift waren.

Heinrich trug jetzt die kurze Lederhose wie sein Bruder, auch die bunten Hemden und die grauen Strümpfe. Und da ihm das Haar etwas nachgewachsen war, war er von Georg nicht zu unterscheiden.

Einmal stand Heinrich im Hof, hatte die Hände in den Taschen und schaute interessiert den Tauben zu, die auf dem Kobel saßen. In seiner Knabenzeit war er einmal Fachmann, was den Taubenhandel betraf. Da öffnete der Rainer das Fenster und schrie heraus:

„Georg! Hast du sonst nichts zu tun, als Maulaffen feilzuhalten? Geh zu Heinrich auf die Wiesen hinauf.“

Heinrich drehte das Gesicht über die Schulter zurück, lächelte ein wenig und ging. Er konnte schließlich nicht immer ohne Hemd herumlaufen, damit man an ihm das Muttermal erkenne.

Ein andermal war es umgekehrt. Die Mutter war der Meinung, sie müsse ihrem Studenten immer besondere Leckerbissen zustecken, weil er in der Stadt drinnen doch das kräftige Essen nicht habe. Sie legte ein besonders schönes Stück Rauchfleisch auf die Seite und sagte zu Georg, als er hereinkam: „Da, Heinrich. Iß und laß es dir schmecken.“ Auch ein Schöpplein von dem guten Terlaner stellte sie ihm hin. „Die schwere

Arbeit ist dir doch recht ungewohnt, nicht wahr, Heinrich?"

Georg nickte schmunzelnd, schnitt sich von dem Rauchfleisch ab, trank das gute Tröpflein und hatte durchaus nichts dagegen, daß er für Heinrich gehalten wurde.

Ja, so frappant war die Ähnlichkeit der beiden, daß selbst die Eltern sie oft nicht unterscheiden konnten. Nur in der Haltung wichen sie kaum merklich voneinander ab. Heinrich trug den Kopf höher, sein Gang war weniger schwerfällig, sein Körper war nicht von der schweren Arbeit gekrümmt, sondern sportlich trainiert und gestählt. — —

Da kam wieder ein Mittwochabend. Der Rainer wartete nur noch auf Heinrich, den er mitnehmen wollte zum Stammtisch, zumal heute dort auch die Honoratioren des Dorfes, die Lehrer, der Sparkassenverwalter und der Inspektor des Gestüts von Lerchenhof anwesend sein würden.

Gerade als sie fortgehen wollten, wurden sie von Georg in den Stall gerufen. Einer der dreijährigen Fuchswallache litt an Kolikanfällen und schlug vor Schmerzen an die Planken.

Der Rainer runzelte die Brauen. „Warum sagst du das nicht früher?"

„Ich wollte dir und Heinrich den Abend nicht verderben."

„Ach, Schmarrn! Weißt du um den Schaden, wenn der Gaul draufgeht?" Der Rainer riß seine Joppe herunter und stülpte die Ärmel auf. „Gib mir ein Büschel Haferstroh her. Und du stell dich auf die andere Seite."

So rieben sie dem gequälten Tier die Flanken. Es wurde ihm ein scharfer Trank zwischen die Zähne hinuntergepreßt, aber es wollte nicht besser werden.

„Spann ein und hol den Tierarzt", sagte der Rainer erschöpft.

Georg schaute auf die Uhr und dachte an etwas.

„Könnte das nicht der Heinrich tun?" fragte er.

„Heinrich? Ja, wo steckt denn der Kerl auf einmal?"

Heinrich hatte vor einer Weile den Stall verlassen, weil er die Qual des leidenden Tieres nicht länger mit ansehen konnte. Ziellos wanderte er über die Weiden hinauf, stieß in der Dunkelheit einmal gegen einen Pfosten, stieg dann über eine Planke und ging auf den Wald zu.

Der Himmel war überzogen. Kein einziger Stern war sichtbar. Im Haferfeld rauschte der Nachtwind. Die Dunkelheit war schwer und schwül.

Nach einer Weile kam Heinrich zu einer Fichtenschonung und wurde von einer flüsternden Stimme angerufen. Betroffen blieb er stehen und pfiff dann leise durch die Zähne. Er dachte an kein Abenteuer, nein, er dachte nur flüchtig, daß hier ein Mädchen wartete, ein Mädchen vielleicht, das der Liebe leicht ergeben war. Immerhin, er ging die paar Schritte auf den Schatten zu und war dann doch ein wenig perplex, als sich zwei Arme um seinen Hals legten und sich ein Mädchengesicht gegen seine Wange schmiegte.

Jetzt erst dämmerte es in ihm auf, daß hier eine Verwechslung vorliegen müsse, daß er für einen anderen gehalten wurde. Das Erlebnis entbehrte nicht einer gewissen Romantik und begann ihn zu reizen. Seine Hand streichelte über ihr Haar, legte sich um ihre Schultern, um ihren Leib. Er fühlte das Blühende ihres Körpers und drängte sich willig, nur allzu willig ihren ausströmenden Zärtlichkeiten entgegen.

„Moment mal", sagte er in einem Augenblick des Besinnens und zündete ein Streichholz an. Er hob es vor ihr Gesicht und trat vor Verblüffung einen Schritt zurück. „Donnerwetter!" sagte er. Nichts weiter als: „Donnerwetter!"

„Was hast du denn?" fragte Barbara ein wenig verwundert. „Warum bist du heute so spät gekommen? Ich wäre beinahe wieder heimgegangen."

„Da hättest du was Schönes anfangen können", lachte Heinrich und umschloß sie gleichzeitig wieder mit seinen Armen. Nun hatte er die Gewißheit, daß er für einen anderen gehalten wurde. Ein Mensch, der es fertigbrachte, so ein Mädchen warten zu lassen, war ein Esel, und es geschah ihm recht, wenn ein anderer ohne Bedenken an seine Stelle trat.

Langsam und engumschlungen gingen sie in die Tiefe des Waldes hinein. Es war so dunkel um sie, daß man kaum die Hand vor den Augen sehen konnte. Über ihnen rauschten die Wipfel ihr schweres Lied.

Nein, wie dieses Mädchen küssen konnte! Es war das reine Wunder. Ein Wunder, daß es überhaupt noch etwas von solch rührender Zärtlichkeit gab. Es war für den Studenten Heinrich längst kein leichtfertiges Abenteuer mehr. Sein Blut war überflammt von der keuschen Bereitschaft ihres Liebens. Die Engel des Himmels mußten ihm heute diesen Weg gewiesen haben.

Und immer stiller wurde es um sie. Sie setzten sich auf eine kleine Moosbank zwischen den Bäumen, und Barbara wartete darauf, daß der Mann nun wieder, wie sonst auch, seine Pfeife herausnehmen und anzünden würde. Aber nein, das tat er heute nicht. Er war überhaupt etwas anders, der ganze Georg hatte sich seit dem letztenmal ein wenig gewandelt. Er saß neben ihr, streichelte ihre Hände und ihr Haar und war zärtlich wie nie zuvor.

Einmal hörte man schnellen Hufschlag und Rädergerassel auf harter Straße. Die Geräusche fielen hell wie Hammerschläge in die Echogründe des Waldes.

Heinrich dachte flüchtig an seinen Bruder Georg, der sicher jetzt den Tierarzt brachte. Aber seine Gedanken gingen nur flüchtige Sekunden über die Grenze des Waldes hinaus, dann stand er wieder mitten im Märchen.

Heinrich Rainer, der Student, nahm, was die Stunde ihm bot. Sie fielen einander zu, und es war alles ausgelöscht aus ihrem Denken. Barbaras Liebe war voller Süßigkeit und Demut. Heinrich war zutiefst erschüttert davon und war nahe daran, in einer Aufwallung von Ehrlichkeit die Wahrheit zu bekennen, daß er wie ein Dieb in die Rechte eines anderen eingebrochen war. Aber da merkte er auf einmal, daß zu diesem Bekenntnis ein ungeheurer Mut gehörte, und den brachte er merkwürdigerweise nicht mehr auf, zumal das Mädchen in diesem Augenblick sagte:

„Du bist heute ganz anders, Lieber —"

Seine Kehle schnürte sich ihm zusammen. „So? Wie denn?"

„Ich weiß nicht. Alles ist heute anders. Auch deine Stimme klingt heute schöner, ein wenig tiefer, kommt mir vor. Ach, ich bin ja so glücklich —"

Was hätte er da noch sagen sollen, bei dieser erschütternden Ahnungslosigkeit? Er schwieg und — liebte weiter. — —

Die Zeit verging rasend. Als sie aus dem Walde kamen, schlug die Kirchenuhr im Dorf Mitternacht. Erschrocken lauschte Barbara auf den letzten Schlag hin.

„Was? So spät schon! Nein, du brauchst nicht mehr den weiten Weg mitzugehen. Gute Nacht, Lieber. Und — am Samstag wieder. Oder?"

„Ja", antwortete Heinrich schuldbewußt. „Am Samstag wieder."

Dann huschte sie von ihm fort und wurde im nächsten Augenblick von der Dunkelheit verschlungen.

Heinrich stand noch eine ganze Weile wie von einem Zauber berührt. Hatte er wirklich dieses Wunder erlebt, das ihm jetzt noch in allen Poren nachklang? Langsam wandte er sich um und tastete sich zum Zaun der Viehweide hin.

*

Die Stallfenster des Hofes waren noch erleuchtet. Georg saß hinter der Pferdeboxe auf einem Melkschemel und döste vor sich hin. Der Gaul stand jetzt ruhig in seinem Stand, mit einer Decke umhüllt, und hob nur zuweilen leicht die Hinterhand.

„Wie geht es ihm jetzt?" fragte Heinrich hinzutretend. Georg stand von seinem Schemel auf und richtete die Decke ein wenig.

„Der Tierarzt hat ihm ein paar Spritzen gegeben. Ich glaube kaum, daß er noch Schmerzen hat. Aber man muß doch dableiben für diese Nacht. Wo kommst du denn jetzt noch her?"

Und nun lachte Heinrich. Ein fröhliches, jungenhaftes Lachen brach aus ihm heraus. Soviel Glück und Zufriedenheit schwang in seinem Lachen, daß Georg ihn verwundert anschaute.

„Was ich habe? Eine Freude, die mir fast das Herz im Leibe sprengen will." Heinrich packte den Bruder bei den Schultern. „Du — ich nehme alles zurück, was ich neulich gesagt habe, wegen der Mädl im Dorf. Heute ist mir eine begegnet — also, ich kann es immer noch nicht recht glauben!"

Georgs Brauen zogen sich einen Augenblick erschrocken zusammen. „Wie heißt sie denn?"

Heinrich starrte den Bruder an und lachte dann wieder, mehr noch als zuvor.

„Also, das ist mir doch auch noch nicht passiert! Wie

das Mädl heißt? Bruderherz, ich weiß es nicht. Nein, ich weiß es wirklich nicht. Also, so etwas ist mir doch auch noch nie untergekommen."

Georgs Gesicht wurde grau, als wenn ihm jemand Asche hineingeworfen hätte.

„Hat sie — vielleicht — Barbara geheißen?"

„Barbara?" Heinrich sprach den Namen nach, langsam und jede Silbe betonend. Dann schüttelte er den Kopf. „Nein, so kann sie nicht geheißen haben. Barbara klingt viel zu hart für dieses Mädchen. Nach meinem Empfinden müßte sie Angelika heißen, oder Rosalinde, irgend etwas Weiches, Sanftes. Ja, das würde zu ihr passen. Aber frage mich nicht weiter. Ich kann dir das doch nicht so erzählen. Du würdest es vielleicht gar nicht glauben. Komm, Georg, leg dich schlafen, und laß mich für den Rest der Nacht hier wachen."

Georgs Gesicht entspannte sich wieder, und er lächelte vor sich hin. Wie hatte er nur einen Augenblick diesen furchtbaren Gedanken fassen können! Es kam ihm wie ein Verrat an Barbara vor. So leicht und froh war ihm jetzt ums Herz, als hätte sich ein schwerer Stein davon gewälzt. Er lachte jetzt mit dem Bruder und sagte ihm, daß er sich auch nicht mehr schlafen legen wollte. Sie setzten sich nebeneinander in das aufgeschichtete Stroh in der leeren Boxe, und es war wieder wie damals in ihren Knabenjahren, wenn sie irgendeinen Streich auszubrüten hatten und sich in einen Winkel verkrochen. Alte Erinnerungen kramten sie heraus. Was Georg nicht mehr wußte, das wußte Heinrich. Dann lachten sie über irgend etwas hellauf wie halbwüchsige Buben. Und sie merkten erst, daß die Nacht zu Ende war, als das fahle Licht des neuen Morgens um die Stallfenster spielte und die jungen Hähne zu krähen begannen.

*

Dieser Tag aber war ein Feiertag. Es war Mariä Himmelfahrt. Als Heinrich heraustrat, waren die dunklen Wolken wie von einer unsichtbaren Hand weggewischt, und ein zartblauer Himmel hing über dem Land. Die Rosen im Garten verschenkten ihren Duft bis zum Haus herüber, und die Lerchen standen wie singende Tropfen in der Luft.

Heinrich hatte mit dem Vater auf die Jagd gehen sollen. Aber er lehnte ab, er hatte anderes im Sinn. Zumal, es war wirklich kein Vergnügen, mit dem Rainer auf dem Hochstand zu sitzen. Wenn er auch versprach, daß Heinrich den Bock schießen dürfe, in dem Augenblick aber, wenn der Rainer rot vor den Augen sah, riß er selber die Büchse hoch.

Nein, Heinrich ging zum Hochamt hinunter. Er hoffte, daß er das Mädchen der vergangenen Nacht sehen würde. Aber so sehr er auch die Bankreihen auf der Frauenseite musterte und hernach vor dem Kirchhof jede einzelne an sich vorüberziehen ließ, dieses Mädchen war nicht darunter. — —

Mißmutig stieg er wieder den Berg hinauf. Er kam gerade recht, als der Vater in der Stube dem Gesinde den Wochenlohn hinzählte. Weil er an diesem Morgen ein unverschämtes Jagdglück gehabt hatte, war er guter Laune und öffnete die kleine Stahlkassette noch einmal, nahm einen Schein heraus und steckte ihn Heinrich zu.

„Da, du hast fleißig gearbeitet diese Woche. Nimm nur, es gebührt dir. Im übrigen bist ein dummer Kerl. So einen Sechserbock wie den heute schießt du dein Lebtag nicht mehr."

Heinrich lachte und fühlte eine tiefe Zufriedenheit, weil der Vater ihm den Wert seiner Arbeit so freimütig vor dem ganzen Gesinde zugesprochen hatte.

„Den Bock gönne ich dir von Herzen gern, Vater."

„Ja, ich weiß. Du bist kein großer Jäger vor dem

Herrn. Du legst lieber auf die zweibeinigen Geißen an, was?" lachte der Rainer und verschloß dann die Kassette in dem großen Stahltresor, der in der Ecke der Stube stand und dem Raiffeisenverein gehörte, dessen Kassier der Rainer war.

Da kam die Mutter schon mit der dampfenden Suppenschüssel herein. Die Jungmagd schlug das Kreuzzeichen und betete ein kurzes Tischgebet. Dann wurden die Bänke gerückt, und alles nahm Platz.

Hernach setzte sich Heinrich auf die Hausbank und zündete sich eine Zigarette an und sah verträumt den kleinen Wolken nach, wie sie aufstiegen und davonwanderten.

Die Hitze knisterte im Gebälk des weit vorspringenden Hausdaches. Die Blumen auf der Altane, die das Haus auf der ganzen Südfront säumte, ließen müde die Dolden hängen, obwohl sie erst am Vormittag gegossen worden waren. Schmetterlinge gaukelten trunken um die Blüten herum, und ein farbenschöner Admiral setzte sich zu kurzer Rast auf Heinrichs Schulter. Er wartete, bis er wieder davonflog, lehnte dann den Kopf an die Mauer und schloß die Augen. Wie ein friedlich Träumender saß er da, und doch war er voll innerlicher Spannung und Unruhe. Dieses merkwürdige Erlebnis mit dem Mädchen hatte ihn doch tiefer berührt, als er dachte. Fast ununterbrochen dachte er an sie und suchte sich ihr Gesicht zu vergegenwärtigen, das er nur für den kleinen Augenblick beim Aufleuchten seines Zündholzes gesehen hatte. In seinem Herzen war eine seltsam zehrende Sehnsucht. Das Mädchen mußte das doch unbedingt fühlen. Heinrich glaubte an die magnetischen Kräfte, die Fäden von einem Herzen zum anderen spannten.

Ein rascher, trippelnder Schritt auf dem Pflaster ließ ihn die Augen aufschlagen. Das Annerl stand vor ihm, hatte ein Körblein im Arm und sagte: „Muß doch mal 'naufschauen in den Wald, ob ich Himbeeren finde."

„Ach ja, Himbeeren", sagte Heinrich gedankenlos, sah nicht ihre dralle Schönheit und nicht den lockenden Blick ihrer Augen.

„Ich gehe nicht weit", meinte die Jungmagd. „Nur bis dort hinauf, zum Enterschlag." Dabei kniff sie das linke Auge ein wenig zu. Heinrich kniff das rechte Auge zu, dachte sich aber nichts dabei. Mochte das Annerl ruhig in die Himbeeren gehen, ihn konnte das nicht mehr reizen.

Wenn es nur schon Samstag wäre und Nacht! dachte er immer wieder. Und doch schreckte er vor sich selbst zusammen, wenn er überlegte, wie sich das Mädchen dazu stellen würde, wenn sie die Wahrheit wußte. Es mußte doch ein großes Erschrecken durch sie hinjagen, wenn sie erkannte, daß die Dunkelheit sie genarrt und alles Lieben jener Nacht nichts anderes war als das verwegene Gaukelspiel eines fremden Mannes, der bedenkenlos in die Rechte eines anderen eingebrochen war wie ein Wolf in die Schafsherde. Wenn man es recht bedachte, mußte sie ihn verachten wie einen ganz gewöhnlichen Dieb. Und gerade das war es, was Heinrich jetzt nicht mehr ertragen könnte: Verachtung durch dieses Mädchen.

In diesem Augenblick trat Georg aus der Haustür, die graue Lodenjoppe über die Schulter gehängt, den Hut in der Hand.

„Kommst du mit, Heinrich? Ich will dich heute mit meinem Mädchen bekannt machen."

Sofort war Heinrich bereit. Das brachte wenigstens Abwechslung in den tobenden Wirbel seiner Gedanken. Er ging ins Haus und holte sich ebenfalls Joppe und Hut.

Heinrich durfte es als ein Zeichen der brüderlichen Zuneigung betrachten, daß Georg ihn so vertrauensvoll mit einbezog. Jawohl, Heinrich sollte nur sehen, daß auch sein Geschmack nicht schlecht war. Ganz ruhig könnte man statt des Ährenbüschels ein Foto von Barbara an die Wand hängen, wenn dies Bauernbrauch wäre. Jedenfalls könnte sie neben Sabine mit dem Schwanenhals leicht bestehen. Das sollte Heinrich nur bezeugen.

Sie gingen nebeneinander den Hang hinauf. Georg war von einer drängenden Unruhe erfaßt. Er schritt so zügig aus, daß Heinrich ihm kaum folgen konnte und ihn mahnen mußte, doch nicht gar so zu rennen.

Immer näher kamen sie dem Häusl. Man sah schon deutlich die blutroten Geranien von den Fenstern herleuchten. Da blieb Georg stehen und sah den Bruder an.

„Du mußt wissen, Heinrich, die Barbara ist mir lieb und wert wie mein eigenes Leben. Ich weiß nicht, ob du schon empfunden hast, wie das ist, wenn man ohne einen Menschen nicht mehr leben könnte. Bei mir ist das so."

„Donnerwetter, das hätte ich dir gar nicht zugetraut. Wie alt ist sie eigentlich?"

„Sie wird zwanzig."

„Ist sie schön?"

„Darauf verstehe ich mich weniger. Für mich ist sie die Schönste. Die äußere Schönheit ist mir auch nicht so wichtig. Aber ihr Inneres leuchtet. Du wirst es sehen."

„Du machst mich neugierig. Weiß es der Vater schon, oder die Mutter?"

„Das weiß überhaupt noch niemand. Du bist der erste, den ich in mein Geheimnis schauen lasse. Ich weiß, daß es einen harten Strauß mit dem Vater geben wird. Aber in dieser Hinsicht wird er nachgeben müssen."

„Wenn ich dir dabei helfen kann, Georg — mich hast du jedenfalls auf deiner Seite, das weißt du."

„Das würde mich freuen, Heinrich."

„Natürlich. Ich könnte doch nicht anders. Wir sind durch unsere Geburt schon schicksalhaft miteinander verkettet. Auf alle Fälle, auf mich kannst du rechnen."

„Dafür danke ich dir, Heinrich." Impulsiv umklammerte Georg mit beiden Händen Heinrichs Rechte. Dann gingen sie auf das Haus zu.

Die Haustür stand halb offen, aber es war niemand zu sehen. Sie traten in die Stube. Eine schwarzweiß gefleckte Katze lag schnurrend auf dem Ledersofa. Im Windhauch, der durch das Öffnen und Schließen der Tür entstand, raschelten die Blätter des Efeus, der sich von einem Fenster aus in einer wundervollen Verästelung über die halbe Stubendecke hinzog.

Da öffnete sich eine Seitentür, und Barbara betrat die Stube. Eine leichte Röte huschte über ihr Gesicht, aber dann ging sie mit einem freien Lächeln auf Georg zu und gab ihm die Hand. Und hier, im letzten Hinstrecken der Hand, merkte man ihr unsicheres Zögern. Barbara war plötzlich nicht mehr recht sicher, ob es wirklich Georg war, dem sie die Hand gab, so stark wirkte in diesem Augenblick die Ähnlichkeit der Brüder auf sie. Sie schaute von Georg auf Heinrich und von Heinrich auf Georg.

„Das ist mein Bruder", sagte Georg jetzt. „Der Heinrich, von dem ich dir schon erzählt habe."

Mit ungezwungener Heiterkeit reichte sie nun auch Heinrich die Hand.

„Wie mich das freut, daß ihr gekommen seid. Die Mutter ist heute morgen schon weggefahren und kommt erst am Abend zurück. Aber setzt euch doch, ich bringe euch etwas zu trinken."

Schon lief sie hinaus. Locker schlug der Rock um

ihre Beine. Nachdenklich schaute ihr Heinrich nach. Beim Klang ihrer Stimme hatte er unwillkürlich aufgehorcht.

Da stieß Georg ihn in die Rippen und fragte: „Na? Was sagst du jetzt?"

„Sie ist schön wie ein Traum. Du hast Geschmack, Georg. Das hätte ich dir nicht zugetraut."

„Ist sie schöner als deine Sabine?"

„Sabine ist kein Vergleichsobjekt. Die Schönheit dieses Mädchens hier ist ganz anderer Art."

Barbara kam zurück und stellte einen Krug Apfelmost auf den Tisch. Sie schob den Krug vor Heinrich hin und sagte: „Trink, Georg!"

Da lachten die beiden Brüder und freuten sich diebisch an dieser Verwechslung. „Jetzt fehlt es nur noch", kicherte Heinrich, „daß sie mir einen Kuß gibt, der dir zugedacht wäre. Ich würde natürlich den Irrtum sofort aufklären."

„Ja, so siehst du gerade aus", antwortete Georg. „Du wärst übrigens der einzige, dem ich einen Kuß von Barbara vergönnen möchte. Aber wie ich dich kenne, wärst du ja mit einem nicht zufrieden." Georg sagte es lachend und schaute dabei Barbara an. Die strich gerade mit der Hand über die Tischdecke und richtete den Stuhl. Dann hob sie die Augen und schaute Heinrich an. Sie entdeckte, daß sein Haarschnitt ein klein wenig anders war, und wußte, daß sie ihn von jetzt an von Georg würde unterscheiden können.

„Georg hat mir schon manchmal von dir erzählt", erklärte sie. „Der Student, sagt er immer. Mein Bruder, der Student."

Heinrich starrte auf ihren Mund, auf die vollen roten Lippen. Ihre ungekünstelte Natürlichkeit nahm ihn ganz gefangen. Er hatte etwas sagen wollen, etwas sehr Nettes, etwas Verbindliches, und stellte fest, daß alles nur eine Phrase gewesen wäre.

„Mein Bruder hat mir auch von dir erzählt", sagte er schließlich. „Und er hat mir, wie ich sehe, nicht zuviel erzählt."

Beim Klang seiner Stimme wurde Barbara von irgend etwas angeweht. Sie erschrak nicht, nein, nur ein leises Staunen kam in ihre Augen. Sie schaute in sein Gesicht, sehr lange, aber dann wandte sie sich wieder Georg zu. Sie strich über Georgs Hand, und es lag eine große Zärtlichkeit in dieser einfachen Liebkosung.

Georg trank, ließ den Zinndeckel offen und schob dem Bruder den Krug zu. Der aber ließ zuerst Barbara trinken und legte dann seinen Mund an die Stelle, wo der ihre gelegen hatte. Er machte das nicht etwa heimlich, nein, nein. Er lachte dazu und sagte, daß er dies als einen kleinen Vorschuß auf den Kuß nehme, um den sie wahrscheinlich nicht herumkommen werde.

„Einen Kuß, ja, du liebe, bildschöne Schwägerin", lachte er. „Davon wirst du dich schwerlich drücken können. Georg, dein Ehrenwort, daß dich der Neid nicht übermannt! Aber schließlich müssen wir unsere kommende Verwandtschaft doch irgendwie besiegeln, und darum bin ich dem lieben Gott recht dankbar, daß er den Kuß dafür erfunden hat. Oder hat ihn jemand anders erfunden? Weißt du es besser, Georg?"

Georg lachte und war gut gelaunt. „Ja meinetwegen, gebt euch nur einen Kuß. Er gibt ja doch keine Ruhe, bis er ihn hat."

„Ich möchte dies doch lieber mit Barbara unter vier Augen abmachen", antwortet Heinrich lächelnd. „Küssen ist nämlich eine Wissenschaft für sich, und ich möchte nicht, daß du mir etwas abguckst." Dabei nahm er Barbaras Hand in die seine und betrachtete ihre

Finger. In diesem Augenblick sagte Georg plötzlich: „Barbara —" sagte er. „Es hat mir leid getan, daß ich gestern am Abend nicht habe kommen können. Du hast wohl lange gewartet auf mich? Aber es ging mit dem besten Willen nicht. Ein Pferd ist krank geworden, und ich mußte zum Tierarzt fahren. Heinrich kann das bezeugen."

Heinrich nickte, aber es war ihm zumute, als ob ihm jemand ein glühendes Eisen um den Hals legte. Dann schaute er auf das Mädchen und erschrak bis ins Herz hinein.

Barbaras Gesicht hatte sich schreckhaft verändert. Keine Spur von Leben war mehr darinnen. Ihr Mund stand halb offen wie bei einem Kind, dem sich in der Dunkelheit etwas Schreckliches nähert. Ihre Augen lösten sich keine Sekunde von Heinrich.

Heinrich fühlte, wie sein Herz rasend zu schlagen begann. Sein Kinn streckte sich wie im Krampf etwas vor. Er wartete nur noch auf die Sekunde, da es aus diesem steinernen, leblosen Mädchengesicht herausschreien mußte, voller Ekel und Verachtung, voller Zorn und Scham über den Betrug, den er an ihr begangen.

Aber statt dessen senkte Barbara den Kopf und sprach mit einer Stimme in den Tisch hinein, die aus einem Grab zu kommen schien:

„Ja, ich habe sehr lange gewartet auf dich, gestern. Georg — ich glaube — zu lange —"

Dann stand sie jäh auf und ging hinaus. Georg starrte hinter ihr her.

„Was hat sie denn jetzt?" fragte er, mehr zu sich selbst. „Vielleicht hätte ich es nicht vor dir sagen sollen, daß ich sie habe warten lassen."

„Ja, es wäre vielleicht gut gewesen", meinte Heinrich. Seine Stimme hatte einen trockenen Klang. Und da geschah es auch, daß aus einem stummen Winkel seines Unterbewußtseins etwas aufsprang wie Zorn gegen den Bruder. Aber es verschwand so rasch, wie es gekommen, zumal jetzt Barbara wieder erschien.

In diesen Minuten hatte sich eine Wandlung in ihr vollzogen. Es mußte sie wohl übermenschliche Kraft kosten, so zu sein, wie sie sich jetzt gab. Nur Heinrich, dem einige Kenntnisse gegeben waren um die Regungen seelischer Empfindungen, konnte das nachfühlen. In ihrer Rede waren jetzt nicht mehr die zärtlichen Schwingungen. Ihre Stimme klang trocken und hart, und manchmal begleitete sie einen Satz mit einem Lachen, obwohl es gar nicht angebracht war.

Sie spielt Komödie, dachte Heinrich. Sie will mit diesem unnatürlichen Lachen etwas überbrücken, ihre Enttäuschung vielleicht, ihren Zorn, oder die ganze Traurigkeit, von der ihr Herz überschwemmt sein mag.

Ja, ja, Barbara lachte und lächelte, aber ihr Herz weinte leise dabei. Das fühlte Heinrich auf einmal ganz unerbittlich, denn es war ihm, als sähe er mitten in sie hinein. Es war im Grunde genommen eine große Tapferkeit, mit der sie das Grausame dieses Augenblickes trug.

Heinrich stand auf. Es war wohl besser, wenn er jetzt ging.

„Willst du denn schon gehen?“ fragte Georg.

„Ja, ich möchte — du mußt das verstehen, Bruder — ich möchte nicht das fünfte Rad am Wagen sein.“

„Was fällt dir ein, Heinrich! Du bist uns doch nicht im Wege.“

Heinrich hielt den Atem an und schaute auf das Mädchen. Kam von ihr keine Aufforderung zu bleiben? Nein, Barbara sagte nichts, sie forderte ihn nicht auf zu längerem Verweilen. Sie war vielleicht herzensfroh, wenn er ging. Und trotzdem hatte er auf dieses Wort von ihr gewartet, wie er nie zuvor in seinem Leben auf etwas gewartet hatte. — —

Als er draußen in der Sonne stand, mußte er einen Moment die Augen schließen. Wie kalt ihre Hand beim Abschied gewesen war! Wie sie, wie in flimmernder Angst vor sich selbst, an ihm vorbeigeschaut hatte! Um ihn summten die Bienen, der Harfenton des Windes sang in den Blättern der Kastanienbäume, der süße Geruch des Grummets stieg von den Wiesen auf. Langsam zog die Sonne, Berge und Täler vergoldend, durch die Stunden. Kleine weiße Wolken segelten an ihr vorbei und bekamen für den Augenblick des Vorüberziehens einen brennenden Glanz.

Nein, die Welt hatte sich nicht verändert. Es war noch die alte liebe, schöne Welt in ihrem sommerlichen Glanz. Nur in seinem Leben hatte sich jetzt etwas geändert. Heinrich meinte, es ginge etwas Schneidendes mitten durch sein Herz. Ohne einen Blick zurückzuwerfen, ging er über die Hügel hin, bis die hohen stummen Bäume des Waldes ihn umfingen.

Eigentlich hätte er zufrieden sein sollen, denn etwas Gefährliches war an ihm vorübergegangen. Aber er war es nicht, im Gegenteil, er war zerwühlt und zerrissen in sich selbst wie nie zuvor.

Auf einem Baumstrunk sitzend, starrte er vor sich hin und ließ die bunten Episoden seines Lebens an sich vorüberziehen. Sie glitten vorbei wie Bilder in einem Film. Selbst Sabine verwischte ein wenig, aber klar und mit eindringlicher Deutlichkeit stand Barbaras junges Gesicht vor ihm auf. Mit frevlerischem Leichtsinn war er in die Rechte seines Bruders eingebrochen wie ein Wolf in eine Schafherde, und nun erkannte er plötzlich, daß er mit dieser Lüge seines Lebens nicht mehr fertig werden konnte, weil er dieses Mädchen liebte.

Er liebte sie von dem Augenblick an, da er ihre

Tapferkeit erlebt hatte, mit der sie ihrem Mund Schweigen gebot, als ihr Herz die Wahrheit herausschreien wollte.

Er dachte nun lange und mit großer Sorgfalt über alles nach, wie ein Richter, der aus Indizien ein festes Gewebe zu fertigen hatte, damit man den Täter überführen könnte. Er selbst war der Täter und sein eigener Richter zugleich. Vielleicht mußte man wirklich daran denken, ins Strafgesetzbuch einen neuen Paragraphen einzubauen: „Wer einem anderen ein Mädchen abspenstig macht, usw...."

Daß der andere sein Zwillingsbruder war, komplizierte die Sache natürlich. Es kamen also erschwerende Umstände dazu. Man könnte den Fall noch weiter detaillieren. Etwa so: „Wer unter Ausnützung der Dunkelheit in betrügerischer Absicht, usw...."

Unweit hämmerte ein Specht, und es hörte sich an wie ein höhnisches Gelächter. Heinrich runzelte die Brauen und war versucht, an seine Brust zu klopfen.

Aber es war schon richtig so. Das Bild rundete sich, und die Indizien wurden zu einem klaren Punkt der Anklage, und das höhnische Gelächter des Spechtes konnte vielleicht der Paradoxie gegolten haben, weil mit einer Lüge etwas begonnen und nun Wahrheit daraus geworden war.

Nein, Heinrich gab sich keinen Illusionen mehr hin. Er liebte dieses Mädchen wie nie zuvor einen Menschen. Das war die eine Wahrheit. Die andere Wahrheit sah so aus, daß auch an Barbara dieses Erlebnis nicht spurlos vorbeigegangen war. Hier lag das Tragische und die Gnadenlosigkeit des Schicksals.

Jedem anderen würde er das Mädchen abverlangt haben. Aber dem Bruder konnte er das nicht antun, er würde ihn zutiefst ins Leben treffen. Er, Heinrich, wollte ein anständiger Kerl sein, fragte sich aber zugleich, wessen Gesetz es sei, das ihm die Liebe zu Barbara verwehrte.

War es überhaupt ein Gesetz? War es nicht nur die Laune eines Zufalls, daß der andere ausgerechnet sein Zwillingsbruder sein mußte?

Die Stunden verrannen, und auf leisen Sohlen ging die Nacht durch den Wald. Endlich dachte Heinrich an den Heimweg. Ein leiser Wind sang unter den Sternen hin, und vom Gebirge herunter wehte der Duft von Brunellen.

Als Heinrich das einsame Licht von der Mur herunterschimmern sah, schaute er weg und preßte die Fingernägel in die Handflächen, bis sie schmerzten.

*

Spät in der Nacht kam Georg heim. Er war gut aufgelegt, pfiff vor sich hin und fragte so zwischenhinein zum anderen Bett hin, ob Heinrich schon schlafe. Heinrich hatte noch kein Auge zugetan, aber er gab keine Antwort. Georg brummte etwas vor sich hin, hängte seine graue Lodenjoppe pedantisch genau über die Stuhllehne und pfiff wieder leise. Schließlich hielt er es nicht mehr aus, ging herüber und rüttelte Heinrich an den Schultern.

„Horch einmal, Heinrich! Ich will doch wissen, was du zu Barbara sagst."

Heinrich öffnete die Augen, lag aber ganz still, als habe sein Herz den Schlag vergessen. „Was ich zu Barbara sage?"

„Ja, gefällt sie dir?"

„Es kommt doch hier nicht auf meinen Geschmack an."

„Ich will aber gerade dein Urteil wissen, weil — es ist nämlich so, Heinrich — heute haben wir es festgemacht. Im Herbst heiraten wir."

„So — im Herbst?“ fragte Heinrich und schloß für Minuten die Augen. „Es wird wohl das Vernünftigste sein“, fügte er hinzu und dachte dabei: Herbst wird es bald sein, aber bis dahin bin ich längst wieder in der Stadt, und Sabine wird vor der Universität auf mich warten.

Jawohl, so wird das sein. Sabine wird sich an seinen Arm hängen, mit dem Recht, das ihr zusteht. Und sie werden in einem Hotel zu Abend speisen, vielleicht eine Flasche Wein trinken, und er wird dabei an das Mädchen Barbara denken, dessen Liebe er in einer Sommernacht genommen, so wie man einen Trunk Wasser nimmt, wenn man dürstet.

Heinrich schlief in dieser Nacht keine Minute. Mit starren Augen, die Hände hinter dem Kopf verschränkt, lag er da und schaute zu, wie an der Mauer das Mondlicht wanderte und alle Dinge des Raumes mit seinem milchigen Licht berührte. Zuletzt lag es auf dem Gesicht des Bruders. Georgs Mund stand ein wenig offen, und der Adamsapfel bewegte sich bei jedem tiefen Atemzug. Glücklich und zufrieden lag er da, wie ein Kind, das von der Muttermilch gesättigt war. Vielleicht träumte er gerade von Barbara — —

Kaum daß es draußen zu grauen begann, stand Heinrich auf. Als er aus der Kammer trat, kam gerade der Vater über den Flur und klopfte an die Türen der Knechte und Mägde. Als er Heinrich sah, zog er die Brauen hoch.

„Oh“, sagte er spottend. „Unser Herr Student ist auch schon auf. Respekt, Respekt!“

Heinrich antwortete nichts, ging aus dem Haus und holte sich eine Sense im Schuppen. Er mußte sich mit irgend etwas betäuben.

Rauschend sank die grüne Mauer vor ihm zusammen. Aber es wollte nichts helfen, es kam kein ruhiges

Gleichmaß in seine Gedanken, und wenn er sich vorsagte, daß er Barbara nie wieder sehen wollte, so schrie es im nächsten Augenblick in seinem Herzen: „Ich muß sie noch einmal sehen, muß ihr alles abbitten, will ihr danken für ihre Liebe und für die Tapferkeit ihres Verschweigens!"

Aber er wollte das dem Zufall überlassen, ging deshalb am Abend ein wenig über die Felder, setzte sich auf die Planken der Viehweide und behielt das Haus an der Murhalde im Auge. Er sah, wie Barbara unter die Tür trat, sah, wie sie die Hand hob, um die Augen zu beschatten vor dem brennenden Licht des Sonnenuntergangs. Es war eine schöne und makellose Gebärde, als ob sie etwas Unbestimmtes segnen wolle. Später erschien sie noch einige Male, dann schlug die Haustür hinter ihr zu. Es dröhnte wie ein Schuß über den Talgrund her. Der Nebel stieg aus der Tiefe und schob sich langsam zwischen Heinrich und die Welt. —

Am anderen Abend sah er, wie Georg in der Dämmerung über die Hügel zum Jungwald hinaufging. Einen Augenblick spürte Heinrich eine qualvolle Lust, nachzugehen, damit er ihnen das Alleinsein zerstöre. Aber machte das seiner Qual vielleicht ein Ende? War er schon soweit gekommen, daß er die Verwirrung seines Herzens in der kleinlichen Rache stillen wollte, auch anderen ihr Glück zu zerstören?

Nein, es hatte alles keinen Sinn. Das Beste war, wenn er bald abreiste. Er konnte einen Studienfreund besuchen, der auf der anderen Seite des Gebirges wohnte. Die Ernte war bald eingebracht, dann würde man ihn nicht mehr so notwendig brauchen. — —

Nach ein paar Tagen fragte ihn die Mutter, ob ihm etwas fehle, er sähe gar nicht gut aus. Sie wolle mit dem Vater sprechen, daß er ihn nicht mehr mit so schwerer Arbeit bedächte. Aber Heinrich wehrte ab.

„Nein, nein, laß nur, Mutter. Man muß die Dinge hinnehmen, wie sie sind."

„Was für Dinge denn?"

Heinrich sah die Mutter schweigend an. Immer hatte er zu der Mutter kommen können. Er erinnerte sich der Knabennöte und Sorgen, die er früher an sie herangetragen. Nie war ihr Herz verschlossen, stets fand sie das richtige Wort. Aber diesmal, Heinrich fühlte es ganz genau, diesmal konnte auch die Mutter nicht helfen. Das war eben Schicksal gewesen.

Heinrich horchte auf. Nun hatte er das richtige Wort gefunden. Es gefiel ihm, er horchte dem Klang nach, spielte ein bißchen mit dem Wörtchen Schicksal und lächelte still vor sich hin. Natürlich, es konnte keinen Zweifel darüber geben, es war wirklich ein launenhaftes Spiel des Schicksals gewesen, daß er dem Mädchen Barbara begegnen mußte.

Diese neue Erkenntnis nahm ihm viel von seiner Unruhe. Er warf bei allen Gewissensbissen, die ihn künftig wegen dieser Sache überkommen wollten, das Wörtchen Schicksal in die Waagschale und fand einen wunderbaren Ausgleich darin.

*

Unter Hitze und Plage wurde die Ernte auf Roßgotten eingebracht. Der Vater zeigte sich recht zufrieden mit Heinrichs Leistung und sagte eines Tages:

„Du hast mir einen vollwertigen Ernteknecht ersetzt. Aber nun laß es gut sein und halte wirklich Ferien."

„Nichts mehr tun?" fragte Heinrich und schüttelte den Kopf. „Jetzt bin ich es so gewohnt, daß mir Nichtstun zur Qual würde."

„Wie du denkst. Auf alle Fälle habe ich gesehen, daß du auch ein guter Bauer wärst; und wenn du nicht studiert hättest, würde dir nach dem Recht des Älteren der Hof zustehen."

Heinrich lächelte müde. „Um wieviel bin ich denn älter?"

„Um zehn Minuten. Das ist nicht viel, und doch bist du der Älteste."

„In weniger als zehn Minuten kann einen das Schicksal zermalmen", antwortete Heinrich und ging davon. Der Vater sah ihm kopfschüttelnd nach. Was sollte denn das wieder für eine merkwürdige Antwort sein? Er sprach jetzt manchmal in Rätseln, dieser merkwürdige Student. — —

Da kam überraschend am Samstag Sabine, das Mädchen mit dem Schwanenhals. Niemand hatte sie erwartet, am wenigsten Heinrich. Sabine war für ihn ein nebelhafter Begriff geworden, ein Mädchen, das er aus dem Herzen verloren hatte, ohne daß er es merkte.

Gregor Rainer stand vor der Haustür und reinigte mit einem gespitzten Zündholz seine Zähne von Fleischfasern, denn er hatte gerade gevespert. Dabei schaute er in Richtung des Breitensteines, hinter dessen Felsmassiv sich eine Wolkenbank heraufschob.

Da kam Sabine über den Hof, stellte das Köfferchen auf die Hausbank und fragte, ob sie hier richtig sei beim Bauern zu Roßgotten.

Gregor Rainer nahm das Zündholz aus dem Munde und warf es fort. Dann schaute er das hübsche Frauenzimmer abwägend an. Ein verspäteter Sommergast, dachte er und wollte sie schon in die Küche zur Bäuerin verweisen. Da sagte Sabine, daß sie Herrn Heinrich besuchen wolle.

„Ach so", schmunzelte der Rainer. Er hatte plötzlich eine Erinnerung. Droben in der Bubenkammer hing das Bild dieser Dame über Heinrichs Bett. „Ja, ja", sagte er dann. „Da sind Sie schon richtig. Heinrich ist zwar beim Mähen auf der Bergwiese droben, aber es ist jetzt bald Mittagszeit."

„Ich wußte gar nicht, was los ist", meinte jetzt Sabine. „Er schreibt nicht, telefoniert nicht, läßt einfach nichts von sich hören."

Der Rainer, sonst wortkarg und verschlossen Fremden gegenüber, schmunzelte wieder. Er fand, daß Sabine ein verteufelt schönes Frauenzimmer sei. Da könnte sich der Georg ein Beispiel nehmen. Wie sie dastand, so birkenschlank und ohne jede Verlegenheit, das imponierte dem Mann mit den eisgrauen Schläfen so sehr, daß er sogar ihr Köfferchen aufnahm und sie ins Haus begleitete.

„Da wird sich aber der Heinrich freuen", meinte er dabei.

„Na, so restlos bin ich davon gerade nicht überzeugt", antwortete Sabine. „Aber ich werde ihn schon zur Vernunft bringen. Was ihm überhaupt einfällt, keine Zeile zu schreiben!"

„Ja, sag es ihm nur richtig!" lachte der Rainer.

„Wie bitte? Ach so, Sie duzen mich. Das freut mich, das gibt Kontakt. Es ist wohl hierzulande so Brauch. Heinrich erzählte mir schon davon."

Sie gingen in die gute Stube, die Mutter wurde herbeigerufen, und Sabine verstand es auch hier, sich ins rechte Licht zu setzen. Sie war charmant liebenswürdig und ging mit ihren hohen Beinen durch die Stube, als sei sie schon immer hiergewesen. Sie sagte „liebe Frau Mutter" und „guter alter Herr" und zündete sich dabei eine Zigarette an.

Das „alter Herr" wurde vom Rainer zwar mit einem Brauenrunzeln hingenommen, denn er wußte, daß er trotz seiner eisengrauen Schläfen noch recht jugendlich aussah. Aber aus diesem schönen Munde hörten sich auch kleine Frechheiten gut an.

„Ja, da wird er Augen machen, der Heinrich", sagte er dann. „Vielleicht findet er seine gute Laune wieder. Seit ein paar Wochen geht er herum, als ob ihm die Hennen das Brot weggenommen hätten."

Sabine horchte auf. „Schlechte Laune? Das kenne ich eigentlich nicht an ihm. Hat sich denn irgend etwas ereignet?"

„Mir wäre nichts bekannt."

Da fuhr Georg mit der Mähmaschine in den Hof. Sabine öffnete das Fenster und rief hinaus: „Heinrich!"

Georg wandte den Kopf, lächelte und deutete mit dem Daumen über die Achsel zum Obstgarten hin, wo Heinrich gerade mit dem Gesinde auftauchte. Der alte Rainer lachte dröhnend. „Jetzt hast den Unrechten erwischt!"

„Ach ja, Heinrich erzählte mir von seinem Zwillingsbruder. Diese Ähnlichkeit ist allerdings verblüffend." Dann ging sie hinaus.

Als Heinrich Sabine aus dem Haus kommen sah, bekam er einen merkwürdigen Schreck. Er gab einem der Knechte seine Sense und blieb stehen. Ihr Näherkommen wollte er auf sich einwirken lassen. Seine Augen umschlossen ihre Gestalt, und es war ihm, als stiege irgendein Fabelwesen aus einer versunkenen Traumwelt herauf, um ihn zurückzurufen aus seiner Verwirrung, in die klare und geordnete Welt, aus der er erst vor ein paar Wochen gekommen war. Und dieses Fabelwesen stand jetzt vor ihm, ihre Augen ruhten auf seinem Gesicht ein wenig forschend und mißtrauisch. Dann küßte ihn ihr roter Mund zum Willkommen und fragte ihn, ob er sich denn nicht freue über diese Überraschung.

Der Kuß kam ihm schal vor und belebte ihn in keiner Weise. Aber ihre Frage gab ihm doch mit einem Schlag alle Klarheit wieder.

„Doch", sagte er, „ich freue mich." Dabei stellte er mit Befriedigung fest, daß er nicht zu lügen brauchte. Sabine kann meine Rettung werden, dachte er und fand nach langer Zeit wieder ein befreiendes Lächeln. Er nahm ihren Arm und ging mit ihr in die Tiefe des Obstgartens hinein, bis zu den Planken der Viehweiden, obwohl das Glöcklein vom Dach des Hofes zum Essen läutete. Das konnten sie auch später nachholen. Jetzt wollte er einmal alle Wirrnisse seiner Seele loswerden und versuchen, in Sabines Arm ohne Not und Bedrängnis hinaufschauen zu können zu dem kleinen Häusl an der Murhalde.

Von Sabine ging eine undefinierbare Kraft aus, ohne daß sie es wußte. Ihr Fluidum berauschte ihn, und sein Herz neigte sich ihr in Dankbarkeit zu, weil sie ihn mit ihrem überraschenden Kommen aus der dunklen Not seiner Gedanken erlöste. — —

Mit Schaudern stellte er aber dann fest, daß dieses Gefühl nicht anhielt. Als es Abend wurde, kam das andere wieder zurück und tänzelte vor seiner Seele herum.

Sabine hatte die beste Kammer des Hauses zugewiesen erhalten. Sie ließ die Tür halb offen, das Licht fiel auf den Flur heraus. Sabine wartete.

Aber Heinrich dachte nicht daran, zu ihr zu gehen. Er stand am Fenster in seiner Kammer und starrte in die Nacht hinaus. Georg war noch nicht da. Georg war bei Barbara. Natürlich würde er ihr erzählen, daß heute Sabine gekommen war. Dies mußte Heinrich bei Barbara erst recht in ein schiefes Licht setzen.

Wie, wenn jetzt Sabine zu ihm käme? Nein, das tat Sabine nicht. Sie ließ ihre Tür ein wenig offenstehen, jawohl, das tat sie. Aber sie drängte sich nicht auf, sie trug ihre Liebe nicht über einen dunklen Bauernflur in die Kammer eines Mannes, mit dem eine Veränderung vorgegangen war. Das hatte sie wohl gemerkt, aber sie war klug genug, ihren Verdacht nicht mit dummen Fragen zu einer Wichtigkeit zu machen.

Heinrich legte sich schließlich nieder und hörte später den Bruder heimkommen. Aus einem kleinen Spalt seiner Augen betrachtete er den Eintretenden. Georg schaute etwas erstaunt zu Heinrich hin. Vielleicht begriff er nicht, daß Heinrich hier liegen und schlafen konnte, wenn Sabine nebenan war. — —

Am anderen Morgen erschien Sabine frisch und blühend drunten in der guten Stube zum Frühstück. Dabei fiel es Heinrich ein, sie zu fragen, wie lange sie zu bleiben gedenke. Sabine hob die Augen und schaute ihn aufmerksam an. Sie war Direktrice eines angesehenen Modehauses und konnte nicht so ohne weiteres fortbleiben.

„Du fragst sehr merkwürdig, Heinrich. Du weißt doch ganz gut, daß ich morgen früh wieder im Geschäft sein muß."

„Ach ja, natürlich. Aber ich dachte, du hättest Urlaub."

„Ich habe meinen Urlaub im Frühjahr schon genommen. Auch das müßtest du doch wissen, Heinrich. Im übrigen — ich habe das Gefühl, als ob du froh wärst, wenn ich morgen wieder fahre. Ich wüßte gar nicht, ob es dir recht wäre, wenn ich länger bliebe."

„Ob es mir recht wäre? Wie kommst du darauf?"

„Weil du mir verändert vorkommst."

„Inwiefern?" fragte Heinrich und fühlte ganz genau, daß diese Fragen albern waren und daß er nur vor sich selbst damit flüchten wollte. Darum stand er jetzt auf, tat so, als zerlächle er ihre Bedenken, und legte seinen Arm um ihre Schultern.

„Du kannst recht haben, Sabine. Hier heraußen bin ich ein anderer Mensch. Aber denke dir nichts deswegen. Wenn ich wieder in der Stadt bin, wirst du mich wieder so finden wie immer."

„Das will ich auch sehr stark hoffen, Heinrich."

Da kam Georg herein. Er war gutgelaunt und zum Spaßen aufgelegt und erzählte Sabine, daß er in der vergangenen Nacht nahe daran gewesen sei, eine Leiter an ihr Fenster zu lehnen und anzuklopfen, weil er bei seinem Heimkommen noch Licht in ihrer Kammer gesehen habe.

Sabine blieb nichts schuldig und ging auf den Scherz ein. „Ich hätte dann wahrscheinlich das Fenster geöffnet, weil ich ja hätte meinen müssen, daß es Heinrich wäre. Ihr seht euch nämlich zum Verwechseln ähnlich. Und in der Dunkelheit könnte man sich ohne weiteres irren."

„Aber du hättest das dann gleich bemerkt; denn Heinrich ist erstens anders als ich, und zweitens könnte ich doch niemals meinen Bruder betrügen."

Sabine lachte; es war ein perlendes Lachen, das wie eine Glocke im Raum schwang. Heinrich aber stand mit aschfahlem Gesicht daneben, und seine Kehle war wie zugeschnürt. — —

Am Montag in der Frühe begleitete Heinrich Sabine zur Bahn. Dabei trafen sie Barbara. Sie ging gerade die steinernen Treppen beim Krämer herunter, als sie die beiden daherkommen sah. Sie verhielt den Schritt und mußte sich an die Mauer lehnen. In ihren Augen war ein ratloser Schreck, und sie war nicht fähig, wenigstens den Kopf zu neigen, als Heinrich mit einer stummen Gebärde den Hut vor ihr zog, als wäre sie eine feine Dame, ähnlich der, die an seiner Seite ging.

„Wer ist das?" fragte Sabine.

„Die Braut meines Bruders Georg."

„Oh", sagte Sabine erstaunt und drehte das Gesicht. „Ein ungewöhnlich schönes Mädchen."

Heinrich wurde rot wie ein ertappter Sünder.

„Schön? Ja, das kann sein. Man sieht hier ab und zu gute Gestalten."

Sabine lachte klingend auf und hängte sich fester an seinen Arm.

„Aber Heinrich, dieses Mädchen ist doch eine auffallende Schönheit. Das muß ihr sogar der Neid zugestehen. Auf alle Fälle hätte ich Georg das nicht zugetraut. Da muß man ihm gratulieren. Wird er sie heiraten?"

„Ja, er wird sie heiraten."

„Mir war, als sei sie erschrocken, als sie uns sah."

„Meinst du? Vielleicht hat sie geglaubt, daß ich Georg sei."

„Ja, du hast recht. So wird es sein." — —

Barbara stand noch immer wie gelähmt, als die beiden längst in das schmale Bahnhofsgäßlein eingebogen waren. Sie kam erst zu sich, als jemand den Laden betreten wollte. Dann ging sie, aber sie hatte das Gefühl, als ob sie Blei in den Kniekehlen hätte. So erschüttert war sie von dieser Begegnung.

Fuhr jetzt Heinrich mit dieser fremden Dame, von der Georg gestern erzählt hatte, daß sie seine Braut sei, fort? Konnte er fortfahren, ohne nochmals mit ihr gesprochen zu haben? War die stumme Gebärde des Grüßens das letzte, was sie von ihm erwarten durfte?

Auf dem Kirchturm fing eine Glocke zu läuten an. Wie ein klingender Traum schwang der Ton in die klare Morgenluft.

Mit langsam schleppenden Schritten ging Barbara dahin. Erst als die Glocke im Turm verstummte, schreckte sie auf und begann den Wiesenweg emporzulaufen, als wäre etwas Grauenvolles hinter ihr her.

Von oben aus sah sie, daß Georg mit der Maschine mähte, und um die neunte Vormittagsstunde gewahrte sie auch Heinrich wieder auf der Wiese. Barbara hätte eigentlich froh sein müssen, wenn er abgereist wäre; und doch fiel ihr ein Stein vom Herzen, da sie seine Nähe spürte.

*

Die Woche verging, ein Tag war schöner als der andere, obwohl der Herbst schon eine leise Weise in die Stunden sang und seine leuchtenden Farben über das Land ausspannte.

Der Sonntag kam wieder. Heinrich verließ nach dem Mittagessen den Hof. Hoch oben saß er dann in einer Waldlichtung, hatte die Hände um die aufgezogenen Knie verschlungen und träumte vor sich hin.

Über die Scheitel der Berge floß wie ein heißer Strom das Sonnenlicht. Der Tag war wie ein klingendes Wunder, die Bäume standen still und stumm wie Tempelsäulen, von keinem Lufthauch berührt, und wenn irgendwo ein Laut aufklang, dann fiel er ungebrochen in die Stummheit des Waldes hinein.

Heinrich riß einen Grashalm aus, betrachtete ihn und wickelte ihn langsam um den Finger, so fest, daß sich das Blut staute. Vielleicht hätte er dieses törichte Spiel bis zur Endlosigkeit wiederholt, wenn ihn nicht plötzlich etwas hätte aufhorchen lassen.

War da nicht ein leises Rascheln in den Heidelbeerbüschen? Heinrich richtete sich auf und spähte umher. Zuerst gewahrte er einen hellen Schimmer zwischen den Stämmen. Dann kam es näher. Es war ein Mädchen.

Es war das Mädchen Barbara. Wie suchend ging sie umher. Schneeweiß leuchteten die weißen Puffärmel ihrer Bluse aus den Heidelbeerbüschen, wenn sie sich niederbeugte, um die Früchte zu pflücken.

Heinrich zerrte den Grashalm von seinem Finger. Dann stand er auf.

„Es ist wirklich Schicksal", sagte er leise vor sich hin. Im selben Augenblick sah ihn Barbara. Einen Moment sah es so aus, als ob sie sich zur Flucht wenden wollte wie ein Reh, das in der Ferne einen Schuß gehört hatte. Aber sie fühlte eine lähmende Schwere in allen Gliedern, war unfähig, sich zu rühren. Und so stand sie wie versteinert und schaute mit angstvollen Augen auf Heinrich, der langsam näherkam.

Der Student Heinrich Rainer war sonst nie verlegen, er hatte schon ganz andere Situationen gemeistert. Immer hatte er das richtige Wort gefunden, um Peinlichkeiten zu überbrücken. Aber hier stand er nun unsicher und zerschlagen, von Minderwertigkeitskomplexen gepeinigt, ohne jede Initiative. Er konnte nichts anderes tun, als nach einer langen Zeit ihre Hand zögernd in die seine zu nehmen. Dabei sagte er ganz leise: „Barbara —"

Sie senkte die Augen vor seinem heißen Blick. Ein leichtes Zittern flog über ihre schlanken Schultern hin. Er spürte die Woge der Not, in die sein unverhoffter Anblick sie trieb, und starrte auf sie nieder wie auf ein Bild, das seine Hände zerbrochen hatten.

„So sprich doch etwas!" bettelte er.

Ohne ihn anzublicken, fragte sie: „Warum hast du das getan?"

„Warum? Warum? Die Sonne wandert über die Erde hin und versinkt im Tor der Nacht. Die Bäume blühn und wachsen mit einer Stummheit ohne Ende. Jede Kreatur lebt so, wie sie leben muß. Niemand fragt, warum. Es ist Gesetz und steht unerbittlich niedergeschrieben im großen Wunderbuch der Schöpfung. Nur der Menschen Tun wird unablässig bedrängt von dem Wörtchen ‚Warum'. Sieh einmal, Barbara, ich könnte genauso fragen, warum wir beide uns heute begegnen müssen. Ich habe dich meiden wollen, und nun kommst du, als ob wir es so ausgemacht hätten, oder als ob du gewußt hättest, daß ich hier bin. Quälen wir uns nicht mehr, warum dies so ist oder sein hat müssen. Es ist doch irgendwie Bestimmung mit uns beiden.“

Barbara starrte noch immer auf seine Hand nieder. Ein tiefer Atemzug hob jetzt ihre Brust.

„Du legst es auf deine Art aus, Heinrich, und es mag ja auch richtig sein, so, wie du es sagst. Und doch kann ich nie mehr recht zufrieden werden, wenn ich nicht weiß, warum du es getan hast.“

„Denkst du vielleicht, aus Mutwillen?“

„Was ich darüber denke und alles schon gedacht habe, Heinrich, das wirst du nie begreifen. Aber es ist ja nun nicht mehr zu ändern. Nur eines sag mir, um Christi willen: Was dachtest du — hernach über mich?“

„Gerade das solltest du nicht fragen, Barbara. Frage lieber, was aus mir werden soll.“

„Aus dir?“ Barbara sah ihn in fassungslosem Staunen an. „Du fragst mich, was aus dir werden soll? Das kann ich dir ganz genau sagen, Heinrich. Du wirst in die Stadt zurückgehen zu deinem Mädchen Sabine und wirst bei ihr vergessen, wie leicht eine andere die Liebe nahm.“

Es gab ihm einen Riß. Das, was Barbara soeben sagte, glitt von der Oberfläche seines Gehörs immer tiefer hinein, an seinem Herzen vorbei bis auf seine wundgelegte Seele. Dort blieb es sitzen wie eine Kugel, der, aus entsprechender Entfernung abgeschossen, die Durchschlagkraft mangelte, noch einen Austritt zu finden. Es war eine Selbstbeschuldigung ihrerseits, die er nicht hinnehmen konnte. Aber er wußte nicht recht, wie er es anstellen sollte, daß diese Schuld auf ihn ganz allein übergehe, und darum wählte er einen Mittelweg, indem er Gottes Wort zu Hilfe nahm und die Sätze sprach:

„Wer sich schuldig fühlt, der werfe den ersten Stein."

„Wir wollen nicht mit Steinen auf uns werfen", meinte Barbara und gab damit vielleicht unbewußt zu, daß auch er ein kleines Quantum Schuld trage.

Jetzt legte er den Arm um ihre Schulter und zog sie mit sich fort. Schließlich konnten sie ja nicht wie zwei Salzsäulen ewig hier stehen. Erst weiter oben fanden sie ein Plätzchen, an das selbst ein zielloser Wanderer nicht so leicht hingelangen konnte. Dort setzten sie sich ins Gras.

„Ob du die Liebe leichtgenommen hast, Barbara, daran habe ich noch keinen Gedanken verschwendet", begann Heinrich nach einer Weile. „Wenn überhaupt von einer Schuld gesprochen werden muß, dann liegt sie bei mir. Aber auch das ist nun ganz von mir abgefallen, denn — ich liebe dich, Barbara. Ich liebe dich, genauso wie du mich. Bitte, bemühe dich um keine Ausrede. Ich weiß ganz genau, daß du mich liebst, ich fühle es, es sind dir genausowenig die schlaflosen Nächte erspart geblieben wie mir. Du wolltest mir nicht mehr begegnen, aber dein Herz sehnte sich nach dieser Stunde, die uns jetzt zusammengeführt hat. Sie ist nichts anderes als die Erfüllung dessen, was wir beide wider Willen trotzdem wollten."

Barbara erschrak vor der Folgerichtigkeit, mit der er ihr eigenes Denken berührte. Und doch fühlte sie ein großes Glück und eine letzte Zufriedenheit. Es war jetzt alles soviel einfacher, weil Heinrich von der Liebe sprach. Das verwischte den letzten Schimmer von Schuldigsein. Heinrich würde wieder fortgehen, und sie würde die Erinnerung in ihrem Herzen weiterläuten lassen wie einen schönen Traum.

Da sagte er, und diese Frage stand so schwer und schicksalhaft vor ihnen wie ein Gespenst:

„Was soll nun aus uns beiden werden, Barbara?"

Mit beiden Händen umschloß sie sein Gesicht und schaute ihm tief in die Augen. „Frag nicht um uns beide, Heinrich. Wir wollen das in unseren Herzen für alle Zeit als ein Geheimnis tragen. Fragen wir lieber, was aus Georg würde, wenn er es wüßte."

„Wenn er nicht mein Bruder wäre, dann wüßte ich ganz genau, was ich tun müßte. Dann wäre alles einfach und klar. Denn ich würde dich mit mir nehmen. So aber sind mir die Hände gebunden. Ich kann sein Leben nicht zerbrechen. Du weißt doch, wie er an dir hängt."

„Ja, ich weiß es. Und es war auch an meiner Liebe zu ihm alles klar und einfach, bis du kamst. Ich bin ihm auch jetzt noch gut und werde ihm immer gut sein. Ich werde ihn heiraten und — dich im Herzen tragen, Heinrich."

„Mein Gott, das ist ja furchtbar! Wie stellst du dir das vor? Du darfst doch nicht glauben, daß es so einfach ist, mit einem Menschen auf Jahre hinaus zusammenzuleben, nur mit einem Gefühl des Gutseins oder des Mitleids im Herzen. Bist du dir darüber ganz klar?"

Lächelnd schaute sie in seine Augen, und ihre Hand griff zärtlich spielend in sein Haar.

„Ach, frag doch nicht so schrecklich viel, Heinrich! Es ist noch nicht das Schwerste. Weißt du, was das Furchtbarste für mich war?"

Er sah sie fragend an.

„Der Augenblick, in dem mir der Irrtum jener Nacht klargeworden ist. Ich hätte aufschreien mögen vor Schande und Scham. In dieser Sekunde erkannte ich aber auch, daß ich dich liebe. Und nur deswegen habe ich schweigen können. Wäre es anders gewesen, ich hätte Georg alles gesagt, und es hätte dann an euch beiden gelegen, das auszutragen, was ich für mich allein tragen will."

Heinrich wunderte sich, mit welcher Kraft und Selbstverständlichkeit sie alles trug. Unwillkürlich zog er einen Vergleich. Sabine hätte zweifellos einen Skandal daraus gemacht. Diese Gelegenheit hätte sie sich sicher nicht entgehen lassen.

Als ob Barbara seine Gedanken erraten hätte, sagte sie: „Du wirst wieder zu Sabine finden, Heinrich, und dabei mich vergessen. Menschen von deiner Art haben es doch leichter im Leben als zum Beispiel dein Bruder Georg."

„Ach, meinst du?"

Er starrte der Schäfchenwolke nach, die langsam über die Felsenmauer hinüberschwamm und wie ein kleines Wolkentier sich in der Ferne verlor.

„Ob ich es leichter habe?" nahm Heinrich das Gespräch wieder auf. „Weißt du, Barbara, mein Leben spielt sich überhaupt in anderen Regionen ab. Aber eines wird mir immer fehlen — das bist du, Barbara. Denke von mir, was du willst. Nur das eine sollst du nie vergessen, daß ich dich liebhabe wie nie zuvor einen Menschen. Wenn ich Gott für etwas aus ganzem Herzen danke, dann für das, daß er mich dich finden ließ. Und auch heute betrachte ich es als eine Gnade des Herrn, daß wir zusammengetroffen sind. Wer weiß, ob es noch einmal sein wird. Und es ist auch ganz gut, Barbara, wenn wir uns nicht mehr sehen."

„Ich weiß nicht, ob es gut ist, Heinrich. Vielleicht ist es so, daß solche Stunden die Eckpfeiler sind, auf denen sich das weitere Leben aufbaut."

„Doch, doch, Barbara, glaube mir, es ist viel besser, wenn wir uns nicht mehr suchen. Wir würden doch immer wieder einander zufallen. Aber es würde nie mehr das Glück jener Nacht aufblühen, denn Georg steht zwischen uns. Es wäre doch nichts anderes als eine grauenhafte Quälerei."

Ach, was waren denn Worte! Mit ihnen würde man doch nur das Unabwendbare zerreden. Nur eine kurze Weile lagen sie reglos und dachten ihrem Schicksal nach. Dann hielten sie sich umschlungen, und seine Küsse fielen auf sie nieder, wohin sie nur trafen. Und alle Not, in der sie die ganzen Tage her gelebt hatten, zerfiel wie Spreu. Es war nichts anderes mehr da als der helle Schlag ihrer Herzen, die Welt um sie herum versank mit allem, was sie trug.

Dicht an seinem Ohr flüsterte Barbara in singendem Ton die Worte: „Ich bin zufrieden, wenn du sie mir leihst —"

Heinrich richtete sich auf den Ellenbogen auf. „Was meinst du, Liebes?"

„Ja, ja, Heinrich. Du brauchst mir deine Liebe nicht zu schenken, ich bin zufrieden, wenn du sie mir leihst." Barbara summte die Worte in einer seltsam fremden, dunklen Melodie.

„Woher hast du das, Barbara?"

„Schau, Lieber, das ist das Merkwürdige an der Sache. Georg hat das für mich einmal geschrieben. Und jetzt paßt es genau auf uns beide, denn der Schluß heißt: „Behalte sie als Angedenken, wenn uns das Schicksal auseinanderreißt."

„So, so, von Georg ist das", sagte Heinrich, und sein Mund verzog sich zu einem spöttischen Lächeln. Aber er sprach nicht aus, was er darüber dachte, sondern nahm Barbara bei den Schultern und zog sie empor.

Dann wanderten sie hin, auf Wegen, die so alt waren und verschwiegen wie das Wesen der Menschheit. Sie trugen ihre Stirnen hoch und frei. Es war wie eine stumme Verabredung zwischen ihnen, daß im weiteren Verlauf der Name Georg nicht mehr fiel. Georg war so fern gerückt wie die bläuliche Schimmerlinie am Rand des östlichen Himmels.

Und sie wußten nicht, daß Georg gerade in diesem Augenblick hinter ihnen her war, daß er das Gewehr anlegte und dann nicht wußte, auf wen er schießen sollte, auf Heinrich oder auf Barbara.

Er ging nur ganz selten auf die Jagd — es lag ihm nicht viel daran — aber heute hatte ihn ein unbestimmtes Gefühl herausgetrieben. Eigentlich wollte er nur einen Hasen haben, um ihn Barbaras Mutter zu bringen. Sie sprach einmal davon, da sie Wildbret gern esse. Und plötzlich sah er die beiden über eine Blöße daherkommen, Hand in Hand. Es überkam ihn ein Augenblick völliger Erstarrung. Doch dann sprang ihm das Blut ins Gesicht, und er schlich hinter ihnen her wie ein rächender Gott.

Aber es geschah nichts, als daß die beiden durch den Wald gingen, um ihn dann in einem großen Bogen dort zu verlassen, wo es über Sumpfwiesen und mageres Weideland zum Häusl an der Mur hinunterging. Über die Wiese konnte ihnen Georg nicht mehr folgen. Darum nahm er, unter den letzten Bäumen stehend, das Fernglas und behielt sie in seinem Blickfeld.

Heinrich und Barbara vereinbarten weder Tag noch Stunde eines neuen Zusammentreffens. Aber sie wußten, daß sie sich immer wieder finden würden, bis die unerbittliche Stunde der Trennung kam, bis Heinrich zurückging in die Stadt.

Als ihre Hände sich gelöst hatten und sie schon ein Stück Weges voneinander gegangen waren, starrte Georg noch eine Weile mit brennenden Augen hinter Barbara her. Sein Gesicht hatte alle Farbe verloren, und sein Mund war hilflos und schmal wie ein Strich.

Und. plötzlich schlug er die Arme vor sein Gesicht, lehnte sich gegen einen Baum und weinte zum Erbarmen.

„Ich habe es ja gewußt", schluchzte er. „Wenn sie Heinrich sieht, wird mein Glück zu Ende sein."

*

Mitten in der Nacht stand Georg auf. Nur mattes Sternenlicht fiel in die Kammer. Es mochte Mitternacht sein oder schon gegen Morgen zugehen, Georg wußte es nicht. Er lag seit Stunden mit schweren düsteren Gedanken zu Bett. Die ganze Scham des Betrogenseins lastete auf seiner Seele. Und er wußte genau, daß irgend etwas geschehen mußte.

Bei Barbara lag keine Schuld. Alle Schuld war bei dem friedlichen Schläfer dort drüben im anderen Bett. Mit seinem leichtfertigen Mundwerk hatte er Barbara betört. Er brauchte ein Spielzeug für die müßigen Stunden. Nicht eine Minute glaubte er daran, daß Heinrich eine tiefere Neigung zu Barbara fühlte.

Ach, wenn Barbara nur ahnen könnte, wie schwer ihn das alles traf! Er konnte sie nicht zur Rede stellen. Nein, das würde er nicht tun, denn es war zuviel Angst in ihm, daß er sie dadurch ganz verlieren würde. Sie würde ihn im Herbst heiraten, das stand so ziemlich fest. Aber Heinrich war immerhin noch ein paar Wochen hier. Wer weiß, wieviel er dabei noch von ihrem Innenleben zerstörte!

Und doch mußte er mit Barbara sprechen. Da ist mein Bruder Heinrich, würde er sagen, ein Casanova, dem alle Mädchen zufallen. Siehst du, Barbara, das kannst du mir nicht nachsagen. Ich träume viel, ich schweige zuviel, ich bin nicht das, was man einen forschen Draufgänger nennt. Aber meine Treue ist doch auch keine Kleinigkeit, das solltest du schon bedenken.

Ja, so würde er reden. Er überlegte sich die Worte ganz genau und wurde ruhiger dabei.

In diesem Augenblick drehte sich Heinrich ein wenig in seinem Bett und sprach halblaut im Traum.

„Barbara —" flüsterte er. „Süße kleine Barbara —"

Georg richtete sich hoch, seine Lippen flatterten in Angst. Dann warf er die Decke zurück, drehte das Licht an und trat an Heinrichs Bett.

„Ja —?" fragte er leise, in der Hoffnung, daß der Träumer daraufhin weitersprechen würde. Aber Heinrich schwieg jetzt, es war nur ein glückliches, knabenhaftes Lächeln um seinen Mund. Ganz nahe beugte sich Georg nieder.

Ich habe ihn geliebt, dachte er. Bis zu der Stunde habe ich ihn geliebt, da er mir Barbara genommen hat. Jetzt ist einer zuviel von uns, denn — Barbara soll ihren Frieden wiederhaben.

Er sah auf einmal alles ganz klar. Barbara hatte ihren Frieden verloren. Ihre Zärtlichkeiten strömten nur noch leicht über ihn hin, und manchmal könnte er aufschreien, weil er fühlte, daß sie an etwas anderes dachte, wenn sie ihn in letzter Zeit geküßt hatte. Heute wußte er, daß sie an Heinrich dachte. Das alles kam ihm jetzt so richtig zum Bewußtsein. Auch das Verlorene in ihrem Blick. Wenn er sie etwas fragte, blieb die Antwort lange aus, als müßte sie sich erst jedes Wort überlegen. Nur in einem stand sie merkwürdigerweise noch ganz bei ihm. Wenigstens hatte sie ihn erst vorgestern gefragt: „Sag, Georg, werden wir beide zum Herbst bestimmt heiraten?"

Daraus entnahm er nun, daß sie dies wie eine Befreiung betrachtete, ein Loskommen von Heinrichs magischer Gewalt.

Das Nachthemd über Heinrichs Brust stand ein wenig offen. Gerade die linke Seite, da, wo es zum Herzen ging, war nicht bedeckt.

Georg dachte zuerst an ein Messer. In seiner Lederhose steckte eines, mit festem Griff und scharfer Schneide. Es mußte nur sicher und fest gestoßen werden, damit es nicht etwa an einer Rippe abprallte. Aber das hinterließ eine unverwischbare Spur, und man würde es ihm gleich auf den Kopf zusagen, daß er seinen Bruder umgebracht habe.

Schweiß stand ihm auf der Stirne, kalter Schweiß. Aber es mußte doch geschehen, noch ehe diese Nacht zu Ende ging. Eine Ahle würde wohl am besten sein, fiel ihm jetzt ein. Sie war scharf und reichte bis ins Herz. So eine Schusterahle, wie der Sattler sie verwendete, wenn er die Pferdegeschirre nähte. Sie würde kaum eine Blutspur geben.

Aber noch viel einfacher war es doch, die Fäuste um Heinrichs Hals zu schlagen und zuzudrücken, bis es vorüber war. Dies könnte ohne jeden Schrei abgehen.

Georg verbohrte sich so in diesen Gedanken, daß er schon die Finger krümmte. Jeder Gedanke an die Folgen erlosch in ihm. Er hat mir mein Mädchen genommen, würde er sagen. Zum Teufel, das müßt ihr doch verstehen. Dafür gibt es noch keinen Paragraphen, darum muß man sich selber helfen — —

In diesem Augenblick regte sich Heinrich wieder und sagte leise:

„Versprich mir, Georg, daß du immer gut bist zu ihr. Hörst du, Georg! Barbara verdient es wirklich, daß du gut zu ihr bist —"

Georg erschrak wie ein Mensch, unter dessen Füßen jäh der Boden brach. Langsam schlich er sich vom Bett des Bruders weg, und allmählich kamen ihm seine klaren Gedanken wieder.

„Mein Gott“, flüsterte er, „was habe ich tun wollen!“

Er löschte das Licht aus, kroch ins Bett zurück und zog die Decke weit über den Hals hinauf, als ob ihn fröre. Wenn doch diese Nacht schon vorüber wäre! Und da merkte er, daß es vor den Fenstern schon grau zu werden begann.

*

Eine Stunde später standen sie beide draußen auf der Wiese. Der Morgenwind blähte das Hemd über ihrem Gürtel. Und als Georg einmal beim Wetzen umschaute, sah er, daß Heinrich das kleine Haus auf der Murhalde suchte, das von den Morgennebeln noch nicht frei war.

„Heinrich“, sagte er und wunderte sich, daß ihm der Name so ruhig über die Lippen kam. „Hast du nicht einmal gesagt, daß du noch einen Freund auf der andern Bergseite besuchen willst?“

„Ja, aber ich habe es mir anders überlegt.“

„Aha!“ Georg prüfte mit dem Daumen die Schneide an seiner Sense. „Wie lange hast du eigentlich noch Ferien?“

„In vierzehn Tagen ist alles vorüber.“

„Sabine wird froh sein, wenn du wieder bei ihr bist.“

Heinrich schaute etwas aufmerksamer in Georgs Gesicht. „Wie kommst du darauf?“

„Ich meine nur. Sie hätte dich doch hier nicht besucht, wenn du ihr nichts bedeuten würdest. Du hast ja auch noch ihr Bild über deinem Bett hängen.“

„Warum sollte es nicht mehr dort sein? Im übrigen, du kannst es haben, das Bild. Was ist sie überhaupt? Ein eingebildetes Frauenzimmer, das sich schminkt und Zigaretten raucht. Ja, ja, man denkt immer, das müsse so sein: betonte Figur, charmantes Wesen. Man bildet sich etwas ein, wenn sie einem am Arm hängt. Die Leute wenden die Köpfe und sagen hinterher: Ein schönes Paar! Das schmeichelt einem, und man merkt nicht, daß man am wirklichen Leben vorbeilebt.“

Georg hatte die Augen schmal geklemmt und verfolgte jedes Wort mit pochendem Herzen. Er wußte, daß Heinrich jetzt an Barbara dachte. Aber es war nun alles viel leichter für ihn. Er brauchte nur an die Nacht zu denken, und daß Heinrich in seiner Macht gewesen war. Das gab ihm eine gewisse Sicherheit.

Da sagte Heinrich: „Ich werde jetzt vielleicht viele Jahre nicht mehr kommen.“

„Warum?“ wollte Georg fragen, aber er unterdrückte diese Frage und begann wieder zu mähen. Nur zwischen Ausholen und Schnitt fragte er noch über die Schulter zurück: „Zur Hochzeit wirst du doch kommen?“

„Zu welcher Hochzeit?“ Heinrich warf diese Frage wie einen Fehdehandschuh hin. Georg fuhr mit dem Gesicht herum. Beide starrten sich an. Lauernde Gespanntheit lag zwischen ihnen.

„Ich werde Barbara heiraten“, sagte jetzt Georg mit eigentümlichem Nachdruck.

Heinrich schwieg darauf. Er holte weit aus, die Sense fuhr zischend ins Gras. Vom Hof herüber hörte man Rädergerassel. Es war das Gespann, welches das Grünfutter holte. — —

Am Abend geschah dann etwas, das Georg in lähmendem Schrecken empfand. Heinrich suchte sich eine andere Schlafgelegenheit. Er schlief in der Gaststube drüben, in der vor kurzem Sabine geschlafen hatte. Und das Merkwürdige daran war, daß er den Riegel hinter sich zuschob, als hätte er Angst, im Schlaf überfallen zu werden.

Da wußte Georg, daß Heinrich ihn in der vergangenen Nacht beobachtet hatte, und er wartete darauf, daß Heinrich ihm das sagen würde. Aber Heinrich sprach kein Wort darüber und überließ es Georg, sich damit zurechtzufinden.

*

Georg wußte jetzt, was er zu tun hatte. Er war keineswegs mehr gewillt, den Dingen ihren Lauf zu lassen. Er ging Abend für Abend zum Häusl an er Murhalde hinauf und saß gemütlich in der Stube bei Barbara und ihrer Mutter. Er sprach von der bevorstehenden Hochzeit, und wenn er ging, dann blieb er noch lange unter dem Holderstrauch im Garten stehen, bis er überzeugt war, daß Barbara nun wirklich schlief. Auf diese Weise, so kombinierte er, würde es nicht mehr möglich sein, daß sich Heinrich mit dem Mädchen traf. Das hätte er schon am Anfang so machen müssen, dann wäre ihm vieles erspart geblieben. Aber er hatte nie daran gedacht, daß er Barbara einmal bewachen müßte.

Im übrigen war es etwas unehrlich, wenn er so oft von der bevorstehenden Hochzeit sprach. Damit wollte er das Mädchen Barbara nur einlullen, er wollte ihr die Gedanken an Heinrich wegstehlen. Er benahm sich großspurig da oben in dem kleinen Häusl, fand aber nicht den Mut, im eigenen Haus daheim offen und frei sein Wünschen zu vertreten. Zwar nahm er ein paarmal den Anlauf dazu, fand aber nie die richtigen Worte und erschrak daher heftig, als der Vater ihn eines Abends klipp und klar zur Rede stellte.

Gregor Rainer saß über den Rechnungsbüchern des Raiffeisenvereins, trug mit seiner kleinen, zierlichen Schrift, die an diesem schweren Mann etwas Seltsames war, die Zahlen ein, addierte, legte Rechnungen zusammen und heftete sie in den Leitzordner. Zuweilen sah er unter den Brillengläsern, die er seit kurzem brauchte, hervor nach Georg hin. Gerade streifte Georg jetzt seine Hemdärmel herunter und griff nach seiner Joppe. Da legte der Alte den Federhalter weg.

„Was ist das eigentlich mit dir, Georg? Wo treibst du dich denn Abend für Abend umeinander?"

Der eiskalte Ton traf Georg wie ein Schlag. Er hob in Unbehagen die Schultern und spielte mit dem Hut in der Hand. Da sprach der Vater schon weiter:

„Im Wirtshaus sehe ich dich nie, und in die Kirche wirst du abends auch nicht mehr gehen — so fromm bist du übrigens gar nicht — also rennst du einem Frauenzimmer nach."

Jetzt wurde Georg rot über das ganze Gesicht. Er blickte mit einem schrägen Blick auf Heinrich hin. Der nickte ihm zu, legte die Zeitung zusammen und war durchaus bereit, dem Bruder ehrlich beizustehen.

„Warum, Vater? Ist es etwas Unrechtes, wenn Georg zu einem Mädchen geht? Ich glaube, er ist alt genug dazu."

Der Rainer spürte sofort das Gemeinsame, das sich gegen ihn richtete. Er war nicht gewillt, eine lange Debatte zu führen. Bisher hatte sich auf dem Hof immer alles nach seinem Willen geordnet. Das sollte sich auch jetzt nicht ändern, wenn die Herren Söhne auch meinten, daß sie ihm schon ebenbürtig wären. Warum auch ein Versteckspiel? Er, der Vater, wußte seit kurzem Bescheid. Georg hätte wirklich nicht so heimlich zu tun brauchen die ganzen Wochen her. Es gab überall Augen, die sahen, und er hatte schon seine Leute, die ihm brav alles zutrugen.

„Wie ist das also mit dieser Barbara da oben?" fragte er scharf.

Da hing nun also der Name Barbara plötzlich in der

großen Bauernstube, und weder Georg noch Heinrich fanden gleich eine Antwort darauf.

„Aha, da verschlägt es dir die Rede, gelt, daß es der Alte weiß! Wie stellst du dir denn das eigentlich vor?“ wollte der Rainer wissen.

Georg reckte sich in den Schultern. „Wie ich mir das vorstelle? Ganz einfach. Ich werde Barbara heiraten.“

„So? Wann denn? Wenn Pfingsten vor Ostern fällt?“

„Du brauchst gar nicht zu spotten. Es ändert nichts daran, daß ich sie heirate.“

„Natürlich wirst du das tun“, sekundierte ihm Heinrich jetzt.

Der Rainer schaute seine Söhne mit schmalen Augen an. „Zu meiner Zeit ist es Brauch gewesen, daß man dem Vater die Ausschau nach einer geeigneten Braut überlassen hat. Es war bei mir nicht anders.“

„Solches Narrenspiel braucht man nicht bis ins dritte und vierte Glied hinein fortzusetzen“, sagte Heinrich mit scharfer Betonung.

Der Vater maß Heinrich mit einem wütenden Blick. „Schaut eure Mutter an, und sagt mir, ob das ein Narrenspiel war!“

Heinrich hatte inzwischen seine Fingernägel betrachtet. Das tat er immer, wenn er sich scharf auf etwas konzentrieren wollte. Nun hob er die Augen. „Du hast eben Glück gehabt, oder unser verehrter Großvater hat sich darauf verstanden, unter den Schönsten und Besten zu wählen.“

Einen Augenblick schmunzelte der Alte, oder es sah nur so aus. Es konnte auch sein, daß es um seinen Mund zuckte vor Spott und Hohn. O ja, der stolze Gregor Rainer fühlte etwas an sich herankriechen, gegen das er sich wehren mußte, denn er begann einzusehen, daß dieser Sohn Heinrich im Recht war. Konnte und durfte er das zugeben? Aber noch ehe er die richtige Antwort fand, sagte Heinrich:

„Ich habe mir Sabine auch selber gesucht. Und soweit ich mich erinnere, hat sie dir nicht schlecht gefallen."

„Das ist was anderes." Der Alte erhob sich von der Bank hinterm Tisch und stemmte die Fäuste auf die Tischplatte. „Du hast keinen Hof, und in einer Rechtsanwaltskanzlei herrschen andere Sitten und Bräuche. Warum mischst du dich denn überhaupt derein? Wenn du eine Dummheit machst in dieser Beziehung, dann geht es auf deine Kosten. Hier aber geschieht es nach meinem Willen. Was wollt ihr denn eigentlich von mir? Glaubt ihr vielleicht, weil ich jetzt eine Brille brauche, ich sei schon alt genug für den Austrag? Da irrt ihr euch aber! Ich gebe das Heft hier erst aus der Hand, wenn ich den Löffel für immer weglege."

Georg kam überhaupt nicht dazu, etwas zu sagen. Nur in die kurze Pause warf er jetzt schnell die Frage ein: „Kennst du die Barbara überhaupt, Vater?"

„Ich kenne sie nicht näher; aber viel mitbringen wird sie nicht."

„Dafür ist sie schön", sagte Heinrich.

„Schön? Was hat er davon? Kann er von der Schönheit herunterbeißen? Das erste Kindbett kann die Schönheit oft schon fortnehmen, was hat er dann?"

Nun griff Heinrich energischer in die Debatte ein. Er brauchte die Worte nicht lange zu überlegen, und er sprach so, als ob er sein eigenes Recht zu verteidigen hätte. Es gelang ihm, den Vater an der empfindlichsten Stelle zu treffen, und fragte ihn, wo denn die vielgerühmte soziale Gerechtigkeit sei, die er immer so laut im Munde führe. Ob es etwa sozial gedacht sei, daß man einem Mädchen die Tür hier versperren wolle, nur weil sie das Geld nicht scheffelweise hereintragen könne. Er nannte den Standpunkt des Vaters überholt und zog die alte Bauernsitte gewissermaßen ins Lächerliche. Er brach eine Lanze für das Mädchen Barbara — oder für seinen Bruder Georg. Das war nicht recht zu erkennen.

Der Alte hörte ihm mit halbzugekniffenen Augen zu und sagte dann sarkastisch: „Reden kannst du wie ein Buch. Hab ich wenigstens den einen Trost, daß ich mein Geld nicht zum Fenster hinausgeworfen habe. Du redest warm für deinen Bruder. Soviel brüderliche Zuneigung hätte ich dir gar nicht zugetraut. Georg, bedank dich bei ihm."

Georg sagte zunächst nichts. Auf alle Fälle tat es ihm ungemein wohl, zu wissen, daß jemand zu ihm stand. Das gab ihm Mut und Selbstvertrauen. Er räusperte sich und brachte dann seinen Entschluß klar und deutlich zum Ausdruck.

„Du kannst es halten, wie du willst, Vater. Geheiratet wird, so oder so. Ich beabsichtige dabei nicht, dich in den Austrag zu schieben. Bleib du Bauer, wenn es dich freut. Aber du hast es jetzt in der Hand. Wenn du Barbara hier die Tür verschließen willst, heirate ich eben hinauf in das kleine Häusl an der Mur."

Das saß. Perplex starrte ihn der Rainer an. Damit hatte er wirklich nicht gerechnet. Da schien sich ja seit langem ein Komplott gegen ihn verschworen zu haben. Und der Heinrich natürlich, mit seinem geschliffenen Mundwerk, hatte bei dieser Kontroverse tatsächlich die Oberhand. Sie hatten ihn in die Enge getrieben, darüber bestand kein Zweifel. Es galt also jetzt nur, sich mit Anstand und Würde herauszuschlängeln. In diesem Hause sollte nicht das leiseste darauf hindeuten, daß man seinen Willen nach Belieben zurechtbiegen könnte.

„Das muß ich mir merken, was du eben gesagt hast", meinte er. Dann eine scharfe Wendung zu Heinrich hin. „Wann reist du ab?"

„Ach so, du meinst, wenn ich nicht mehr da bin, würdest du mit Georg leichter fertig.“ Heinrich schüttelte den Kopf. „Ich will dir einmal was sagen, Vater. Du warst für mich immer der Inbegriff der Korrektheit. Deine Rechtlichkeit in allen Dingen hat mir stets mächtig imponiert. Ich war stolz darauf, einen Vater zu haben wie dich. Heute zum erstenmal werde ich in meiner Auffassung enttäuscht.“

„So? Weil ich nicht ja und amen sage zu allem?“

„Nein, nicht deswegen. Das wäre auch gar nicht deine Art. Aber es enttäuscht mich, daß du über einen Menschen den Stab brichst, den du gar nicht kennst. Ich meine, du müßtest dir das Mädl doch zuerst einmal genau ansehen, bevor du über sie urteilst.“

„Man hat es nicht der Mühe wert gefunden, sie mir vorzuführen“, platzte Gregor Rainer heraus und leckte sich dann mit der Zungenspitze die Lippen, wie immer, wenn ihn etwas befriedigte. Und es befriedigte ihn, nun diese Worte in die Gespanntheit der Atmosphäre hineingeworfen zu haben wie einen versöhnenden Ausgleich. Heinrich verstand das auch gleich richtig, lächelte den Vater offen an und streckte ihm die Hand hin.

„Daran erkenne ich dich wieder!“ Und zu Georg: „Der Vater hat recht. Du hättest Barbara schon längst einmal mitbringen können, dann wäre dir diese Stunde — und nicht nur diese allein — erspart geblieben. Es ist doch so, Vater, daß du und Mutter das Mädl nun endlich einmal kennenlernen wollt, um das hier die Debatte geht.“

Der Alte starrte ihn unschlüssig an. „Davon habe ich kein Wort gesagt.“

„Aber vielleicht gedacht.“

„Willst du schon wissen, was ich denke. Du, ich will dir einmal was sagen — —“ Der Rainer setzte zu größerer Rede an, verstummte aber plötzlich und machte eine wegwerfende Handbewegung, als lohne es sich nicht, viele Worte an die Sache zu verschwenden. Dieser verflixte Student hatte ihn in etwas hineinmanövriert, das er nicht so gewollt hatte. Brummend verließ er jetzt die Stube. Es war immerhin ein Abgang mit Anstand, jedenfalls noch keine Niederlage.

„Da gibt man sein gutes Geld hin“, knurrte er draußen, „daß so ein Kerl sein Mundwerk richtig schleifen kann. Hoffentlich vertritt er als Rechtsanwalt die Interessen seiner Spitzbuben genauso warm. Himmeldonnerwetter! Mich so zu überrumpeln!“

Drinnen in der Stube aber sagte Georg zu seinem Bruder: „Was du heute für mich getan hast, Heinrich, vergesse ich dir nie. Du bist also der Meinung, daß ich die Barbara herbringen soll?“

Heinrichs linke Augenbraue zuckt hoch, das war das einzige Zeichen seines Erschreckens.

„Es muß nicht gleich heute oder morgen schon sein. Der Vater ist erst halb bei der Sache.“

„Mir wäre es lieber gewesen, wenn du noch da wärst“, antwortete Georg. „Du gibst mir soviel Sicherheit, Bruder.“

Heinrich schaute an Georg vorbei zum Fenster hinaus. Dann schüttelte er den Kopf. „Du darfst jetzt nichts übereilen und mußt den Vater langsam darauf vorbereiten. Oder sprich doch mit der Mutter. Sie wird sicher auch auf deiner Seite stehen. Und dann bringst du Barbara einmal an einem Sonntagnachmittag.“

„Ja, du hast recht, Heinrich. So wird es am vernünftigsten sein. Es war eigentlich dumm von mir, es so lange geheimzuhalten.“

„Ja, das war eine große Dummheit, Georg. Barbara hätte dabei leicht auf den Gedanken kommen können, daß du es gar nicht ernst meinst.“

„Doch, das hat sie gewußt. Sie weiß ganz genau, daß ich ohne sie nicht mehr leben könnte.“

„Du bist ein Narr, Georg. Menschen, die wegen einer unglücklichen Liebe sterben wollen, habe ich immer verachtet.“

„Ich bin so ein Narr, Heinrich. Und ich habe mir schon ganz genau überlegt, wie es am schnellsten gehen könne. Mit dem Jagdgewehr, weißt du. Es könnte dann wie ein Unfall aussehen.“

„So etwas verstehe ich nicht, Georg.“

„Ohne Barbara wäre mein Leben wertlos.“

„So sehr liebst du sie?“

„Ich könnte jetzt hingehen und für sie sterben.“

Ein müdes Lächeln zuckte um Heinrichs Mundwinkel. Dann streckte er Georg die Hand hin.

„Du wirst nicht sterben, sondern mit Barbara leben und glücklich sein. Was mich betrifft, so will ich dem Vater noch tüchtig zureden, solange ich noch hier bin. Es sind ja nur noch fünf Tage. Gott sei Dank!“

Georg ging jetzt, und Heinrich schaute ihm vom Fenster aus nach. Niemand wußte, wie schwer es ihm gefallen war, für eine Sache einzutreten, die seinem Herzen viel näher lag, als er es sich eingestehen wollte. Langsam drehte er sich um und riß ein Kalenderblatt ab.

Nur noch fünf Tage, dann reiste er ab.

*

Der Rainer trat in die eheliche Schlafkammer, hörte an den regelmäßigen Atemzügen, daß die Bäuerin schon schlief, und klopfte nachdrücklich mit den Knöcheln seiner Hand gegen die Bettlade.

„Hör einmal, Mutter, ich hab dich etwas zu fragen.“

Schlaftrunken richtete sich die Rainerin hoch und griff nach dem Lichtschalter.

Aber er wehrte ab und sagte: „Laß nur. Das, was gesprochen werden muß, kann auch im Dunkeln gesprochen werden. Sag einmal, wo hast du denn deine Augen gehabt?"

„Wieso? Gregor, was redest denn du für spaßiges Zeug daher?"

„Spaßig? Ja, es könnte wohl spaßig sein, wenn es nicht so bitterer Ernst wäre. Hast du denn nie etwas davon gemerkt, daß unser Georg zu der Dingsda hinaufgeht ins Murhäusl?"

„Nein, das erste Wort, das ich höre!"

„Stell dir vor, er will sie heiraten!"

Die Rainerin richtete sich jetzt auf, als wäre sie erst durch dieses Wort ganz wach geworden.

„Heiraten?" fragte sie und fügte nach einer langen Weile des Nachdenkens hinzu: „Alt genug wäre er wohl, der Georg."

Der Rainer setzte sich auf die Kante seiner Bettstatt und warf wütend einen Schuh unter das Bett.

„Was heißt hier alt genug? Soll es vielleicht heißen, daß ich schon uralt wäre?"

„Das hat niemand behauptet."

„Ich kenne mich schon aus." Krachend flog der zweite Schuh unter das Bett. „Aber da kann er lange warten, bis ich den Hof aus den Händen gebe. Ich hab absolut noch kein Talent, den alten Austrägler zu spielen."

„Hat der Georg das verlangt?"

„So frech soll er auch noch sein! Wie ist denn das? Kennst du das Frauenzimmer da oben?"

„Ich habe sie nur in der Kirche hin und wieder gesehen. Und ich muß schon sagen, mir gefällt sie nicht schlecht."

„Das braucht noch lange kein Privileg sein, daß sie hier als Bäuerin einzieht."

„Was willst du denn machen? Einmal wird er ja doch heiraten."

„Ja, aber dann die, die mir paßt. Du weißt genau, daß ich mit dem Hochrisser wegen seiner Magdalena schon ein paarmal gesprochen habe."

„Das weiß ich nicht, weil du mir noch nie etwas davon gesagt hast. Und weißt du, ob unser Georg die Hochrisser Magdalena will?"

„Das wäre ja noch schöner!"

„Hättest du dir eine aufdrängen lassen?"

„Von mir ist jetzt nicht die Rede."

„Das ist keine Antwort, Gregor. Ich weiß noch ganz genau, wie du gesagt hast zu mir, daß dich keine zehn Roß bewegen könnten, mich zu heiraten, wenn ich dir nicht gefallen hätte."

„Wer hätte das gesagt? Ich soll das gesagt haben? Ich meine, du träumst ein bißl."

Lächelnd ließ sich die Rainerin in die Kissen zurückfallen. „Ich weiß schon, das willst du nicht mehr hören. Komm, Gregor, leg dich schlafen jetzt, und ärgere dich nicht mehr. Morgen wird er ja doch nicht heiraten wollen, oder?"

Der Rainer warf sich ins Bett und zog die Decke glatt. Merkwürdig, er hatte immer gedacht, daß auch die Mutter noch recht lange am Herd stehen und Bäuerin sein möchte. Und nun mußte er erleben, daß ihre Gedanken eigene Wege gingen. Aber sie sollten ihn nicht kleinkriegen! Er wollte Bauer bleiben, wollte es noch recht lange sein!

*

Nein, es hat doch keinen Sinn mehr, dachte Barbara. Ich werde es Georg sagen müssen, daß ich ihn nicht heiraten kann. Es war einmal schön gewesen, von Georg umworben zu werden. Er war ihre erste Liebe, und wenn sie von der ersten Liebe nach Dagmars theoretischem Unterricht auch etwas anderes erwartet hatte, so hatte sich ihr Leben doch mit Georgs Leben so verflochten, daß sie geglaubt hatte, ihre Zuneigung zu ihm hätte Gültigkeit für alle Zeit.

Nun aber, seit Heinrich in ihr Leben getreten war, hatte alles ein anderes Gesicht. In ihrem Blut sang seitdem eine wunderschöne Melodie, die selbst dann noch nachklang, wenn Georg bei ihr war.

Heinrich ging wieder, hatte sie gedacht, und dann würde es wieder still und friedsam werden in ihr. Von Tag zu Tag aber erkannte sie mehr, daß dies eine Fehlrechnung war. Und darum wollte sie Georg bitten, daß er sie freigäbe. Nicht für Heinrich frei, nein, nein. Barbara war klug genug, zu wissen, daß das nicht sein konnte. Es gab ein Mädchen mit Namen Sabine in der Stadt, das ältere Rechte an Heinrich hatte und wahrscheinlich auch viel besser zu ihm paßte. Die Episode Heinrich durfte in ihrem Herzen nur als schöne Erinnerung fortläuten. Darum mußte sie auch bei Georg an der Wahrheit vorbeireden, weil sie nicht das Schwert der Feindschaft zwischen die Brüder legen wollte.

Auf dem Kieselweg draußen war ein schwerer Schritt zu hören. Barbara erschrak. Es war Georg, der ja nun jeden Abend kam. Barbara wußte längst, daß dieses tägliche Kommen nur bezweckte, daß sie Heinrich nicht mehr treffen sollte. Georg hatte zwar kein Wort darüber verloren, aber sie fühlte es und wußte, daß sie sich nicht täuschte.

„Heute ist er aber spät daran", sagte Frau Ponkraz und schaute auf die Uhr, die durch ein wunderliches Spielwerk die Stunden ankündigte. „Bleib nicht wieder zu lange auf. Morgen heißt es früh aus den Federn", fügte sie hinzu. Da öffnete sich bereits die Tür. — —

Es war wie jeden Abend. Georg schob sich hinter

den Tisch, stopfte sich seine kurze Pfeife und rauchte. Dann sprach er von der Arbeit des Tages und zog dabei auch Barbaras Mutter ins Gespräch. Flüchtig schaute Barbara ein paarmal in sein Gesicht. Endlich legte die Mutter das Flickzeug zusammen, zog bedächtig die Gewichte der Uhr hoch und ging in ihre Kammer.

Barbara dachte: Wenn ich diesen Knäuel Wolle abgewickelt habe, dann werde ich es ihm sagen. Ich darf das nun wirklich nicht mehr länger hinausschieben. Sie fühlte, wie ihr Herz schwer wurde dabei, sie wich seinem zärtlichen Blick aus, tat dies und jenes noch und hatte sich endlich gefaßt. Ganz nahe setzte sie sich zu ihm, faßte nach seiner Hand und sagte:

„Hör einmal, Georg. Ich habe dir heute etwas zu sagen."

Er nahm die Pfeife aus dem Mund, legte sie in den Aschenbecher und schaute Barbara verwundert an. „Na, na, warum denn so feierlich? Was ist denn los?"

„Ja — weißt du, Georg, ich wollte schon lange mit dir sprechen. Ich meine — ich habe das Gefühl —"

„Das geht aber schwer!" Er legte seinen Arm um ihre Schultern. „Paß auf, Barbara, ich will dir zuerst was Gutes und Schönes erzählen, dann geht es leichter bei dir. Also, horch zu, Barbara. Der Vater weiß es jetzt. Gerade heute abend kam es zur Sprache, und es hätte beinahe Streit gegeben. Aber Heinrich — du glaubst es vielleicht gar nicht, wie Heinrich sich für uns beide ins Zeug gelegt hat."

Barbara fühlte, wie es ihr kalt über den Rücken rann. „Heinrich —?" fragte sie mit erstickter Stimme.

„Ja, du hättest ihn hören sollen. Wie ein Buch hat er gesprochen. Zum Schluß hat der Vater überhaupt nicht mehr gewußt, was er sagen sollte. Ja, so ist Heinrich. Sonst ein leichtfertiges Blut, aber gut bis in seine Seele hinein."

„Ja, bis in seine Seele hinein“, murmelte Barbara still für sich hin. Vor ihren Augen verschwammen die gemusterten Vierecke der Tischdecke. Sie wußte jetzt, daß sie Georg nichts mehr sagen könnte von dem, was sie sich vorgenommen hatte.

„Demnächst nehme ich dich dann zu uns mit und stelle dich vor“, fuhr Georg weiter. „Heinrich versprach mir, sich noch besser für uns zu verwenden. Und ich bin auch überzeugt, daß er es fertigbringt. Aber was ist denn? Du sagst ja gar nichts. Freut es dich denn nicht?“

„Doch, doch, Georg, es freut mich“, flüsterte sie. Ihre Wangen waren naß von Tränen, und er zog sie noch fester an sich.

„Was ist denn? Freilich, ich kann es mir denken. Es wird halt die Freude sein, die Überraschung. Schau, Barbara, wenn alles gutgeht — und daran zweifle ich jetzt nicht mehr — dann können wir in ein paar Wochen schon heiraten. Du glaubst ja gar nicht, wie ich den Tag herbeisehne! Aber jetzt sag du mir, was du auf dem Herzen hast.“

„Nichts, Georg. Mir ist alles recht.“

„Aber du wolltest mir doch etwas Wichtiges sagen?“

„Das hat sich jetzt überholt, Georg.“

Sie sprach wie ein Mensch, der sich geduldig in sein Schicksal ergeben hatte. Sie wußte, daß ihr Leben nun einmünden würde in die verlässige Grenze eines gefestigten Daseins. Es würde ein Aufgehen sein im Kreis der bäuerlichen Pflichten am Herd und im Dienen um der Erde willen. Nie wieder aber würde jenes Glück aufblühen, das wie ein Sturmwind über sie hingegangen war und ihr Herz so sehnsüchtig machte. Es war ein Traum, und dieser Traum ging nun unerbittlich zu Ende. Und sie wußte, daß die Erinnerung sie über ihr ganzes Leben hin begleiten würde, über den hohen Mittag bis in den fallenden Abend hinein. Und vielleicht konnte sie ihren Enkeln einmal erzählen, wenn sie alt und wunderlich geworden war, wie das gewesen war mit dem Studenten namens Heinrich. Sie würde es als ein Märchen erzählen, ja. Es kam ein Mensch in den Wald gegangen, der war groß und blond wie der Jäger Gundermann, der auf ewiger Suche war nach der Jungfrau Tausendschön, die ihn einmal beglückt hatte und die er dann nie wieder hatte finden können. — —

Die Uhr schlug die zehnte Stunde, und hernach klang ein kleines Lied auf, das sie wohl schon tausend- und mehrmal gespielt hatte:

„Üb' immer Treu und Redlichkeit
bis an dein kühles Grab,
und weiche keinen Finger breit
von Gottes Wegen ab."

„Wie lange bleibt eigentlich Heinrich noch hier?" fragte hernach Barbara plötzlich.

„Nicht mehr lange. Warum?"

„Denkst du nicht, daß ich ihm danken sollte? Du sagtest doch, daß er sich für uns so uneigennützig eingesetzt hat."

„Ja, ich will es ihm sagen. Vielleicht kommt er noch einmal mit 'rauf", antwortete Georg, beschloß aber sofort bei sich, dies erst am letzten Abend vor Heinrichs Abreise zu bewerkstelligen. Immer noch wurzelte das Mißtrauen in ihm, und er wollte es auf alle Fälle verhindern, daß die beiden sich noch einmal allein trafen.

Vielleicht spürte Barbara dieses Mißtrauen, denn sie sagte jetzt:

„Wenn Heinrich nicht mehr herkommen will, dann sag ihm, ich ließe ihm recht herzlich danken — für alles."

„Ist recht“, antwortete Georg und richtete sich für den Heimweg.

*

Was Heinrich in den folgenden Tagen tat, das war nichts anderes als reine Liebe zu dem Mädchen Barbara. Aus Liebe zu ihr setzte er sich für seinen Bruder ein. Er verstand es ausgezeichnet, die Mutter für Barbara zu interessieren, lobte ihre Vorzüge, ihre Anmut und Schönheit, so daß ihn die Mutter ganz verwundert anschaute.

„Du kennst sie aber ziemlich genau.“

„Man hat mir oft gesagt, zu meinen bestechendsten Eigenschaften gehöre meine Menschenkenntnis. Ich täusche mich selten in einem Menschen, Mutter.“

„Mir kann es ja recht sein, Heinrich. Ich bin froh, wenn Georg ein gutes Mädchen herbringt, denn er braucht jemand, der ihn voll und ganz versteht. Um ihn ist es viel schwieriger bestellt als um dich.“

Heinrich lächelte bitter. Schon wieder mußte er das hören. Sogar nach Ansicht seiner Mutter war er ein Mensch mit leichtfertigem Sinn, der nichts schwernahm im Leben. Ach, hätte doch jemand in ihn hineinsehen können! In ihm war ein einziger großer Aufruhr, ein einziges brennendes Weh. Er hätte viel dafür gegeben, wenn er wie früher der Mutter seinen Kummer hätte preisgeben können. Aber er wußte, daß er niemals im Leben zu jemandem von dieser wunderlichen Liebe zu dem Mädchen Barbara würde sprechen können. Das mußte in ihm bleiben und zum Geheimnis seines Lebens werden. — —

So kam dann der Tag vor seiner Abreise heran. Am Abend fragte Georg unvermittelt:

„Willst du mitkommen, Heinrich, und dich von Barbara verabschieden?“

„Nein, danke. Aber grüße sie noch mal von mir."
„Sie wollte sich auch noch bedanken bei dir."
„Bedanken? Für was?" Heinrich war auf einmal hellwach. Er spürte geradezu eine satanische Lust in sich, Georgs offensichtliches Wohlwollen mit einer spitzigen Bemerkung ins Lächerliche zu zerren.

Will sie sich vielleicht bedanken, daß ich sie gelehrt habe, richtig zu lieben? Jawohl, so könnte er fragen. Oder vielleicht dafür bedanken, daß er endlich abreiste und sie nicht mehr so ängstlich behütet würde wie ein Lämmlein, damit der Fuchs nicht über es herfalle? Dafür bedanken vielleicht, daß es nun auch für sie wieder einen Gang zur Fichtenschonung in der Dämmerung geben durfte?

„Barbara meinte, du solltest doch noch mal mit 'raufkommen", sagte Georg.

„Barbara meint das?" Heinrich schaute den Bruder scharf an. „Na gut, dann will ich halt mitkommen."

Eigentlich hatte er dem Mädchen nicht mehr begegnen wollen. Aber nun wurde er dazu aufgefordert. Gut, so sollte es sein. Aber er wollte es nicht der Gnade des Bruders verdanken. Wenn schon, dann mußte es etwas Ganzes sein. Ein Abschied mit aller Schwere und Süße, wie es sich gehörte bei einem Abschied fürs Leben. Er wollte Barbara auf die Probe stellen, wie tief sich bei ihr das Erlebnis ins Herz gebrannt hatte. Er wollte sehen, ob sie Mut hatte. — —

Auf dem ganzen Weg schlug sein Herz in pochenden Schlägen. Aber als sie zum Haus kamen, wurde er ruhig, und er brachte es fertig, Barbara ganz unbefangen die Hand zu reichen. Dabei drückte er ihr ein Zettelchen in die Handfläche. Ihre Finger schlossen sich schnell darüber. Dann ging sie hinaus.

Der Abend verlief in schönster Harmonie. Für Sekundenschnelle tauchen Barbaras Augen in Heinrichs

Blick. Er wußte, was das zu bedeuten hatte, und wurde ganz fröhlich dabei. Es war eine richtige unbeschwerte Fröhlichkeit von innen her. Lustig ging sein Mundwerk, und Frau Ponkraz sagte einmal lachend:

„Du bist ein lustiger Mensch. Man kann es kaum glauben, daß ihr zwei Brüder seid."

„Sagt mir über Georg nichts", lachte Heinrich. „Er ist viel besser als ich. — Danke schön, Barbara." Das Mädchen hatte inzwischen Kaffee aufgetragen und eingeschenkt. Auch Kuchen wurde gebacken für diesen Abend. „Das ist also sozusagen die Henkersmahlzeit, oder die Abschiedsmahlzeit, wie man es nehmen will", sagte Heinrich.

Ob er gern wieder in die Stadt ginge, wollte Barbaras Mutter wissen. Und da konnte es Georg doch nicht lassen, ein paar Bemerkungen zu machen.

„Freilich geht er gern zurück", sagte er. „Es wartet ein Mädchen dort auf ihn. Sabine heißt sie. Ein sehr schönes Mädchen. Ihr Bild hängt über seinem Bett."

„Immer besser das Bild als sie selber", meinte Heinrich. Er war absolut nicht beeindruckt von Georgs Worten, er wurde nicht verlegen und leugnete nichts ab. „Du kennst Sabine auch, Barbara. Als ich sie zum Bahnhof brachte, sind wir dir begegnet. Du hast ihr übrigens sehr gut gefallen, und Sabine wunderte sich, Georg, wie du zu so einem Gottesgeschenk kommst. Sie hätte dir das nicht zugetraut. Offen gestanden — ich auch nicht. Aber da kann man gar nichts machen: wo die Liebe hinfällt, da bleibt sie eben hängen. Dein Kaffee ist ausgezeichnet, Barbara. Auch der Kuchen. Danke Gott auf den Knien, Bruder Georg, daß du so eine Frau bekommst!"

„Ja, ja", sagte Georg etwas kleinlaut. „Es wird schon recht werden."

Als Heinrich sich dann von Barbara verabschiedete,

stand Georg so nahe dabei, daß sie nicht einmal einen Blick miteinander wechseln konnten. Aber sie hatten sich beide wunderbar in der Gewalt.

„Lebe wohl, Barbara", sagte Heinrich.

„Auf Wiedersehen, Heinrich."

„Jawohl, auf Wiedersehen heißt es", sekundierte Georg. „Denn zu unserer Hochzeit mußt du doch kommen."

„Ja — und vielen herzlichen Dank noch", flüsterte Barbara. Es klang so, als wenn ihr das Weinen nahe stünde. Darum wendete sich Heinrich rasch ab und ging.

Als er schon beim Pflanzgarten war, kam Georg ihm nachgerannt.

„Warte doch, ich will auch mit." Georg hängte sich an Heinrichs Arm und sagte vertraulich: „Weißt du, Heinrich, jetzt kann ich es dir ja sagen. Ich hatte einmal eine furchtbare Angst, du könntest mir Barbara nehmen."

„Wie käme ich dazu?" fragte Heinrich lauernd zurück.

„Natürlich, wie kämst du dazu? Aber du hast geträumt von ihr. Du hast ihren Namen ausgesprochen im Traum."

„Ja, ich träume zuweilen laut. Darum bin ich in die andere Kammer gezogen, um dich nicht mehr zu stören."

„Weißt du", sprach Georg hartnäckig weiter. „Ich habe einmal sagen hören, daß man im Traum das spricht, mit dem man sich tagsüber lebhaft beschäftigt."

„Das glaube ich gar nicht, Georg. Wenn das so wäre — sieh einmal, mir träumte zum Beispiel auch einmal, du ständest vor meinem Bett und möchtest mich mit deinen Fäusten erwürgen. Da es aber doch gänzlich unmöglich ist, daß du so etwas jemals gedacht hättest, sind Träume eben doch nichts anderes als Schäume."

Daraufhin hatte Georg nichts mehr zu sagen. Er ließ Heinrichs Arm los und ging vor ihm her, weil der Weg etwas schmäler wurde bis zum Fahrweg, der nach Roßgotten führte.

*

Am anderen Mittag mußte Georg seinen Bruder Heinrich mit dem Schweizerwägerl zur Bahnstation bringen. Von der Mutter hatte sich Heinrich bereits verabschiedet. Sie weinte, wie bei jedem Abschied, obwohl ja Heinrich nicht in einen Krieg oder sonst etwas Gefährliches ziehen mußte, sondern nur wieder in die Stadt ging, um das zu werden, wozu er sich berufen fühlte. Aber es war ganz eigentümlich: obwohl die Rainerin diese beiden Buben gleichzeitig unterm Herzen getragen hatte, an Heinrich hatte sie immer mehr Liebe verschenkt. Es erschien ihr oft frevlerisch, daß sie ihm mehr zugetan war als Georg, und sie hatte oft genug versucht, auch zu Georg so hinzufinden; aber es blieb eben nur ein Versuch, weil Georgs eigentümliche Scheu selbst vor der Mutter nicht auftaute.

Ja, da hatte die Rainerin nun wieder geweint, etwas heftiger sogar als sonst, weil sie fühlte, daß Heinrichs Herz von irgendeiner Traurigkeit erfüllt war, die nicht von ungefähr kam und mit dem Fortgehen allein nicht im Zusammenhang stand; denn Heinrich war die ganzen Jahre her immer heiter und fröhlich fortgegangen. Irgend etwas hatte sein Leben beschattet, von dem er sich nicht befreien konnte.

Währenddessen stand Heinrich mit dem Vater draußen auf dem Vorplatz und erklärte ihm nochmals ganz genau, wie er sich bei dem kommenden Prozeß zu verhalten habe. Der Rainer war voll Zufriedenheit, weil ihm Heinrich versicherte, daß er den Prozeß unbedingt gewinnen müßte.

„Na also", sagte jetzt der Vater. „Da gehst du nun wieder zurück. Das letzte Semester, dann bist du Rechtsanwalt, nicht wahr?" Er zog die Brieftasche aus der Joppe und entnahm ihr noch ein paar große Scheine. „Da, nimm. Sollst nicht sagen, daß dein Vater knauserig ist. Hast ja auch tüchtig mit angepackt."

Heinrich steckte das Geld ein. Dann fuhr Georg mit dem Gefährt vor. Heinrich warf seinen Koffer auf das Rückteil des Wagens und stieg auf. Bei der großen Kehre blickte er zurück und suchte das Häusl auf der Murhalde. Es war gerade noch zu sehen. Ein dünner Rauch schlängelte sich, von einem Wind getragen, schräg über den Obstgarten hin. Dann bog das Gefährt in den Hohlweg ein. — —

Die beiden Brüder hatten sich auf dem ganzen Weg nicht viel zu sagen. Es lag eine stumme Entfremdung zwischen ihnen, die kein rechtes Gespräch aufkommen lassen wollte.

„Das Wetter schlägt um", sagte Georg einmal.

„Meinst du, daß es heute nachmittag schon regnet?"

„Am Nachmittag vielleicht noch nicht, aber in der Nacht bestimmt."

Damit war das Gespräch wieder beendet, bis sie zum Bahnhof kamen. Heinrich ging voraus und holte sich die Fahrkarte. Er trug einen hellen Mantel über dem Arm, eine weinrote Krawatte mit weißen Punkten zu einem gestreiften Anzug. Die grauen Wildlederschuhe knarrten ein wenig.

„Man meint, sie seien nicht bezahlt", sagte Georg lächelnd.

Ja, Heinrich war wieder Gentleman vom Kopf bis zu den Füßen. Es war kein Wunder, daß die Weiber hinter ihm herschauten. Georg war gar nichts dagegen.

Er trug den Koffer hinter Heinrich her, wie der Hausknecht vom „Goldenen Lamm“, wenn er Fremde zur Bahn brachte.

Georg stellte den Koffer auf dem Bahnsteig nieder und wischte sich den Schweiß von der Stirn. Es war schwül, obwohl schon alles auf Herbst abgestimmt war. Jetzt kam sogar die Sonne zum Vorschein, ein spielerischer Wind trieb das Gewölk auseinander, und Georg korrigierte seine Meinung von vorhin, daß es Regen geben werde.

Heinrich hörte gar nicht darauf. Es war ihm grenzenlos gleichgültig, ob es regnete oder nicht.

„Zur Hochzeit wirst du ja dann kommen“, sagte jetzt Georg. „Wir schreiben dir rechtzeitig.“

Heinrich schaute in die Richtung, woher der Zug kommen mußte.

„In meiner grauen Joppe, die ich gestern noch anhatte, steckt eine Zigarre“, sagte er. „Wenn du sie rauchen willst — —“

Georg nickte.

„Ich werde also Barbara noch mal von dir grüßen.“

„Wieso? Na — meinetwegen.“

Endlich tauchte der Zug hinter der Böschung auf. Georg hob den schweren Koffer auf das Trittbrett und stand nun wirklich da wie ein Hoteldiener. Es fehlte nur noch, daß Heinrich ihm ein Trinkgeld verabreichte. Heinrich aber hob die Hand und winkte dem Gaul, der mit gespitzten Ohren jenseits des Zaunes angebunden stand. Diesem Gaul hatte er eigentlich das Glück mit Barbara zu verdanken; denn damals war er vom Hof weg in die Nacht hineingegangen, weil er es nicht mehr hatte mit ansehen können, wie das Tier sich in Qualen wand.

In diesem Augenblick erlebte er alles wieder deutlich und klar. Wie ein Filmstreifen zogen die Bilder an ihm vorüber. Am Ende der Viehweide stand im Schutz der Fichtenbüsche das Mädchen Barbara und rief ihn an. Er ging mit ihr in die Tiefe des Waldes hinein — —

„Alles einsteigen!“ schnarrte der Schaffner. Die Türen wurden klirrend zugeschlagen. Der Zug fuhr an. Georg rief noch etwas, das Heinrich nicht mehr recht verstehen konnte. Vielleicht war es ein Gruß an Sabine.

Nein, es war nicht mehr so wie früher. Fröhlichen Herzens war Heinrich sonst immer in die Stadt zurückgefahren. Heute war sein Herz schwer und traurig. Er wußte, daß er nie wiederkommen würde.

Der Zug ratterte eintönig dahin. Heinrich war auf der Plattform stehengeblieben. Einmal war noch der ganze Berghang zu sehen, auf dem der elterliche Hof stand. Hell glänzte das Gemäuer in der Sonne, und der Obstgarten war wie ein flammendes Wunder der Schönheit in der herbstlichen Blätterpracht.

*

Heinrich fuhr nur eine Station weit. Dann stieg er wieder aus, stellte seinen Koffer am Bahnhof ein und ging über den Berg in südlicher Richtung.

Auf halbem Wege, da wo ein Bach die Grenze zweier Gemeinden bildete, stand das Mädchen Barbara auf der hölzernen Brücke und wartete auf ihn. Sie schaute in die kleinen Wellen und sah ihr Spiegelbild verzerrt flimmern, oder es wurde von einer Forelle im Vorbeischwimmen liebkost.

Sie war von zu Hause fortgegangen, ohne zu sagen wohin. Nun stand sie hier und wartete und empfand nicht die leiseste Bedrückung dabei, daß sie dies hinter Georgs Rücken tat.

Endlich kam Heinrich. Sie richtete sich auf und ging ihm entgegen. Und dann wanderten sie auf einem einsamen Wiesenweg dahin, der in die Berge führte.

Keine Menschenseele begegnete ihnen. Im leichten Windhauch schwebten die silbernen Fäden des Altweibersommers durch die verhaltene Stille des Tages. Nur hin und wieder fiel ein Wort zwischen den beiden, und es war dann, als wenn ein Stein in einen tiefen Brunnen fiele.

„Hast du gezweifelt, daß ich komme?“ fragte Barbara.

„Nein, ich wußte, daß du kommen würdest. Wo du am Beginn so tapfer warst, könntest du am Ende nicht feige sein.“

„Ja, da hast du recht, Heinrich. Selbst wenn ich nicht gewollt hätte, hätte ich doch kommen müssen.“

Ihre Herzen waren schwer und von einer unendlichen Traurigkeit erfüllt. Sie kamen an einem Feldkreuz vorbei, und Barbara streifte den Gekreuzigten mit einem scheuen Blick. War es Sünde, daß sie nun an Heinrichs Seite ging?

Nein, es konnte keine Sünde sein. Wie hatte sie dieser Stunde entgegengewartet! Seit er ihr gestern den Zettel in die Hand gedrückt hatte, auf dem er dieses letzte Zusammentreffen forderte, hatte sie kaum mehr an etwas anderes gedacht.

Der Wald nahm sie jetzt auf. Es war so still darinnen, als hielte der Herrgott nach dem großartigen Sommer, nach Blühen und Reifen, nach Säen und Ernten, seinen beschaulichen Feierabend.

Heinrich blieb stehen und legte seine Hand auf ihre Schulter, die sich der Berührung sanft entgegenhob. Seine Stimme war ernst.

„Wir sehen uns heute zum letztenmal, Barbara.“

„Ja“, flüsterte sie ergeben. Aber sie hätte am liebsten aufgeschrien: „Nimm mich mit! Bitte, nimm mich mit! Wenn du mich jemals geliebt hast, dann laß mich nicht allein.“

„Du weißt doch, Barbara, daß es sein muß. Glaubst du, daß dieser Kelch an mir leichter vorübergeht als an dir? Ich habe viel darüber nachgedacht, warum ich dir habe begegnen müssen. Vor allem, warum ich dir zu spät habe begegnen müssen. Es wäre besser gewesen für mich, ich hätte dich nie gesehen. Trotzdem, liebe, liebe Barbara — ich will dich für alles segnen —"

Sie lächelte auf eine Weise zu seinen Worten, daß es ihm schmerzhaft ins Herz schnitt. Erschüttert beugte er sich nieder und küßte ihre Lippen.

Später sagte er: „Manchmal hatte ich in letzter Zeit den Eindruck, als hätte er von Anfang an alles um uns beide gewußt."

„Ich glaube es nicht", erwiderte Barbara schnell. „Trotzdem muß er etwas gefühlt haben. Er war recht merkwürdig in letzter Zeit und hat mich wie eine Gefangene gehalten. Aber muß es sein, daß wir von ihm reden?"

„Du hast recht, Barbara. Ich habe dich um diese Zusammenkunft nicht gebeten, damit wir Georg oder dessen Seelenleben zergliedern. Es liegt nur an der Kompliziertheit des Falles, daß man immer wieder auf ihn stößt. Wäre es ein anderer, brauchte ich jetzt nicht heimlich mit dir durch den Herbstwald zu gehen. Ihm kann und darf ich dich nicht wegnehmen, weil er dann zugrunde ginge. Das weißt du so gut wie ich. Du wirst daher sicher auch begreifen können, daß ich nicht zur Hochzeit komme. Es geht wirklich nicht, Barbara."

„Nein, es geht wirklich nicht", sprach sie monoton nach.

„Wir wollen nicht danach fragen, wer von uns beiden es schwerer hat, Barbara. Mich tröstet nur eines, daß ich weiß, du wirst es gut haben bei ihm. Und denke immer, daß es meine Heimat ist, in die du eintreten wirst."

„Es wird mich vieles dort an dich erinnern. Ich glaube, alles — jeder Schritt, den ich dort tue, wird von den Gedanken um dich begleitet sein. Ach, Heinrich—" Sie schlang mit einer jähen Aufwallung ihre Arme um seinen Hals. „Ich weiß nicht, wie ich das tragen soll!" Ihre ganze brennende Not ihm offenbarend, schrie sie ihm zu: „Bewahre mich doch vor allem!" Aufweinend sank sie gegen ihn hin, als wäre sie nie mehr imstande weiterzugehen.

„Mein Gott, das ist ja entsetzlich", sagte er leise in ihr Schluchzen hinein. Und plötzlich umklammerte eine Angst sein Herz, daß sie in ihrer Not etwas Ungeschicktes tun könnte. Ein Fehltritt im Gebirge vielleicht — wer wüßte um die tieferen Zusammenhänge? Er faßte sie fest an den Schultern und zwang ihr Gesicht dem seinen zu. „Hör einmal zu, Barbara. Ich habe dich lieb wie nie zuvor einen Menschen. Und ich werde nie wieder jemanden so lieben können. Nein, du brauchst mir nicht zu widersprechen, du brauchst mich auch nicht an Sabine zu erinnern. Ich weiß genau, wie es mit mir kommen wird. Aber er ist mein Zwillingsbruder, und ich kann sein Leben nicht zerbrechen. Du weißt, was du ihm bedeutest."

Barbara trocknete die Tränen und blickte ihm fest in die Augen.

„Ja, das weiß ich, Heinrich. Verzeih mir, es war dumm, mich so gehenzulassen. Von allem, was du mir gesagt hast, war das Schönste das von der Tapferkeit. Und tapfer will ich auch weiterhin sein. Ich will mich deines Lobes würdig zeigen. Das will ich. Ob es geht, das weiß ich nun freilich nicht. Aber ich will alles tun, damit du nicht enttäuscht bist von mir."

Stimmen aus einem fernen Gehöft waren zu hören und schreckten sie auf. Die Sonne hatte sich schon gegen den Rand der Berge hingeneigt. Sie stand nun hinter feinen Wolkenschleiern, und der Himmel sah aus, als blühten lauter helle Rosen dort.

Heinrich schaute auf die Uhr an seinem Handgelenk. Dann griff er in seine Joppentasche und zog ein kleines, in rotes Leder gebundenes Büchlein heraus. „Nimm es zu dir, Barbara, als Andenken."

„Hast du was hineingeschrieben?"

„Ja, aber lies es erst, wenn du allein bist. Und nun muß ich gehen. Sei auch jetzt mutig und tapfer. Sei stark, Barbara", flüsterte er in ihr Ohr. „Du bist mir das Liebste und Schönste auf der Welt."

„Ja, ja", sagte sie gehorsam und zog den Nacken ein, als ob sie friere. „Ich will schon tapfer sein, weil du es willst. Und ich werde dich in meinem Herzen tragen bis zum Tode. Und ich danke dir auch für alles Schöne, das du mir gegeben hast."

Heinrich nahm ihr Gesicht in seine Hände. „Ich muß dir danken, Barbara. Du hast mir mehr gegeben, als du jemals ahnen kannst."

Er hatte ihr eigentlich etwas anderes sagen wollen, etwas Tieferes vielleicht, aber er fühlte, daß er nun stärker sein mußte als sie. Seine Hand streichelte über ihr Haar hin, aber sein Blick war über sie weg gerichtet, wie in weite Fernen. Er sah im Geist den heimatlichen Hof im Abendlicht, er sah sich selbst wieder in seiner Kindheit und Jugend. Unzertrennlich war er mit dem Bruder durch die Knabenjahre gewandert. Aber stets war es so, daß alle Gunst des Lebens ihm zugewandt war. Georg war immer ein wenig im Schatten gewesen. Und darum konnte und durfte Heinrich dem Bruder jetzt nicht das Licht auslöschen, das ihm leuchtete.

„Und nun gehe, Barbara", flehte er leise. „Lebe wohl. Ich werde alles tun, um es dir leichtzumachen."

Aber sie kamen nicht so leicht voneinander los. Immer wieder umklammerten sie sich wie in Todesnot, und seine Küsse zischten in ihr Blut. Flammengleich fielen sie einander zu. Der Buchenwald rauschte. Vom Gebirge herunter kam ein Windstoß. Gleich einem goldenen Regen fielen die Blätter, wirbelten und taumelten in der Luft und lagen dann still am Boden.

Endlich fielen ihre Hände auseinander. Eines trat vom andern zurück. Heinrich wandte sich mit einem scharfen Ruck um und ging dann mit schnellen Schritten davon, ohne sich noch einmal umzusehen, weil er wußte, daß er dann wieder zurückgekommen wäre.

Gerade erreichte er noch den Abendzug. Von seinem Abteilfenster aus suchte er noch einmal die Gegend ab. Auf einem fernen Hügel unterm Feldkreuz stand immer noch Barbara. Sie stand so klein und schmal dort und sah nicht größer aus als ein Vogel in der Wiese.

„Ach, Barbara, du liebe, blühjunge Barbara. Ich werde dich nie vergessen —"

Ja, Barbara stand noch oben, während die Dämmerung schon langsam über den Hügel heraufkroch. Einmal noch sah sie aus einem fernen Taleinschnitt den weißen Rauch der Lokomotive aufsteigen, dann sah sie nichts mehr als die wachsende Dämmerung, die auch den weißen Rauch verschluckte.

Jetzt erst öffnete sie das Büchlein, las auf der ersten Seite, daß es ein Tagebuch des Studenten Heinrich Rainer sei, in das er keine großen Geheimnisse einzuschreiben gedächte. Nur kleine Gedichte waren es, Stimmungsbilder und Gedankensplitter. Auf der vierten Seite entdeckte Barbara das Gedicht:

„Du brauchst mir deine Liebe nicht zu schenken —"

Barbaras Mund zuckte in einem Gefühl bitterer Enttäuschung. Also nicht einmal das war von Georg, obwohl er sie bei dem Glauben gelassen hatte, daß all die kleinen Verse, die er ihr zugesteckt hatte, von ihm gekommen seien.

Alle fand sie hier verzeichnet von Heinrichs Handschrift, aus Heinrichs Herzen entsprungen. Georg hatte sie nur für seine Zwecke benutzt.

Das letzte Gedicht mochte wohl erst vor ein paar Tagen niedergeschrieben worden sein und war für sie bestimmt:

„Was du mir gegeben,
war ein großes Glück.
Ich dank' es dir mein ganzes Leben
und denke lieb an dich zurück.

Laß die Sonne friedsam scheinen
über deinem Leben jung.
Lebe wohl, du sollst nicht weinen,
uns bleibt doch die Erinnerung."

Ja, das hatte sich wohl so leicht hinschreiben lassen: „Du sollst nicht weinen."

Barbara ging durch den Abend heim. Ihre Augen waren blind von Tränen. Als die Mutter ihr Vorwürfe wegen des langen Ausbleibens machen wollte, sah Barbara wie durch einen Schleier an ihr vorbei. Dann brach sie zusammen.

*

Nach Stunden fuhr der Zug in die große Bahnhofshalle ein. Es brannten die hohen Bogenlampen, und Heinrich sah schon von weitem das Mädchen mit dem Schwanenhals. Jawohl, Sabine stand da, schlank und hoheitsvoll. Dann ging sie auf ihn zu mit ihren hohen, steilen Schritten. Perlmutterweiß schimmerten ihre Zähne hinter dem lachenden Mund. Sie war ein wenig enttäuscht, als er sie nicht küßte. Nein, er reichte ihr nur die Hand und nahm den Mantel auf den anderen Arm, daß sie sich einhängen konnte.

„Wie braun du geworden bist“, sagte sie. „Hast du meine Briefe noch erhalten?“

„Es waren drei, nicht wahr?“

„Ja, aber du hast es überhaupt nur zu einem gebracht. Im übrigen — ich erwartete dich schon mit dem Nachmittagszug.“

„Mit dem wollte ich ursprünglich fahren“, gestand er. „Aber es ist mir etwas dazwischengekommen.“

Heinrich gab dem Gepäckträger Auftrag, den Koffer nach seiner Wohnung zu bringen. Am liebsten wäre er gleich mitgegangen. Aber Sabine sagte etwas von Abendessen und einem Glas Wein trinken.

Es geht nicht warm und nicht kalt von ihr aus, dachte er und wunderte sich, daß dies jemals anders gewesen sein sollte. Sabine drückte zuweilen seinen Arm. Es lag ein Duft, irgendein süßes Parfüm auf ihrer Haut. In diesem Augenblick fiel ihm auch ein, daß er wirklich ihr Bild zu Hause vergessen hatte. Es hing noch in der Kammer, und Georg konnte es betrachten, wenn er wollte.

Es wird zu Ende gehen mit Sabine, dachte er weiter. Sie ist ein schönes Steinbild mit kaltem Herzen.

Sie gingen die hellerleuchtete Hauptstraße hinunter. Über einem Lichtspieltheater kündeten grelleuchtende Buchstaben den neusten Film an. „Herzen im Irrtum.“ Heinrich blieb stehen und lachte laut.

„Warum lachst du?“ fragte Sabine.

„Weil ich nicht glaube, daß ein Herz sich irren kann.“

„Warum nicht? Nichts ist so unsicher wie das eigene Herz.“

„Möglich. Aber man muß doch den Irrtum schon im ersten Stadium bemerken.“

Sabine schaute ihn von der Seite an. Was ist mit Heinrich geschehen? dachte sie. Dieser gefügige Junge mit dem heiteren Gemüt und dem fröhlichen Herzen war verändert zurückgekommen, nicht nur äußerlich, sondern auch innerlich verwandelt. Aber Sabine hatte keine Angst. O nein, sie war ihres Besitzes absolut sicher. — —

Dann saßen sie in einem Hotel im Zentrum der Stadt, in dem sie früher schon oft gesessen hatten. Der Geschäftsführer kam sofort an ihren Tisch und begrüßte sie.

„Wieder da, Herr Rainer? Sie sehen blendend aus und scheinen sich ausgezeichnet erholt zu haben."

„Ja, danke, ausgezeichnet." Heinrich griff nach der Speisekarte, bestellte dann, und Sabine fügte der Bestellung hinzu: „Und eine Flasche Malvasier."

„Wein willst du trinken?" fragte Heinrich etwas verwundert. Sabine hielt es sonst nicht mit Alkohol, trank höchstens Apfelsaft oder Sprudel zwecks Erhaltung ihrer schlanken Linie.

„Ja, zur Feier des Tages", sagte sie.

„Ja, ja, ich war lange weg", meinte Heinrich in der Annahme, daß sie sein Wiederkommen feiern wollte. Sicher war das ein willkommener und freudiger Grund für Sabine, denn er hätte ebensogut nicht mehr kommen können. Flüchtig hatte er sogar einmal daran gedacht, nach Freiburg zu gehen oder nach Heidelberg, um dort das letzte Semester zu absolvieren. Er hatte wirklich keine Sehnsucht nach einem Wiedersehen mit Sabine verspürt. Aber nun saß er neben ihr und stellte Vergleiche an. Sabine ist die Flamme, dachte er. Barbara ein stilles Licht, das über die Zeiten hinleuchtet, ruhig und verlässig.

In diesem Augenblick sagte Sabine ironisch: „Ich erlaube mir nämlich, heute meinen Geburtstag zu feiern."

Heinrich erschrak. Das hätte er eigentlich nicht vergessen dürfen.

„Oh, entschuldige vielmals", sagte er. „Ich dachte, dein Geburtstag sei erst im nächsten Monat. Es tut mir leid."

„Was tut dir leid? Daß ich überhaupt geboren wurde?" fragte Sabine zurück und schaute plötzlich starr nach seiner Krawattennadel, an der sich ein langes blondes Haar verfangen hatte. Sie streckte die Hand nach diesem seidenen Faden.

„Aha", sagte sie. „Darum bist du so verändert, und darum kann ich auch nicht glauben, daß es dir leid tut."

„Wie bitte?" Heinrich wurde zu seinem eigenen Erstaunen nicht eine Sekunde verlegen. Er schaute mit einem Lächeln zu, wie Sabine dieses feine Haar um ihren Zeigefinger wickelte. Genau zwölfmal ging es herum. Hinter ihrem rosigen Fingernagel glänzte es nun mattgelb wie ein kleiner Ring.

„Wie lange betrügst du mich eigentlich schon?" Sabine fragte ganz sachlich und kühl, als ob sie ihn examinieren wollte. Dieser Ton ärgerte ihn. Seine linke Augenbraue zuckte ein wenig.

„Sei nicht kindisch", brummte er. „Es kann doch leicht im Gedränge des Zuges hingekommen sein. Gott sei Dank, da kommt das Essen. Wünsche wohl zu speisen." Heinrich breitete die Serviette aus und dachte dabei: Eigentlich ist es jammerschade, daß Sabine dieses Haar entdeckt hat. Ich hätte es selbst zu gern gehabt, dann hätte ich wenigstens ein kleines Andenken an Barbara.

Jedenfalls, der Abend war verdorben. Das fühlte auch Sabine deutlich. Aber schließlich war sie kein Backfisch mehr, der schmollte. Nein, sie überbrückte das Peinliche der Lage mit einem interessanten Gespräch, dem sich Heinrich nicht entziehen konnte. Trotzdem, als er sie später nach Hause brachte und sich verabschiedete, fühlte er wieder ganz deutlich, daß es mit dieser Liebe zu Sabine zu Ende war. Ihr Kuß, zwischen Tür und Angel gegeben, warf keine Flamme mehr in sein Blut. Sein Inneres wurde kaum berührt davon. Und als sich die Haustür mit einem schnappenden Laut schloß, war ihm zumute, als habe sich soeben ein Sargdeckel geschlossen, und er stände vor dem frischen Grab einer Liebe.

Als er den Weg zu seiner Wohnung allein zurückging, sehnte sich sein Herz schon wieder nach Barbara.

*

Barbara wollte gewiß tapfer sein, aber es war nicht so leicht, wie sie gedacht hatte. Eine schwere seelische Erschütterung hatte sie zu Bett gezwungen. Die Mutter stand ratlos und selbst bis ins Innerste erschüttert vor dem Bett und rang die Hände, fragte und flehte, aber Barbaras Mund war versiegelt.

Bleich und schön, wie ein Steinbild aus der Antike, lag sie in den Kissen, ganz abwesend und teilnahmlos. Auch dem Arzt, den die Mutter in ihrer Angst kommen ließ, gab sie keine Antwort, und seine Diagnose traf völlig ins Leere, wenn er auf eine Nervenstörung hinwies und Tabletten verschrieb, die nie genommen wurden.

Barbara wußte ihren Zustand selbst nicht zu deuten. Nirgends verspürte sie Schmerzen, kein Fieber war in ihrem Körper. Nur eine grenzenlose Bereitschaft war in ihr, daß das Herz den Schlag aussetze und sie die Augen schließen dürfe für immer.

Aber das wirkliche Leben draußen war so vielseitig tönend, daß man es nicht überhören konnte. Die Fenster standen weit offen, weil der Arzt es so haben wollte. So hörte sie das nimmermüde Plätschern des Brunnens, hörte den Schrei der Raben, die durch den Morgennebel zogen, und hörte das Abendläuten vom Dorf herauf.

Georg kam und stand verwirrt vor ihr. Sie sah die Angst aus seinen Augen schreien und seine Hände zittern. Aber sie blieb auch in dieser Stunde stummes Steinbild. Sie wurde erst nach seinem Weggehen über soviel Ähnlichkeit mit dem anderen geliebten Menschen von einem Zustand noch einsameren Elends übermannt und weinte tränenlos in sich hinein.

Es erschreckte Barbara, in welche Ferne Georg fortgegangen war, und sie hatte nun auch darüber sehr lange nachzudenken, wie es möglich sein konnte, daß ein Mensch, der doch einmal bedeutungsvoll in ihrem Leben gestanden hatte, so weit von ihrem Herzen abgleiten konnte.

Zum Einsehen dessen, daß ein Herz in seinem Schlag nicht ermüdete und stillstand, nur weil die Gedanken es so wollten, brauchte Barbara fünf Tage.

Um die Mittagsstunde des fünften Tages stand sie auf und erklärte ihrer fassungslosen Mutter, daß sie Georg Rainer nicht heiraten werde.

Frau Ponkraz war nicht fassungslos über das Geständnis, sondern mehr über die Wandlung, die mit dem Mädchen vor sich gegangen war; daß es so plötzlich wieder aufstand und die Sprache gefunden hatte.

„Du willst ihn nicht heiraten?“ fragte die Mutter.

„Bitte, Mutter, erspare mir die nähere Begründung, und tu mir den Gefallen und sage es ihm.“

„Ich? Ich soll es ihm sagen?“

„Wenn du mich jemals lieb gehabt hast, Mutter, dann nimm es auf dich.“ — —

Am Abend kam Georg und hörte mit versteinertem Gesicht an, was Frau Ponkraz ihm mit wenigen Worten, von denen sie glaubte, daß sie barmherzig wären, zu sagen hatte.

Georgs Brauen bewegten sich unablässig, und sein Kinn schob sich vor wie im Krampf. Plötzlich ging ein Ruck durch ihn hin.

„Das will ich von ihr selber hören!"

Mit einem raschen Griff faßte Frau Ponkraz ihn am Arm. „Laß sie, Georg. Sie schläft jetzt, schläft sich vielleicht wieder in ihre Gesundheit hinein."

Sein Gesicht sah jetzt aus, als ob jemand Asche hineingeworfen hätte, so grau war es. Immer wieder schüttelte er den Kopf. „Das kann doch nicht möglich sein!"

„Nimm es doch nicht so schwer, Georg. Bei deinem Reichtum kannst du genug andere haben."

„Ich will aber keine andere!" schrie er auf. „Entweder die Barbara oder keine."

Dann wandte er sich ab und rannte in die Nacht hinein. Dieses Unerwartete traf ihn wie ein tödlicher Stoß. Nur langsam sammelte er wieder Ruhe in sich und dachte, daß er Barbara sicher überreden könnte, wenn sie erst wieder ganz gesund war.

Aber dann wurde ihm wieder seine eigene Unzulänglichkeit bewußt; er konnte doch nicht reden, konnte nicht beschwören und keine Worte von durchschlagender Überzeugungskraft finden. — —

So schlich er durch die nächsten Tage, konnte kaum einen Bissen essen, und wenn es Nacht wurde, dann rannte er stundenlang umher, willenlos und wie in sich selbst aufgespalten. Er wurde hohlwangig, und seine Augen steckten wie in tiefen Höhlen. Das konnte nicht einmal dem Rainer entgehen.

„Was ist denn mit dir los? Du schaust ja aus, als ob du der Leichenfrau unterm Abwaschen davongelaufen wärst."

Der Rainer pflegte sich in solchen Dingen immer recht drastisch auszudrücken. Georg wollte etwas erwidern, aber seine Kehle war wie zugeschnürt, und er würde auch lieber einem Stein im Walde sein Leid geklagt haben als dem Vater, dessen beißenden Spott er fürchtete wie den Schlag einer Peitsche.

Als es Nacht wurde, flüchtete er wieder in die Stummheit des Fichtenwaldes, ging über die Hügel hin wie ein Blinder, der gejagt wurde, und lag dann regungslos am Rande des Feldes, von dem aus man zu dem Häusl an der Mur hinüberschauen konnte.

Die Sternbilder hingen über ihm, nichts war abgewichen von der vorgeschriebenen Bahn und würde auch niemals abweichen, weil es dem Willen der Schöpfung widerspräche. Nur von ihm war der Stern seines Glückes abgewichen. Ihn dünkte, daß kein Mensch auf Erden so unglücklich sei wie er. — —

In dieser Nacht brannte noch Licht, als er heimkam. Als er durch den Vorhang spähte, sah er die Mutter am Tisch sitzen. Sie mußte seinen Schritt gehört haben, weil sie das Buch zuschlug, in dem sie gelesen hatte, und aufstand. Unter der Tür traf sie auf ihn, nahm ihn bei der Hand und führte ihn in die Stube. Das Licht schmerzte seine Augen so, daß er sie schließen mußte.

„Nun setz dich einmal her zu mir, und sag mir, was mit dir los ist."

Die Stimme der Mutter klang so weich und gütig, wie er sie seit seiner Kindheit nicht mehr gehört zu haben glaubte. Diese Stimme gab ihm Mut und Vertrauen zugleich. Sie ging über ihn hin wie ein warmer Regen im Mai. Und plötzlich glitt er vor ihr in die Knie und barg seinen Kopf in ihrem Schoß. „Mutter, ich muß sterben —"

Der Mutter Hand streichelte über sein Haar. Sie sagte lange nichts, aber die schreiende Not, die aus ihm sprach, brachte ihre Gedanken auf den richtigen Weg. Sie fragte leise: „Ist es wegen Barbara?"

„Ja, ja, Barbara ist es, die mein Leben zerstört. Sie will mich nicht mehr."

„Sie will dich nicht mehr? Und warum?"

„Ach, das weiß ich doch nicht." Georg richtete sich auf und umklammerte die Mutter. „Mutter, geh du hinauf zu ihr und sag ihr, daß ich nicht leben kann ohne sie."

„So tief sitzt das in dir?"

„Sag ihr auch, Mutter, daß ich mir unweigerlich etwas antun werde."

„Nein, das werde ich nicht sagen." Die Rainerin schob ihn von sich und stand auf. „Du bist ein Narr, Georg, und benimmst dich wie ein kleiner Bub. Was antun, sagst du. Weißt du auch, wie entsetzlich feig so etwas ist? So etwas zu sagen ist eines Mannes nicht würdig, und ich will es vergessen, daß du damit gedroht hast. Ich sehe, Georg, wie du leidest, und ich werde hinaufgehen und mit Barbara sprechen. Aber nicht in dem Sinne, wie du denkst. Wenn sie nein sagt, dann mußt du dich damit abfinden. Ich glaube aber nicht, daß sie nein sagt. Und nun leg dich schlafen."

„Und sag ihr auch, daß sie es gut haben wird", drängte Georg weiter. „Sag ihr, daß es der beste Hof im Tal ist und daß sie eine Königin sein kann auf Roßgotten, wenn sie will."

Die Rainerin hatte schon begonnen, die schweren Zöpfe zu lösen. Nun hielt sie inne und schaute unwillig auf.

„Wie dumm du daherredest, Georg! Drohen soll ich, prahlen und lügen. Was mutest du deiner Mutter überhaupt zu? Soll ich das vielleicht wiederholen, was du sicherlich in deiner Verliebtheit selber oft genug dahergeredet haben wirst? Wenn du einem Mädchen solche Flausen in den Kopf setzt, dann darf es dich nicht wundern, wenn es hernach bitter enttäuscht sein wird.

Der Weg nach Roßgotten ist nicht mit Rosen gepflastert. Seit ich hier bin, habe ich immer viel Arbeit gehabt, viele Pflichten und Sorgen. Die kleinen Freuden wogen nichts oder nur wenig auf."

„Ich meine ja nur, sie soll nicht Angst haben, zu uns zu kommen."

„Hier geht es um die Wahrheit, mein Sohn, da gibt es nichts zu beschönigen. Nicht Angst soll sie mitbringen, sondern den guten Willen, sich nicht erdrücken zu lassen vom Maß der vielen Pflichten, wenn ich einmal nicht mehr bin. Und wenn das Mädchen so vernünftig ist, wie ich sie nach dem Ansehen beurteile, dann wird sie begreifen, daß das Leben auf Roßgotten mehr verlangt, als an Freuden und nette Dinge zu denken. Das werde ich ihr morgen sagen."

Damit ging die Rainerin hinaus. Georg fühlte sich wie von einer Last befreit und schöpfte neue Hoffnung.

*

Am anderen Tag war das Wetter umgeschlagen. Schwere Wolken jagten über das Gebirge, und aus ihren weitgeöffneten Schlünden schleuderten sie den Regen aus, wie die mächtige Hand eines Säers die Körner streut.

Die Rainerin legte sich ein Tuch um die Schultern und verließ das Haus um die dritte Nachmittagsstunde. Der Weg zum Murhäusl fiel ihr nicht schwer — sie hatte sich nie um Dinge gedrückt, die den Anschein von etwas Peinlichem hatten. Und hier war ihrer Ansicht nach gar nichts Schweres oder Peinliches dabei. Sie hatte etwas zu fragen und die Antworten so klar und eindeutig hinzunehmen, wie die Fragen gestellt wurden.

Sie fand die beiden Frauen vom Murhäusl in der Tenne beim Häckselschneiden. Weil es da oben noch keinen Elektromotor gab, mußte Barbara die Kurbel des großen Schwungrades drehen, während die Mutter das Stroh einlegte.

Aha, die Königin, dachte die Rainerin halblaut und lächelte ein wenig. Dann, als die beiden die Arbeit einstellten, fragte sie: „Müßt ihr schon dürrfuttern?"

„Ja, ja", sagte Frau Ponkraz, der die Besucherin fremd war. „Bei uns heroben wächst das Drittgras nur langsam nach."

Barbara löste den Knoten des Kopftuches unterm Kinn und zog das Tuch vom Haar. Dann ging sie auf die Rainerin zu und streckte ihr die Hand hin. „Grüß Gott, Rainerin."

„Grüß gott, Dirndl. Ich dachte, du würdest mich gar nicht kennen."

„Doch, du siehst dem Hein —, dem Georg so ähnlich."

Die Rainerin lachte befreit. „Der Georg wird mir ähnlich sehen. Das wird eher stimmen, meinst du nicht?" Sie betrachtete das Mädchen mit Wohlgefallen. „Ich hätte mit dir zu sprechen, Barbara. Barbara heißt du doch?"

Barbara nickte und wurde allmählich ganz ruhig. Im ersten Augenblick war sie nämlich erschrocken, als sie die Rainerin erkannte. Dann ging sie voran ins Haus.

Die Rainerin sah sich in der Stube um, nichts entging ihrem prüfenden Auge. Die Musterung schien zu ihrer Zufriedenheit ausgefallen zu sein, denn sie nickte und sagte anerkennend: „Sauber habt ihr es da heroben. Das laß ich mir gefallen."

Barbara schob ihr einen Stuhl hin, sie selbst setzte sich auf die Bank gegenüber. Die Rainerin betrachtete das Mädchen und begriff auf einmal, daß Georg ihr verfallen sein mußte. „Ja", sagte sie dann und faltete die Hände auf der Tischplatte. „Du wirst dir schon denken können, warum ich gekommen bin."

„Ja und nein."

„Zuerst eine Frage: Warum willst du ihn jetzt auf einmal nicht mehr, meinen Georg? Versteh mich recht, ich bin nicht gekommen, für ihn zu betteln oder seinen Unsinn nachzuplappern, daß du dich bei uns unten auf Rosen bettest."

„Das hat er nie gesagt", warf Barbara ein.

„Doch nicht? Das wundert mich. Also, ich bin gekommen, weil alles klar sein soll. Ist es ein anderer, der dir nahe steht?"

„Ein anderer? — Nein — das ist es nicht."

„Komm, sag mir die Wahrheit, Mädl. Ich vertrag sie und will sie auch ganz verstehen."

Barbara schaute lange vor sich hin. In ihr tobte ein innerer schwerer Kampf. Endlich hob sie die Augen.

„Es ist — weil ich denke, daß es zu wenig Liebe sei, die ich in mir fühle —"

„Besser am Anfang zu wenig als zuviel." Die Rainerin deutete zum Fenster hinaus in den strömenden Regen, deutete hinunter in Richtung Roßgotten. „Da unten, Barbara, da wartet einer auf mich und die Antwort, die ich ihm bringen werde. Du warst ihm doch gut, soviel ich weiß."

„Ich bin ihm auch jetzt noch gut", versicherte Barbara. „Und Georg tut mir schrecklich leid. Aber darf man auf Mitleid ein Glück aufbauen?"

Die Rainerin faßte nach Barbaras Händen und hielt sie in den ihren.

„Weißt du, Barbara, bei uns Bauersleuten, da wiegen die großen Worte von der Liebe und dem Glück nicht so schwer. Es liegt nicht in unserer Art, von dem zu sprechen, was das Herz bewegt. Tief drinnen muß man's fühlen und in sich tragen und aufbewahren.

Der Georg freilich, er ist ein Träumer und sackt zusammen, wenn man ihm das Licht wegnimmt. Und du bist ihm das Licht gewesen die ganze Zeit her. Jetzt ist es Nacht um ihn, und darum bin ich da, für ihn zu sprechen, daß es wieder hell wird in ihm."

„Ich möchte gern, aber ich weiß nicht, ob ich das habe, was er in mir erwartet."

„Das Zusammenleben mit einem Bauern ist anders", sprach die Rainerin weiter. „Seine Liebe ist wortarm, und er verschwendet an alles andere mehr Gedanken und Worte als an das, was ihm zunächst liegen sollte. Ich möchte nicht sagen, daß auch Georg so ist, aber bei seinem Vater war es so. Der Roßgotter konnte eine Nacht nicht schlafen, wenn ein Stück Vieh im Stall das Futter verweigert hatte. Aber er schlief ruhig, wenn ich an irgend etwas litt. Er ging wortkarg und bis ins Tiefste getroffen durch die Tage, wenn ihm der Hagel die Frucht zerschlug, aber er ging wortlos an mir vorbei, wenn ich von Kummer und Sorge bedrückt war. Dabei habe ich mir aber nie gedacht, daß ich ihm nichts bin, weil ich wußte, daß auch ich ein unentbehrliches Rad bin im Getriebe, das den Hof treibt. Und das ist es, was uns Frauen den Halt gibt: zu wissen, daß wir gebraucht werden, und daß wir bei genauem Betrachten der Mittelpunkt sind im Werdegang der Generationen."

Barbara hatte unverwandt auf den Mund der Sprechenden geschaut. Die Worte gingen nicht an ihr vorüber, sie fielen tief in ihr Inneres, und ihre Augen standen plötzlich voll Tränen.

„Du sprichst so schön, Frau —"

„Ich spreche nur die Wahrheit und will nichts beschönigen. Und die Wahrheit sieht so aus, daß du es bei einem anderen vielleicht schöner hättest. Vergiß aber darüber nicht, daß mein Sohn Georg alle Hoffnungen auf sein Glück begraben muß. Ich möchte nur noch sagen, daß du mir, der Mutter willkommen bist, und daß ich immer zu dir stehen werde, wenn du meine Sohnsfrau werden möchtest."

Ein schwerer innerer Kampf spielte sich in Barbaras Innern ab. Sie dachte an Georgs wortkarge Leidenschaft, und wie er seine Pfeife rauchen konnte in aller Gemütsruhe, wenn sie Sehnsucht nach seinen Küssen hatte. Und plötzlich hatte sie einen Gedanken.

„Würdest du auch für deinen Sohn Heinrich so warm sprechen?"

Verwundert schaute die Rainerin auf. „Warum nicht? Ich müßte eine schlechte Mutter sein. Freilich, Heinrich würde meine Vermittlung nicht brauchen. In dieser Hinsicht war Heinrich schon Mann, als Georg noch träumender Bub war."

Barbara wischte sich mit einer schnellen Handbewegung über die Augen. Sie wollte nicht weinen vor dieser großartigen Frau und Mutter. In ihr Gesicht flog das liebe Grübchenlächeln.

„Ja, was machen wir denn da, Frau Mutter?"

„Um das endgültig zu wissen, bin ich da. Denk daran, daß Georg unten mit klopfendem Herzen auf meine Rückkunft wartet. Was soll ich ihm sagen?"

Barbara stand auf, ging ein paarmal in der Stube mit gefalteten Händen hin und her, als ob sie etwas erbeten wollte. Dann war ihr Entschluß endgültig gefaßt.

„Sag ihm, es tut mir leid, daß ich ihm weh getan hab. Er soll kommen und soll mich holen."

Nun stand auch die Rainerin auf, faßte Barbaras Hände und drückte sie herzlich.

„Ich hab es gewußt, daß du mich nicht mit leeren Händen heimschicken wirst. Ich wollte, du könntest dabeisein und seine Augen sehen, wenn ich ihm sage, was du mir aufgetragen hast. Er wird ja wahrscheinlich heut abend schon zu dir kommen. Nun wartet aber wirklich nicht mehr lange, und bestellt das Aufgebot. Manches Übel kommt ja nur vom langen Warten."

Draußen regnete es noch immer. Der Wind hatte zugenommen und orgelte dumpf im nahen Wald.

„Grüß mir deine Mutter noch recht schön, und sag ihr, daß sie auch einmal 'nunterkommen soll auf Roßgotten", sagte die Rainerin noch, dann zog sie den Schal fester um die Schultern und schritt in den Regen hinaus.

*

Es war ein wunderschöner Tag im Oktober, als Barbara Ponkraz und Georg Rainer Hochzeit feierten. Das Morgenlicht flutete in verschwenderischer Schönheit über die Berge herein und brachte das wenige Laub, das um diese Zeit noch an den Bäumen hing, zum Leuchten.

Schlank und schmal, mit einer leichten Röte auf den Wangen stand Barbara in der Stube des Murhäusls. Ihre Augen glänzten fast dunkel, und ihr Mund war voll wartender Zuversicht. Sie sprach nicht viel, nur hin und wieder verschenkte sie ein Wort an die Mutter, die bereits fertig angezogen im Herdwinkel saß und kein Auge von ihrer Tochter abwandte. Es war, als erkenne sie heute erst, wie schön Barbara war.

„Komm, Mutter, hilf mir den Brautkranz aufsetzen."

Als Frau Ponkraz mit zitternden Händen den Myrtenkranz an der schimmernden Haarkrone befestigte, liefen ihr die Tränen über die Wangen. Das hatte weiter nichts zu bedeuten — Mütter weinen immer, wenn die Töchter heiraten. Barbara wurde davon auch nicht beeindruckt, weil ihre Gedanken schon ganz auf das Zukünftige hingerichtet waren. In den letzten Wochen, die seit dem Aufgebot vergangen waren, hatte sie sich vollständig beruhigt, und aus der Predigt des Pfarrers war der tröstliche Satz in ihr hängengeblieben, daß alles auf Erden und der Menschen Tun nach Gottes heiligem Willen geschehe.

„Nach Gottes heiligem Willen", sagte sie jetzt leise vor sich hin. Sie hatte ganz glückliche Augen dabei. Nur um ihren Mund flog manchmal ein leises Zucken, wenn sie an Heinrich dachte.

Niemand wußte, ob es der Wahrheit entsprach, aber Georg hatte ihr gestern abend mitgeteilt, daß Heinrich geschrieben habe, er hätte sich einer Leistenbruchoperation unterziehen müssen und könne deshalb zur Hochzeit nicht erscheinen. Bis gestern wußte sie das noch nicht, und darum hatte sie bis gestern Angst gehabt vor einer neuen Begegnung mit Heinrich. Jetzt aber war diese Angst fort, sie hatte die ganze Nacht ruhig und traumlos schlafen können und sah nun mit kindlicher Neugier dem großen Ereignis entgegen.

Heinrich kam nicht. Vielleicht war auch dies Gottes Wille. — —

Da kam schon das Gefährt herauf, die frischlackierte Kutsche, von den zwei Fuchswallachen gezogen. Der Großknecht vom Rainerhof lenkte sie, und Georg saß im schwarzen Anzug im Fond des Wagens, sprang vor dem Hause ab und trat in die Stube. Wie angewurzelt blieb er unter der Tür stehen und starrte auf Barbara. Ihre Brautschönheit überwältigte ihn so, daß er sich kaum zu atmen getraute aus Angst, das Bild könnte im nächsten Augenblick zu Nichts zerfließen. Erst als sie auf ihn zuging und ihn anlächelte, faßte er ihre Hand und sagte feierlich:

„Nun komm, Barbara, die Glocken läuten schon." —

In der Kirche war dann alles in einer Stunde abgemacht, und Barbara wußte, daß sie mit ihrem dreimaligen Ja nur das bestätigt hatte, was ihr schon lange vorher zur Gewißheit geworden war: nämlich, daß Georg Rainer nun als Herr über sie bestellt war, über ihr Leben, über ihre Zukunft und ihre frauliche Fruchtbarkeit, die ihm Kinder zu schenken hatte.

Georg kniete neben ihr, und wenn ihn Barbara so von der Seite her betrachtete, erinnerte er sie mehr denn je an Heinrich, dem es eigentlich zugestanden wäre, als zweiter Trauzeuge zu unterschreiben, was sie beide vorher mit ihrem lauten Ja bekundet hatten. Aber als sie nachher in den schön geschmückten Wirtssaal kamen, hatte dort die Post bereits ein Eilpaket für das Brautpaar abgegeben. Es war von Heinrich. Und vielleicht verstand nur Barbara den tieferen Sinn seines Hochzeitsgeschenkes, einer handgeschmiedeten Schatulle aus Kupfer und Silber, auf deren Deckel sich zwei verschlungene Hände und eine Rose befanden.

Dieses Schmuckstück wurde von allen bestaunt. Ja, ja, der Heinrich, der wußte, was er wollte! Er war schon immer ein heller Kopf. Die Rede ging eine ganze Weile über ihn, und als der alte Lehrer so zwischenhinein erzählte, daß er ein paarmal dem Georg die Hosen gespannt habe, in der Meinung, daß es Heinrich wäre, da lachten alle am Tisch recht herzlich, einschließlich Georg.

Barbara aber mußte denken: Wo ein Lehrer am hellichten Tag in dieser Weise irren konnte, wie hätte sie sich nicht irren können? Es war doch Nacht damals, und über dem Fichtenschlag stand kein einziger Stern.

Barbara bekam erst bei dieser Hochzeit einen Begriff vom Reichtum und der Würde der Leute von Roßgotten, zu denen seit ein paar Stunden nun auch sie gehörte. Die ganze Verwandtschaft war vertreten, weit über hundert Personen. Aus den fernsten Tälern waren sie hergekommen, die Vettern und Basen, Geschwisterkinder und Gevattersleute, um mitzufeiern, wie es Brauch war. Als sie hörten, daß Barbara nur aus einem kleinen Häusl stammte, hatten sie ihre eigene Meinung darüber. Bei ihresgleichen war es von jeher Brauch gewesen, daß man reich gefreit hatte. Das aber, über das man die Nase zu rümpfen glauben mußte, wog das andere hundertfältig auf: die Braut war schön, wie man noch nie eine Braut gesehen hatte. Man sagte das nicht dem Bräutigam, sondern dem Roßgotter, der in seinem langen Flügelrock umherging und dieses Lob nicht ungern hörte, wenn er auch nicht begreifen konnte, daß ein Mensch nur nach der Schönheit heiraten konnte. Immerhin war er heute recht gnädig gestimmt und setzte sich sogar eine ganze Weile zur Mutter der Braut, mit der er seit dem Tage ihres Einzuges im Häusl an der Mur kein Wort mehr gewechselt hatte.

Frau Ponkraz saß ein wenig schüchtern inmitten dieses gediegenen Reichtums und mußte mehr denn je an das denken, was man dieser schönen Braut schon an der Wiege gesagt hatte: daß ihr Lebensweg von Irrtümern und Wirrnissen beladen wäre.

Weil der Roßgotter heute so gute Laune hatte, versprach er der Frau, daß man ihren kleinen Acker zukünftig gleich mitpflügen werde. Auch die Wiesen, soweit sie nicht zu steil am Berg lägen, könnten mit der Maschine gemäht werden.

Bei diesem gutgemeinten Angebot glaubte Frau Ponkraz, daß nun der Zeitpunkt gekommen sei, auch ihrerseits eine Geste zu tun. Und sie sagte:

„Einmal gehört ja doch das ganze Muranwesen zu Roßgotten. Ewig lebe ich ja nicht."

Der Rainer schaute erst etwas verdutzt drein. Dann begriff er. Schau einer einmal den Georg an! Der war ja gar nicht so dumm, wie er immer geglaubt hatte.

Nach seiner Schätzung hatte dieses Anwesen immerhin einen Wert von fünfzehntausend Mark.

„Freilich", sagte er schmunzelnd. „Du hast ja bloß das eine Dirndl. Daran habe ich gar nicht gedacht." Er schenkte Wein ein und stieß mit der Brautmutter an. „Sollst leben, von mir aus lang leben. Der Tag muß dich doch auch freuen heut."

„Ja", antwortete Frau Ponkraz mit Bedacht. „Er freut mich schon, der Tag. Noch besser aber freut mich, daß ich nie jemandem zur Last fallen muß. Ich hab ja die Pension noch von meinem Mann, Gott hab ihn selig."

„Na also, da bist du ja gut gestellt nachher", lachte der Roßgotter. „Drum hast du nimmer geheiratet, gelt, weil d' sonst die Pension verloren hättest?"

„Ich hab nicht mehr geheiratet, weil ich meinem Kind keinen Stiefvater hab geben wollen."

„Auch ein Grund, der zu respektieren ist. Prost! Das Leben ist doch manchmal ganz nett auf der buckligen Welt."

Der Rainer hatte schon etwas viel Wein getrunken. Er stand jetzt mit seinem Glas auf und trat zu einem Vetter aus dem fernen Trauntal. „Gefällt's dir, Vetter?"

„Ja, ja, grad gemütlich ist's. Das Schweinerne war zwar ein bißl fett — ich darf nämlich nicht fett essen — aber der Wein und das Bier sind gut, und die Braut — du, Vetter, so was Schönes hab ich noch selten g'sehn."

„Ja, ja, sie bringt auch ganz brav mit."

„Was du nicht sagst? Die Axhammerin von Bruck hat mir vorhin grad erzählt, sie wär ein armes Dirndl."

„Arm? Sie bringt ein Anwesen mit, das sich sehen lassen kann."

„Soso, ein Anwesen. Wie groß denn?"

Der Roßgotter trank zuerst sein Glas leer und

sagte dann geringschätzig: „Na ja, was wird es denn wert sein? So um die Vierzigtausend herum."

„Ja, was ist denn das?" Der Vetter drehte sich um und gab die Neuigkeit gleich weiter. — —

Unberührt von all dem Trubel saßen Georg und Barbara am Brauttisch und sprachen gerade von der Stunde, da Georg ihr zum ersten Male begegnet war. Er legte seine Hand auf die ihre und schaute ihr in die Augen.

„Nun haben wir uns, für ewige Zeiten, Barbara."

„Ja, Georg, für ewige Zeiten", sprach sie nach, und es kam ganz froh aus ihrem Herzen. Es kam ihr überhaupt vor, als sei alles ausgelöscht worden, was Vergangenheit hieß, auch das, worin sie schuldig gewesen zu sein glaubte. Nur das Erinnern blieb bei ihr als köstliches Geheimnis.

So ging dieser Hochzeitstag, vor dem sie immer Angst gehabt hatte, vorüber, ohne daß die Spur eines Schattens in die laute Fröhlichkeit gefallen wäre. Und darum dankte Barbara heimlich dem Studenten Heinrich, daß er nicht gekommen war zu diesem Fest. Nur darum konnte sie so ruhig sein und voller Güte zu dem Manne, der ihr heute seinen Namen gegeben hatte.

*

Der Kultusminister des Landes hatte soeben die jährliche Kunstausstellung eröffnet. Jetzt strömten die Menschenmassen durch die Halle und verteilten sich auf die verschiedenen Abteilungen. Da und dort standen Gruppen beisammen, diskutierten lebhaft über die neue Kunstrichtung. Andere standen in stummer Betrachtung bei den Plastiken, mit denen in diesem Jahr die Ausstellung besonders reich beschickt war.

Sabine kam mit Heinrich soeben von einem Seiteneingang in die Halle der Plastiken und war sofort gefesselt von einer „Liegenden“ aus rotem Marmor. Mit einem leisen Ausruf des Entzückens ließ sie Heinrichs Arm los und trat näher.

In diesem Fach besaß sie ein klares, unbestechliches Urteil; sie befaßte sich aus Liebhaberei außerdem mit anatomischen Studien, die ihr beruflich im Modesalon zustatten kamen.

„Sie doch einmal her, Heinrich, wie wunderbar das alles herausgearbeitet ist, besonders die Buchtung an den Kniekehlen!“

„Ja“, sagte Heinrich. „Sehr schön. Doch ich bin mehr für Holz als für kalten Marmor.“

„Roter Marmor wirkt nicht kalt, nur weißer“, sagte Sabine. „Weißt du überhaupt, daß ich einmal Bildhauerin werden wollte?“

„Nein, das wußte ich nicht. Hast du es aufgegeben?“

„Weil ich ehrlich genug war, früh genug einzusehen, daß ich über das Mittelmaß nicht hinauskäme.“

„Wie hast du das beurteilen können, Sabine? Ich glaube, daß nicht jedem gleich der erste Wurf gelingt, sondern denke vielmehr, daß ein Künstler erst nach Jahren ernsten Ringens zu seiner wirklichen Art hinfindet, dann aber ganz unbeirrt auf sein Ziel zugeht.“

„Das mag sein, Heinrich. Aber zu einem ernsten Ringen war ich zu unduldsam.“

Dann gingen sie weiter, blieben da und dort stehen und kamen schließlich in den Saal mit den Gemälden.

Zuerst sahen sie gleich ein großes Bild, auf dem der Himmel grün war und die Bäume blau. Ein Menschenpaar darauf sah aus wie die verrenkten Glieder von zwei großen Heuschrecken. Das Bild wurde lebhaft kritisiert. Einige nannten es „Mist“, andere sprachen von einer neuen Kunstrichtung, und eine Dame hob immer wieder ihre Lorgnette vor die Augen und nannte das Werk einfach phänomenal.

„Über den Geschmack läßt sich streiten", sagte Sabine schnippisch und zog Heinrich am Arm weiter. „Weißt du, unter einem Bild muß ich mir etwas vorstellen können. Jedenfalls habe ich noch nie blaue Bäume gesehen. Ich gebe aber offen zu, daß ich von Malerei weniger verstehe. Porträts liegen mir schon gleich gar nicht, sie wirken immer zu fotografisch auf mein Empfinden."

Sabine plapperte in einem fort, und Heinrich blieb stiller Zuhörer. Erstens verstand er wirklich zu wenig von bildender Kunst, um mitreden zu können, und zweitens wußte er, daß es leichtsinnig war, sich mit Sabine in eine Debatte um Dinge einzulassen, von denen sie etwas verstand.

Auf einmal gab es ihm einen Riß. Es war, als ob ein elektrischer Schlag durch ihn hinginge. Wie angewurzelt blieb er stehen und starrte auf ein Porträt, das schlicht und einfach „Junges Mädchen" genannt wurde.

Dieses junge Mädchen aber war niemand anderes als Barbara. Seine junge Schwägerin Barbara, von der er die Erinnerung in seinem Herzen trug wie ein Heiligtum.

Auch Sabine war fasziniert von diesem Bildnis.

„Mein Gott, ist das schön!" sagte sie bewundernd. „Obwohl es eigentlich nur Kopf und Hals ist, kann man sich die ganze Gestalt lebhaft vorstellen. Merkwürdig die Farbe dieser Augen. Und schau nur einmal, Heinrich, das Grübchen am Hals, wie das herausgearbeitet ist!"

Heinrich hatte jetzt eine leichte und lichte Röte im Gesicht.

Barbara, dachte er innig. Liebe junge Barbara! Laut sagte er: „Ich sehe sogar die kleine Ader dort am Hals schlagen, so natürlich wirkt das alles."

„Du hast recht, Heinrich. Gerade als ob es zu einem

sprechen würde, so echt ist es. Ich muß mein Urteil von vorhin revidieren, denn diesem Bild haftet wirklich nichts Fotografisches an. Schau nur die Lippen, wie sie sich berühren, so sanft und scheu wie bei einem Kinde. Man ist unwillkürlich versucht, sich zu fragen, ob dieser Mund schon einmal geküßt wurde."

Einmal? dachte Heinrich in seligem Schauern. Ich selbst habe diesen Mund viele Male geküßt. Er stellte sich vor, wie es auf Sabine wirken müßte, wenn er ihr das jetzt erzählen würde. Endlich fiel es ihm ein, in den Katalog zu sehen.

„Dagmar Lorenzen", las er. „Hast du schon einmal etwas gehört von dieser Malerin?"

„Nein, noch nie. Aber sie kann was, das steht einwandfrei fest. Übrigens — je länger ich dieses Bild betrachte, desto bekannter kommt mir das Gesicht vor. Irgendwo muß ich dieses Mädchen schon gesehen haben."

„Möglich. Dir begegnen so viele Menschen in deinem Beruf."

„Ja, aber die Gesichter verwischen immer wieder. Dieses aber hat sich mir eingeschrieben."

Für Heinrich hatte von da an die Ausstellung alles Interesse verloren. Gleichgültig ging er neben Sabine durch die übrigen Räume, trank hernach auf der Terrasse mit ihr bei gediegener Unterhaltungsmusik Kaffee und war mit seinem ganzen Herzen bei Barbara. — —

Am anderen Tag ging er allein in die Ausstellung, stand lange vor Barbaras Bild wie in Andacht versunken und wußte, daß er dieses Bild haben müsse, koste es, was es wolle. —

Mit der Tram fuhr er anschließend bis zum Westende der Stadt und fragte sich zu der Straße durch, in der nach seinen Erkundigungen die Malerin Dagmar Lorenzen wohnen mußte.

Dagmar öffnete ihm selbst.

„Gestatten, ich möchte gern Frau Lorenzen sprechen."

„Sie meinen Fräulein Lorenzen? Ich bin es selbst."

„Sehr angenehm. Rainer ist mein Name. Ich komme wegen des Bildes in der Ausstellung."

„Ach ja. Bitte, kommen Sie doch herein."

Dagmar führte ihn in einen Raum, der halb Atelier und halb Schlafraum zu sein schien. Sie bot ihm Platz an und entzündete sich eine Zigarette. Sie war übrigens der Meinung, daß sie es mit einem Reporter zu tun habe, der über das Bild schreiben wolle.

„Das Bild meinen Sie. Ja, es ist mir gelungen."

„Ich möchte es kaufen."

„Kaufen? Ach so — Sie wollen es kaufen? Ich dachte, Sie kämen von der Zeitung, wollten mich vielleicht interviewen oder so."

„Nein, ich habe an dem Bild Interesse und möchte es kaufen."

„Das geht vorerst nicht, denn erstens läuft die Ausstellung noch den ganzen Monat, und zweitens habe ich das Porträt noch für die nächste Frühjahrsausstellung in Paris vorgesehen."

„Das ist schade. Würden Sie mir wenigstens das Vorkaufsrecht einräumen?"

Dagmar klopfte die Asche ihrer Zigarette in einen Blumentopf und sah dann Heinrich abwägend an.

„Sehr verehrter Herr, das Bild wird sehr teuer sein."

„Wieviel?"

Dagmar nannte eine Summe, vor der Heinrich erschrak. Sie sah es ihm an und hob bedauernd die Schultern.

„Ja, das Bild ist mir soviel wert. Übrigens — darf ich mir eine Frage erlauben?"

„Bitte."

„Porträts werden meist nur auf Bestellung gemacht, oder der Käufer steht in irgendwelchen Beziehungen zum Modell. Kennen Sie dieses Mädchen?"

Einen Augenblick überlegte Heinrich, dann sagte er: „Nein, ich kenne sie nicht näher. Mich interessiert das Bild rein künstlerisch."

„Ja, es ist mir gut gelungen. Und doch fehlt noch etwas daran — es ist das Undefinierbare in diesem Mädchengesicht — ich weiß selbst nicht, wie ich es nennen soll. Ich lernte sie im vorigen Jahr kennen, und mich hat selten ein Menschengesicht so gefesselt. Alles an diesem Geschöpf war licht und rein, vollständig unverbildet und dabei rührend vor lauter Unschuld. Mann und Liebe waren ihr noch fremde Begriffe."

„Waren ihr?" fragte Heinrich, wie sich selbst verspottend. „Sind sie es noch?"

„Das weiß ich nicht. Es war mir bisher leider nicht mehr möglich, in jene Gegend zu kommen, obwohl ich es ihr fest versprochen hatte."

Heinrich wollte das Gespräch nun nicht weiterspinnen. Er war hierhergekommen in der Absicht, das Bild zu kaufen, und war jetzt enttäuscht, weil das nicht so ohne weiteres ging. Die genannte Summe war für ihn auch viel zu hoch, und deshalb fragte er scheu, ob man es nicht ratenweise abbezahlen könnte.

Dagmar aber hatte offenbar keine Lust, das Bild jetzt schon wegzugeben. Lächelnd, aber auf eine bestimmte Art gab sie dies dem jungen Mann zu wissen und versprach ihm, gelegentlich eine Kopie anzufertigen, die für ihn ja schließlich den gleichen Zweck erfüllen könnte, weil ein teures Porträt für den Besitzer doch nur dann einen Wert habe, wenn er mit dem Menschen, den es darstelle, auch innerlich verbunden sei. Dies aber scheine bei ihm nicht der Fall zu sein, weil er ja das Mädchen — Barbara hieße sie übrigens — gar nicht kenne. Er könne es sich aber wegen der Kopie noch einmal überlegen und ihr dann Bescheid sagen.

Heinrich stand auf und griff nach seinem Hut. „Ja, danke, ich werde noch mal darüber nachdenken. Entschuldigen Sie bitte die Störung."

„Sie haben mich nicht gestört, es war mir eine Freude."

Heinrich ging die Treppen hinunter und hatte dabei das Gefühl, daß Dagmar ihm über das Geländer herunter nachsähe. Aber er schaute nicht zurück, trat hinaus ins Freie und wartete auf die Tram, die ihn wieder in die Stadt zurückbrachte.

Es war gerade um die Zeit, daß er gleich auf Sabine warten konnte. Die Geschäfte wurden schon geschlossen. Er ging eine Weile vor dem Modehaus hin und her, dachte unablässig dabei an Barbara und wußte, daß es jetzt mit seiner Bindung an Sabine zu Ende gehen würde.

Sabine machte sich auch nichts vor. Der Mann entglitt ihr, das merkte sie ganz genau. Er stand heute noch da und wartete auf sie, weil er im Grunde genommen ein anständiger Kerl war und durch ein schroffes Abbrechen nicht zerstören wollte, was sie doch über zwei Sommer lang Liebe genannt hatten.

Nun gab es keine Höhepunkte mehr in ihrem Beisammensein. Heinrich hatte nicht mehr soviel Zeit, er stürzte sich wie besessen in sein Studium, und wenn er bei ihr war, so wie jetzt eben, dann sprachen sie belanglose Dinge.

„Was hast du heute nachmittag gemacht, Heinrich?"

„Wie bitte? Ach so — ich war im Kolleg."

Sabine schwieg verletzt und ärgerte sich, weil er so schlecht log. Am Mittwochnachmittag war nämlich nie

Kolleg. Der Abend verlief einsilbiger als alle anderen vordem, und Sabine wußte nun endgültig, daß er sie los sein wollte.

Sie war aber nicht das Mädchen, das sich abhängen ließ. Sie wollte sich — wenn es schon sein mußte — selbst abhängen, und tat das Ihre dazu. Sie machte nur noch einmal einen Versuch — sie wollte ihn eifersüchtig machen. Damit aber erreichte sie genau das Gegenteil. Heinrich nahm es mit einer geradezu freudigen Bereitschaft entgegen, und da wußte Sabine, daß sie ihn endgültig verloren hatte.

*

Die Wochen und Monate hatten es eilig, hinter die Berge zu gehen. Barbara stand nun schon fest in ihrem neuen Lebenskreis. Nichts Schweres fiel mehr über ihr Gemüt her, und sie erkannte von Tag zu Tag mehr, wie gut sie dem Mann war, in dessen schweigsamem Wesen sie ihr Leben geborgen hatte.

Als in den Gärten die Apfelbäume zu blühen begannen, legte Barbara sich nieder und schenkte ihrem Mann das erste Kind. Es war ein Knabe von kräftigem Wuchs, mit einem Büschel heller Haare auf dem Köpfchen.

Als die Hebamme ihn badete, schrie er gottsjämmerlich. Barbara sah vom Bett aus zu, wie der Knabe nach dem Bade auf den Bauch gelegt wurde, und ein eigentümliches Erschrecken ging durch sie. Dieser Knabe hatte unter dem linken Schulterblatt ein winzig kleines Muttermal. Also doch! Sie hatte sich nie geirrt — es war Heinrichs Sohn.

Und als sie dann allein in der Kindbettkammer lag, weinte sie bitterlich in die Kissen, denn es tat ihr sehr weh, den Mann, der ihr nach der schweren Stunde so gut und tröstend das Haar aus der Stirn gestrichen hatte, bei einem falschen Glauben lassen zu müssen. Hätte Georg nicht soviel Wesens daraus gemacht, wäre es viel einfacher für sie gewesen. Aber Georg war so stolz auf diesen Sohn. Er richtete eine Feier im Haus, bei der die Geburt des Stammhalters gebührend gefeiert wurde. In seinen Augen spiegelte sich der ganze Stolz um diesen Erstgeborenen, wenn ihm jemand gratulierte. Der sonst so schweigsame Georg wurde gesprächig dabei, er warf sich in die Brust und tat so, als hätte es nur bei ihm allein gelegen, daß so ein strammer Bub statt eines Mädls dort in der Wiege lag.

Barbara hatte nie gewußt, daß Georg soviel auf sein Mannestum hielt, und erlebte es mit eigentümlichen Schauern, wenn Georg das kleine Wesen herausnahm und liebkoste. Soviel Zärtlichkeit war in dem Mann, soviel Liebe. Georg schlug eine ganz neue Seite im Buch seines Lebens auf, und Barbara hatte Zeit und Muße in diesen Tagen des stillen Daliegens, darinnen zu lesen und sich zu wundern.

Dabei kam es ihr aber auch zum Bewußtsein, daß er nie die Wahrheit erfahren durfte. Sie würde ihn sonst in die tiefste Dunkelheit hineinstoßen und sein ganzes Selbstvertrauen zerbrechen.

Trunken vor Freude und Stolz kam Georg auf den Einfall, daß man Heinrich schreiben und ihn fragen solle, ob er bereit wäre, Taufpate zu sein. Barbara erschrak darüber, aber sie hatte nicht die Kraft, es abzuwenden. Vielleicht dachte sie auch einen Augenblick lang daran, daß dann Heinrich zur Tauffeier kommen müßte. Ja, sie spürte sogar ein heftiges Verlangen danach, weil sie dachte, daß es dann nicht mehr so schwer sein würde, wenn sie das Geheimnis mit ihm teilen könnte und es nicht allein durch ihr Leben schleppen müßte.

Barbara zermarterte sich den Kopf, ob es ein dunkles

oder ein süßes Geheimnis sei, das nun in ihr junges Leben eingesponnen war. Einmal sagte sie sich, daß sie ein Recht darauf habe, als Erinnerung an ihre große Liebe dieses Pfand zu besitzen, ein andermal aber wurde sie von bösen Ahnungen gequält, daß kein Segen auf ihrem Glück ruhen könne, wenn diese große Lüge daneben herging.

So sorgte und quälte sie sich, bis Heinrichs Antwortschreiben kam. Heinrich hatte sich jetzt in der Gewalt. Mit dem Studium war er fertig und gegenwärtig am Landgericht I als Referendar tätig. Und da gerade die Zeit der großen Strafprozesse war, konnte er mitteilen, daß er beruflich zur Zeit nicht abkömmlich sei. Er gratulierte dem Bruder und der lieben Schwägerin recht herzlich zu diesem Sohn, war durchaus bereit, Taufpate zu sein, könne aber aus den oben angeführten Gründen zur Feier nicht kommen. Dafür aber überweise er als Taufgeschenk einen größeren Geldschein, den man für sein Patenkind bei der Sparkasse einzahlen möge.

Das — und zu Weihnachten und Neujahr ein herzlicher Glückwunsch an alle — blieb das einzige, was Heinrich der jungen Familie mitzuteilen hatte. Erst im Februar erhielt der Vater von ihm einen langen und ausführlichen Brief, der nichts anderes besagte, als daß der Herr Vater recht tief in den Geldsäckel greifen solle, weil der Sohn Heinrich nun den Schritt zur Selbständigkeit tun wollte. Jawohl, eine eigene Praxis im Zentrum der Stadt.

Der Bauer zu Roßgotten kratzte sich nachdenklich hinter den Ohren. Dann öffnete er den großen Tresor, nahm das Buch heraus und rechnete zusammen, was dieser Sohn ihn bereits gekostet hatte. Es war eine ganz schöne Summe, aber berechnet an dem, was Georg einmal als Erbe betrachten durfte, stand Heinrich immerhin noch annähernd das zu, was er zur Gründung der Praxis brauchte. Der Rainer schloß das Buch wieder und war durchaus bereit, dem Sohn in der Stadt unter die Arme zu greifen. Es fiel ihm nicht im Traum ein, daß jemand im Hause anderer Meinung sein könnte. Die Mutter war selbstverständlich mit ihm einverstanden und sagte sogar noch: „In so einem Fall kann man nicht knausern. Es geht um seine Existenz."

Nur so beiläufig erwähnte es Gregor Rainer am Abend, als sie in der kleinen Stube neben der Küche beisammensaßen.

Da hob Georg wie elektrisiert den Kopf. „Noch mal Geld? Warum das?"

Der Alte antwortete gelassen: „Weil er es braucht. Das ist doch ganz einfach."

„Aber ich denke, daß sein Studium doch schon genug gekostet hätte."

Jetzt runzelte der Rainer die Brauen. Spott zuckte um seinen Mund. „Was verstehst du davon? Du hast dich ins warme Nest gesetzt."

„Warmes Nest!" fuhr Georg wütend auf. „Ein Knechtsnest ist es, weiter nichts."

„Hast du was anderes erwartet? Ich habe keinen Zweifel darüber gelassen, daß ich der Bauer auf Roßgotten bin und wahrscheinlich noch recht lange bleibe, weil ich zum Austrägler absolut noch nicht geeignet bin."

„Dann darf ich arbeiten und schuften, damit mein Herr Bruder ein schönes Leben führen kann!"

„Georg!" fiel ihm Barbara ins Wort. „Wie redest du von deinem Bruder? Seit wann plagt dich der Neid?"

„Ich bin nicht neidisch, aber ich lasse mich nicht um mein Recht betrügen."

Der Alte wischte mit einer ungeduldigen Handbewegung über den Tisch. „Was redest du vom Recht? Dein Recht ist, warten zu können, bis ich alt genug bin, von deiner Gnade leben zu wollen."

„Vater —!" Georg wurde blaß.

„Ja, der bin ich und bleibe ich. Und darum lasse ich mir von dir gar nicht einreden, was ich zu tun oder zu lassen habe."

Barbara stand — welch ein Zwiespalt der Gefühle — in dieser Auseinandersetzung auf der Seite des Schwiegervaters, damit also auf Heinrichs Seite, wo sie zu ihrem Mann hätte stehen müssen. Aber hier verstand sie Georg mit dem besten Willen nicht, und zum ersten Male mußte sie ihm heftig widersprechen, als sie danach allein waren.

„Ich begreife dich in diesem Falle nicht, Georg", sagte sie. „Hättest du mehr Geschwister, müßtest du doch allen etwas geben. Heinrich hat ein Recht auf dieses Erbteil."

Georg war verbittert und innerlich noch glühend vor Zorn, weil der Vater ihn abgekanzelt hatte wie einen Buben.

„Mir wirft er das warme Nest vor und ist bereit, dem andern eines zu bereiten. Aber das war ja schon immer so — der Vater hat immer nach zweierlei Maß gemessen. Ich mache das überhaupt nicht länger mit. Entweder er läßt mich hier nach meinem Kopf werken, oder ich lege die Hände in den Schoß und schau zu, wie der Karren läuft."

Barbara antwortete ihm darauf nichts, obwohl sie ihn verstand. Georg war nicht schlechter als andere Burschen seines Alters, die bereits Bauer und Herr sein durften. Sie sah in diesem Zustand eine ferne Gefahr, die sich immer mehr zuspitzen mußte, und war bereit, ihre ganze Kraft dafür einzusetzen, bei diesen Gegensätzen versöhnende Brücke zu sein. Ihr schauderte bei dem Gedanken, daß der Schwiegervater dies alles Heinrich erzählen werde. Und darum stand sie am andern Morgen unter der Tür, als der Roßgotter reisefertig aus dem Haus trat. Mißtrauisch sah er sie an. „Willst du etwas?"

„Ja, Vater, ich möchte dich bitten, Heinrich von dem gestrigen Auftritt nichts zu sagen. Georg hat es vielleicht auch gar nicht so gemeint."

„Wie er das gemeint hat, weiß ich ganz genau, aber es stört mich nicht. Hörst du, Schwiegertochter — es stört mich nicht im geringsten. Das kannst du ihm sagen. Aber ich will dir gern versprechen, Heinrich davon nichts zu sagen."

„Dafür danke ich dir. Heinrich könnte sonst meinen, daß ich der treibende Keil wäre."

„Ja, es ist schon recht." Er gab ihr die Hand. „Sonst noch was?"

„Wenn du ihm viele Grüße von mir sagen möchtest, und daß ich — das heißt, wir alle, Georg und der Kleine — alles Gute für ihn wünschen."

Gregor Rainer nickte, griff nochmals an die Joppe, ob er die Brieftasche habe, und ging dann zum Gefährt hin, mit dem der Knecht wartete, um ihn zum Bahnhof zu bringen.

*

Barbaras Ahnung von einer aufsteigenden Gefahr war nicht unbegründet. Georg war nicht mehr der duldsame, schweigende, sich in alles dreinfindende Bursche. In ihm glühte oftmals ein heißes Aufbegehren. Er zwang es zwar in sich hinein, aber nach einem Zeitraum von einigen Monaten explodierte er dann. Sie gerieten hart aneinander, der Vater und er. Und wo bei Georg heftiges Aufbrausen war, erwiderte ihm der Vater mit beißendem Spott. Der Alte fühlte sich noch nie so stark und mächtig wie in dieser Zeit. Er war ein guter Redner und trat in Bauernversammlungen auf. Und wenn er in seinem heißen Eifer die Interessen der Bauernschaft vertrat, dann flocht er gern in seine Reden die Äußerung mit ein, daß er der Roßgotter von Roßgotten sei und nicht etwa der alte Rainer, der Austrägler von Roßgotten.

Georg hörte davon, und neuer Zorn speicherte sich in ihm auf. Natürlich gab es auch Leute, die zu ihm standen, sogar im Hof unter dem Gesinde waren einige, die zu ihm hielten. Der Drittknecht Gabriel zum Beispiel, ein Schmeichler von Natur, sprach gern so, wie Georg es hören mochte. Georg hatte keine Menschenkenntnis, er glaubte denen, die ihm schmeichelten, und wußte nicht, daß er damit den Keim zu neuen Zwistigkeiten säte. — —

Ungeachtet dessen vergingen Monate und Jahre. Der junge Heinrich wuchs auf dem Hof heran und wurde ein hübscher Bursche, der im ersten Schuljahr schon den Kopf mit unnachahmlicher Haltung trug und auf eine bestimmte Art zu lächeln wußte. Er blieb der einzige Sohn — es hatte wenigstens den Anschein, als möchte Barbara ihrem Mann nur noch Mädchen in die Wiege legen. Drei waren es bereits, und bei ihrem vierten Kinde blieb sie etwas geschwächt in ihrer Gesundheit. Ja, es ging der ganze Sommer und Herbst hin, bis sie wieder in ihrer früheren Jugendlichkeit aufblühte. Da aber sprach der Arzt dem Georg zu, daß er es jetzt des Segens genug sein lassen solle, weil Frau Barbara sonst einmal überhaupt nicht mehr würde aufstehen können.

Ein Bub und drei Mädl. Ein etwas dicker werdender Georg und eine immer noch bildschöne Barbara. Das war das Bild, das man beim Fotografen in der Kreisstadt anfertigen ließ. Ein Familienbild, jawohl. Es hing nun daheim in der Bauernstube, und eines bekam auch der Rechtsanwalt Doktor Heinrich Rainer in die Stadt geschickt. Aber er ließ nichts hören daraufhin. Nur zu Neujahr wieder einen kurzen Glückwunsch an alle, sonst nichts.

Einmal im Jahr fuhr Gregor Rainer mit seiner Frau in die Stadt, um Heinrich zu besuchen. Wenn sie zurückkamen, wurden sie immer mit Fragen überschüttet. Oh, es gab eine Menge zu erzählen.

Heinrich war einer der gesuchtesten Rechtsanwälte geworden. Seine Plädoyers waren Meisterwerke juristischer Schlagkraft. Die Eltern hatten so einer Verhandlung beigewohnt und konnten es bezeugen.

Ja, dies und jenes war zu berichten. Heinrich hatte eine schöne, große Wohnung mit Büro, eine Haushälterin, die ihn versorgte und umhegte wie eine Mutter. Jawohl, eine ältere Person, so um die Fünfzig herum, eine Perle von Haushälterin. Eine Frau hatte Heinrich nicht, und er hatte den Eltern erzählt, daß er diesen Zustand auch nicht zu ändern gedenke.

„Dann ist es also mit Sabine nichts geworden?" fragte Georg.

Nein, weder mit Sabine noch mit einer anderen war es etwas geworden. Heinrich wurde von seinem Beruf ausgefüllt und hatte keine Zeit für andere Dinge. Nebenbei hatte er eine Broschüre herausgegeben über „Psychologische Studien in Verbindung mit Rechtsfragen", die in Fachkreisen großes Aufsehen erregte und seinen Namen weit über die Grenzen des Landes hinaus bekannt machte.

Frau und Liebe waren von ihm in den hintersten Winkel des Vergessens verbannt worden. Aber Sabines Bild hing immer noch droben in der Bubenkammer, in der jetzt der junge Heinrich schlief. Manchmal betrachtete der Knabe das schöne Frauenbildnis mit dem

Schwanenhals. Es war nicht mehr so makellos wie ehedem. Die Fliegen hatten das Bild verunreinigt, der Staub hatte ihm den Glanz genommen. Wenn die Sonne durch das Fenster schien, dann ringelte es sich um den Reißnagel, mit dem es befestigt war.

Was die Eltern nicht zu berichten wußten, war die Tatsache, daß in Heinrichs Wohnzimmer ein Mädchenporträt von berückender Schönheit hing; das Bild jenes Mädchens Barbara, das seine einzige und letzte Liebe geblieben war. Die Eltern konnten das nicht wissen, weil Heinrich jedesmal das Bild entfernte, wenn sie ihren Besuch ankündigten.

Heinrich war jetzt so reich, daß er den Eltern ohne weiteres das hätte zurückgeben können, was sie ihm zum Aufbau der Praxis gegeben hatten. Aber der Vater lehnte dies strikt ab, und es war ja auch so, daß Georg längst darüber nichts mehr erwähnte.

Der Rainer wurde in diesem Jahre ein Sechziger. Er sah zwar aus wie ein anderer mit vierzig, nur die Schläfen waren noch grauer geworden. Die Hitzigkeit seines Gemütes legte sich mählich. Ganz allmählich überließ er seinem Sohn Georg mehr Rechte am Hof, ging fleißig auf die Jagd, und es verdroß ihn nicht mehr, wenn auch Georg zuweilen einen guten Bock schoß.

In dieser Zeit besprach er sich sogar einmal mit seiner Frau, daß man ja nun vielleicht daran denken könnte, zum Notar zu fahren, um den Hof den Jungen überschreiben zu lassen. Die Rainerin war sofort dafür, war sie doch der Barbara von jeher mit ganzem Herzen zugetan. Barbara war ja auch schon längst so etwas wie Bäuerin zu Roßgotten, weil die Rainerin sie ganz unmerklich an die Pflichten und Aufgaben des Hofes hingeschoben hatte.

„Georg hat es jetzt schon verdient, daß du ihn Herr sein läßt“, meinte sie zu seinem Vorschlag.

„Im Herbst also dann“, antwortete er. — —

Aber da spielte sich etwas ab, das wie ein Gewitter hereinbrach.

Der Alte hatte am Abend vorher die Arbeit eingeteilt. Es war ein wenig anders, als Georg es sich gedacht hatte, aber er schwieg. Erst später, als er auf der Hausbank draußen saß und seine Pfeife rauchte, setzte sich Gabriel zu ihm und sagte:

„Wie du dir sowas gefallen lassen kannst, das verstehe ich nicht.“

„Was meinst?“ fragte Georg zurück.

„Mich schickt er in die Mühle, und du sollst ackern. ’s Mühlfahren gehört doch dir zu als Bauer und nicht mir.“

„Es ist ja gleich, was man tut“, meinte Georg.

Schmeichlerisch raunte der andere ihm zu: „Das sagst du, weil du nicht weißt, was die Leute reden. Was meinst, was sich der Moosmüller denkt, wenn ich statt deiner das Mehl abhole, weil du daheim ackern mußt wie ein Knecht?“

Georg klopfte die Pfeife auf den Steinfliesen aus und räusperte sich. „Reden die Leute darüber?“

„Und wie! Ist auch ganz richtig, denn schließlich bist doch du der Bauer und nicht mehr der Alte.“

„Von Rechts wegen ist er es noch. Aber du hast recht — ich selber fahre morgen zur Mühle, und du ackerst droben am Grenzacker.“

„Am Büchelacker, hat er gesagt.“

Dieser Widerspruch reizte Georg. „Am Grenzacker sag ich, und damit basta!“

So fuhr also Gabriel am anderen Morgen zum Grenzacker hinauf und Georg zur Mühle nach Breiteck, von wo er gegen Mittag zurückkommen konnte. —

Da kam so gegen zehn Uhr Gregor Rainer von der Pirsch zurück. Mißmutig schon, weil ihm gar nichts vor den Lauf gekommen war, sah er, aus dem Wald heraustretend, daß jemand auf dem Grenzacker drüben ackerte. Er nahm das Fernglas hoch und ließ es mit einem Fluch wieder sinken.

„Da hört sich doch alles auf!"

Mit weiten Schritten eilte er den Hang hinunter und drüben wieder hinauf, stand dann zornrot vor dem Knecht Gabriel, den er eigentlich zur Mühle geschickt hatte.

„Wie kommst denn du dazu, daß du da ackerst?"

Gabriel lächelte ein wenig. „Der Bauer hat mir's angeschafft."

„Wer? Ich hätte dir das angeschafft?"

„Nein, du nicht, der junge Bauer."

„Ach so. Jetzt kenn ich mich aus. Tu dich aber ja nicht täuschen — Bauer bin immer noch ich! Oder hat dir jemals der Junge schon den Wochenlohn bezahlt? Halt's Maul, jetzt rede ich! Woher nimmst denn du die Frechheit, mich zum Alten zu stempeln?"

Gabriel wurde frech und richtete sich auf. „Bist vielleicht du noch jung?"

„Immer noch so jung, daß ich dich windelweich schlag, wenn du mir noch ein Wort sagst. Und jetzt spann aus. Ich hab angeschafft, am Büchelacker soll geackert werden. Und zwar sollte es Georg tun, nicht du, weil du mir zu schlampig ackerst."

„Wenn es dir nicht schön genug ist, kann ich ja —"

„Ganz richtig, du kannst gehn. Und zwar gleich auf der Stelle. Leute, die mich zum alten Eisen rechnen, kann ich nicht brauchen."

Gabriel warf dem Rainer das Leitseil vor die Füße. Er fühlte sich entlassen. „Dann bring deine Gäule gleich selber heim, alter Trottel."

Der Roßgotter riß das Gewehr von der Schulter, besann sich aber noch rechtzeitig und warf es in die

Ackerfurche. Grellrot im Gesicht ging er auf den Burschen zu. „Du — sag das noch einmal!"

Noch ehe Gabriel den Mund aufmachen konnte, traf ihn ein krachender Schlag ins Gesicht. Einem zweiten, der dicht darauf folgte, wich er geschickt aus und rannte davon.

Angeekelt schaute der Rainer ihm nach, setzte sich dann zwischen die Pflugsterzen und starrte vor sich hin. Sein Atem ging etwas schwer, und er merkte, daß solche Aufregungen seinem Herzen gar nicht guttaten.

„Direkt herausfordern hätte er mich nicht dürfen, der Georg", sagte er einmal vor sich hin. Ihm graute plötzlich vor der Auseinandersetzung, die es geben mußte, weil er einfach nicht dulden konnte, daß Georg so herausfordernd seinen Willen ignorierte. Am liebsten wäre er in den Wald zurückgegangen, aber es war das Gespann da, dessen Zügel man ihm hingeworfen hatte. Er nahm das Gewehr aus der Furche, wendete die Pferde und setzte den Pflug von neuem in die Erde. „Hüh!"

Die Pflugschar rauschte, die Pferdegeschirre knarrten leise. Der Rainer hielt den Pflug sicher, und nach ein paar Längen waren die Furchen bereits schnurgerade, wie mit einem Meterband gezogen, wo sie vorher krumm und voller Löcher waren.

Er ackerte, bis vom Dorf herauf die Elfuhrglocke läutete, dann fuhr er heim. — —

Georg war von der Mühle noch nicht zurück. Der Alte fuhr in den Hof, warf dem Großknecht Thomas die Zügel zu und nahm sein Gewehr vom Wagen. Unter der Haustür trat ihm Barbara entgegen.

„Was ist denn schon wieder los, Vater? Der Gabriel ist vor der Zeit heimgekommen und liegt jetzt in seiner Kammer droben. Er sagt, du hättest ihn gehen heißen."

„Ja, das hab ich. Hast du was dagegen?"

„Nein, Vater. Du wirst schon Grund dazu gehabt haben. Mir graut nur davor, daß Georg wieder daran schuld sein sollte."

„Ist er auch. Warum fährt er in die Mühle und nicht zum Ackern, wie ich es angeschafft hab? Weil man dem Alten zeigen will, daß man auf seinen Willen pfeift. Ich pfeif ihm aber auch was heute, da kann er sich darauf verlassen."

„Mein Gott, soll denn das gar nie aufhören?"

„Das hört in dem Moment auf, wenn er einsieht, daß mit Gewalt bei mir nichts zu machen ist." Der Rainer wollte an ihr vorbei ins Haus, sah aber ihren traurigen, verdunkelten Blick und blieb nochmals stehen. „Dir habe ich einmal nicht über den Weg trauen wollen, Barbara, weil ich mir gedacht habe, du könntest mir den Buben aufhetzen, wenn er nicht gleich Bauer sein darf. Heut' aber weiß ich, daß du ein gutes und aufrichtiges Weiberl bist, daß du der gute Geist bist im Haus. Und nur dir zulieb will ich's heute gut sein lassen. Er soll sich bei dir bedanken, mein Herr Sohn." — —

Georg fuhr in den Hof, als sie drinnen in der Stube schon beim Essen saßen. Barbara ging sofort hinaus und redete heftig auf ihn ein. „Was hast du denn da wieder gemacht heute, Georg?"

Trotzig schaute er sie an. „Was mir als Bauer zusteht."

„Du bist noch nicht Bauer, Georg, und wenn du es so weitertreibst, wirst du es noch lange nicht sein." Barbara nahm den Handgaul und führte ihn in den Stall. Georg kam mit dem anderen nach.

„Jetzt fehlte es gerade noch, daß du mehr zu dem Alten hältst als zu mir."

„Das ist dummes Zeug, Georg, was du da redest. Man kann nicht mit dem Kopf durch die Wand. Du warst es, der mir früher immer gesagt hat, daß ich Geduld haben müsse. Und ich habe Geduld. Ich halte auch zu dir, Georg, das weißt du ganz genau. Wenn es nicht anders geht, das habe ich dir schon ein paarmal gesagt, dann gehe ich mit dir und den Kindern zum Murhäusl hinauf. Meine Mutter meint das auch."

„Ja, freilich, sonst nichts mehr! Ich bleib da, wo ich hingehöre."

„Dann mußt du klüger sein, Georg, und nicht herausfordern, wo Nachgeben richtiger ist."

In der Stube ging unterdessen die Mahlzeit weiter. Der Rainer setzte beim Abschneiden des Fleischstückes das Messer um einen Daumen breit weiter, weil der Platz des Drittknechtes leer geblieben war und so den anderen der Anteil des Fleisches noch zukam. Gerade als er das letzte Stück an die Jungmagd austeilte, betrat Georg die Stube.

„Mahlzeit", sagte er etwas kleinlaut.

Der Alte sah nicht hin, fragte ihn nichts und schöpfte sich schweigend von dem Wirsinggemüse heraus. Das Essen wäre sicher ganz friedlich verlaufen, wenn nicht Gabriel in Sonntagskleidung hereingekommen wäre. Er stellte seinen Rucksack auf die Ofenbank und stand einen Augenblick unschlüssig. Da deutete der Rainer mit der Messerspitze gegen den Ofenwinkel.

„Setz dich hin derweil, bis wir fertig sind."

Nach dem Dankgebet standen alle auf und gingen hinaus, bis auf Georg.

Der Großmagd rief der Rainer nach: „Bring ihm noch was zum Essen. Er soll nicht sagen können, daß er hungrig von Roßgotten hat weggehen müssen." Dann ging er zum Tresor, nahm Geld heraus und das Dienstbüchlein des Gabriel Weitlinger, suchte sich Tinte und Feder und setzte sich wieder an den Tisch.

Da erst wagte Georg zu sagen: „Du wirst ihn doch

nicht fortschicken, Vater, jetzt, wo die Arbeit erst richtig angeht?“

Der Alte tauchte die Feder in das Tintenglas und setzte zum Schreiben an. „Leute, die nicht tun, was ich haben will, kann ich nicht brauchen.“

„Vater, da bin ich schuld. Ich hab ihm angeschafft, daß er zum Ackern soll.“

„Dann soll er sich bei dir bedanken. Und du bedank dich bei deinem braven Weib, daß ich dir nicht auch die Tür weise.“

Georg wurde kalkweiß und stotterte: „Das würdest du wirklich tun, Vater?“

„Störe mich nicht jetzt, wenn ich schreibe.“

Da ging Georg stillschweigend hinaus. Der Bauer schrieb weiter, las das Geschriebene aufmerksam durch und hauchte es an, daß es trockne. Während er dann den Lohn hinzählte, gab er Gabriel das Dienstbuch und die Invalidenkarte. Der Knecht las:

„Gabriel Weitlinger war bei mir, Gregor Rainer zu Roßgotten, vom 2. Februar 19.. bis 28. März 19.., also insgesamt 2 Jahre und einen Monat als Drittknecht bedienstet. Er war treu, aber nicht allzu fleißig. Wurde entlassen wegen Aufsässigkeit gegen seinen Herrn.
Gregor Rainer, Bauer zu Roßgotten.“

Gabriel verfärbte sich. Das war kein Zeugnis, das war ein Urteil.

„Das Zeugnis nehme ich nicht an.“

„Dann läßt du es bleiben.“

„Wer soll mich denn mit diesem Zeugnis nehmen?“

„Es gibt Leute, die weniger Wert auf Gehorsam legen als ich. Und zudem, jetzt geht die Arbeit beim Bauern erst an. Da braucht man immer Leute.“

„Ein guter Bauer hat seine Leute jetzt schon.“

„Das hätte dir früher einfallen sollen. Hier ist der Lohn, zähl nach, ob es stimmt.“

Der Knecht nahm das Geld an sich. Dann traf den Rainer ein funkelnder Blick voll Haß und Zorn. „Bauer, nimm dich in acht!"

„Ach so? Drohen willst." Der Rainer blies ein Federchen von seinem Hemdärmel, dann ging er zur Tür und öffnete sie weit. „Jetzt wird es aber Zeit, sonst mach ich dir Füß'!"

Gabriel zerrte seinen Rucksack an sich und ging. Der Rainer schloß die Tür hinter ihm, ganz behutsam und sacht, als habe er soeben einen guten Gast hinausbegleitet. Nicht der leiseste Zorn war mehr in ihm, da er nun allen gezeigt hatte, daß hier nichts ohne seinen Willen geschah. — —

Gabriel aber saß drei Tage lang beim Wirt in der Kreuzstraße, einem einsam gelegenen Gasthaus außerhalb Breitbruck, wo die Straßen sich kreuzten nach Parseck und Gruben, und vertrank dort, was er an Barschaft bei sich trug. Und als ihm der Wirt aufs Anschreiben nichts mehr geben wollte, zog er grölend weiter und hinterließ als Pfand seine Taschenuhr, die er bei Gelegenheit wieder abzuholen gedachte.

In diesen drei Tagen aber erfuhren die Leute, die dort einkehrten, viel Wahres und Unwahres über den Hof zu Roßgotten. Sie erzählten es natürlich weiter, überall wurde noch etwas dazugetan, und zum Schluß sah es so aus, als lägen sich Vater und Sohn auf Roßgotten dauernd in den Haaren und haßten sich gegenseitig bis auf den Tod.

*

In Wirklichkeit aber lief alles in einem ruhigen Gleichmaß dahin. Dank Barbaras ausgleichender Ruhe und Versöhnlichkeit verlor sich die gegenseitige Gereiztheit bei Vater und Sohn. Georg war wieder willig und murrte nicht mehr offen, wenn es innerlich in ihm auch oft kochte, weil der Vater wieder mehr denn je das Heft in die Hand genommen hatte.

Natürlich kam es auch dem Rainer zu Ohren, was dieser Gabriel im Rausch geplaudert hatte. Da tat er denn eine große Geste und forderte an einem Sonntagabend den Georg auf, mit ihm zum Sonntagsbier zu gehen.

Dies war so etwas vollständig Neues, daß Georg nicht ganz damit zurechtkam und mißtrauisch hinter dem Angebot des Vaters suchte, was gar nicht da war.

Auf dem Weg ins Dorf sprachen sie zuerst nichts. Dann, als sie schon an die ersten Häuser kamen, sagte der Alte:

„Dieser traurige Tropf, der Gabriel, hat herumerzählt, daß wir beide wie Hund und Katze zusammen leben. Heute wollen wir ihnen zeigen, daß es nicht der Fall ist."

Georg war auf der Hut, er wollte sich in nichts einlassen, was für ihn zu einer Blamage werden könnte. Darum sagte er genau das, was er dachte: „Du meinst also, daß wir den Menschen heute so eine Art Komödie vorspielen?"

„Das muß durchaus nicht sein. Es kann meinetwegen schon so bleiben, wie wir es heute einleiten. Vielleicht war mein Weg nicht ganz richtig in den letzten Jahren. Ich weiß aber, daß der deine erst recht nicht der richtige war. Darum müssen wir eine Lösung finden, die uns beiden zusagt und etwas zu geben hat. Das liegt nun wieder ganz bei dir, wie du es willst."

„Ich will versuchen, mich dir anzupassen, Vater."

Der Rainer blieb stehen, zog eine Zigarre heraus und biß ihr die Spitze ab. Dann sagte er:

„Daß ich dich zum Ackern schicken wollte und den anderen zur Mühle, das war absolut keine Schikane von mir. Ich hab gewußt, wie miserabel der Gabriel ackert; keine gerade Furche brachte der Kerl zuwege, und viel zu seicht steckte er den Pflug. Ich wollte eine saubere Arbeit haben, darum geschah es."

Georg antwortete darauf nichts, er senkte vielmehr schuldbewußt den Kopf.

„Hast du einmal geäußert, Georg, daß es einmal ein Unglück gibt, wenn ich dich weiter drangsaliere?"

„Im Zorn sagt man oft etwas hin, ohne recht zu denken."

„Du solltest gesagt haben, daß du mir den Garaus machst, wenn es nicht bald anders wird."

„Das? — Nein, das habe ich nicht gesagt."

„Der Gabriel behauptet es und hat es im Rausch weitererzählt."

„Im nüchternen Zustand könnte er auch dies nicht behaupten."

„Na ja, laß nur gut sein jetzt. Auf alle Fälle wollen wir ihnen heute zeigen, daß es nicht unbedingt so sein muß, wie sie denken." — —

Beim Lammwirt kam Georg am großen Ofentisch, wo die Honoratioren des Dorfes schon versammelt waren, neben den Vater zu sitzen. Der Rainer tat so, als sähe er die erstaunten Blicke der anderen nicht, zündete sich seine erloschene Zigarre wieder an und fragte ruhig: „Na, meine Herren, was macht das Wetter?"

Der Molkereipächter antwortete: „Dem Wetterbericht nach soll es ab morgen trocken und heiter sein."

Der Höhenthaler, der Sägewerksbesitzer, fragte: „Warum — willst du schon mit dem Heuen anfangen?"

Hier streifte der Rainer bedächtig die Asche von seiner Zigarre und schaute dann auf Georg. „Ich weiß nicht. Was meinst du, Georg?"

Wahrhaftig, Georg wurde aufgefordert, seine Meinung zu sagen! Es war, als höben sich seine Schultern ganz von selbst vor lauter Selbstbewußtsein.

„Ich denke, daß wir dann morgen mähen könnten."

„Meinst die Grandlwiese?"

„Am besten die Grandlwiese, ja."

Die anderen saßen da und hörten es. Es war einfach großartig. Es war eine der schönsten Stunden, die Georg je erlebt hatte. Und immer wieder zog ihn der Vater in das Gespräch, bis der Drogist Heindl fragte, was denn eigentlich mit dem anderen sei, mit dem lustigen Studenten.

Nun war es am Rainer, den Stolz zu unterdrücken, der ihn bei dieser Frage übermannen wollte. Es gelang ihm aber nicht ganz.

„Mein Heinrich", sagte er, „der Doktor Heinrich Rainer? Sollte mich wundern, wenn du noch nie davon gelesen hättest."

„Hat doch im vorigen Monat die Verteidigung in dem großen Mordprozeß gehabt", wußte der Dentist Wimmer. Worauf der Rainer eine wegwerfende Handbewegung machte.

„Das ist noch gar nichts. Mein Heinrich schmeißt noch ganz andere Sachen."

„Aber seh'n hat er sich gar nicht mehr lassen bei uns", meinte der Höhenthaler.

„Mensch, was glaubst du, was der Arbeit hat! Ein Bürovorsteher und drei Sekretärinnen arbeiten bei ihm tagtäglich zwölf Stunden."

Das war natürlich recht dick aufgetragen, denn Georg wußte nur von einer Bürokraft, und er warf dem Vater einen schnellen Blick zu. Der aber blinzelte ihm schalkhaft zu, indem er das linke Auge zukniff.

Ein herrlicher Abend in jeder Hinsicht für Georg. Er bestellte sich schon die dritte Halbe und rauchte eine

Zigarre, nachdem er gleich dem Vater einen halben abgebräunten Kalbskopf verzehrt hatte.

Als er einmal hinausging, ging der Alte ihm nach und steckte ihm eine größere Banknote zu. „Es schaut so dumm aus, wenn ich für dich bezahle. Da — nimm nur, es sind fünfzig Mark. Die sollen nicht glauben, daß du von mir abhängig bist."

Georg verstand den Wink, viel besser noch, als es der Vater gemeint hatte. Als es ans Zahlen ging, zog er großartig die Brieftasche. „Ich hab jetzt drei Halbe, einen halben Kalbskopf und zwei Zigarren." Ein Zug an der Zigarre und wunderbares Ausstoßen des Rauches in lauter Ringeln. „Und du, Vater? Was hast du?"

„Vier Halbe und sonst das gleiche wie du."

Georg warf den Schein so lässig hin, als ließe er jeden Tag zwei davon wechseln.

Auf dem Heimweg blieben sie oft stehen und hatten sich manches zu sagen. Georg erfuhr dabei auch, daß er ein großartiges Weibl habe, das ihm, dem Vater, stets Achtung abgewonnen habe. Zum Schluß kamen sie zu der Meinung, daß es im Leben oft viel leichter wäre, wenn die Menschen sich vertragen und verstehen würden.

*

Der Abend wurde der Auftakt zu einem neuen Leben auf dem Berghof Roßgotten. Georg wuchs immer mehr hinein in die Aufgaben, die ihm der Vater unmerklich zuschob. Er schickte ihn im Sommer auf den Viehmarkt in die Kreisstadt, unter dem Vorwand, daß er selber nicht gut beisammen sei, obwohl er in Wirklichkeit kerngesund war wie immer.

Der Vater zahlte ihm nun auch kein Taschengeld mehr aus, sondern überließ ihm einen Teil des monatlichen Milchgeldes, während Barbara von der Schwiegermutter schon längst die Einnahmen aus dem Hühnerstall zugeschoben erhielt.

So zog dieser Sommer vorüber und zeigte keine einzige Wolke des Unfriedens an seinem Himmel. Und als das letzte Fuder Hafer unter Dach war, tauchte die Malerin Dagmar Lorenzen auf, über die sich zunächst eine Welle beißenden Spottes vom alten Rainer ergoß. Dagmar kam nämlich in Männerhosen und einen himmelblauen Pullover gekleidet nach Roßgotten, nachdem ihr im Murhäusl droben gesagt worden war, wo „ihre“ Barbara zu finden sei.

Da aber Dagmar auch nicht auf den Mund gefallen war, ergab sich aus diesem Wortgeplänkel eine richtige Gaudi, und zum Schluß verstanden sich die beiden wunderbar.

„So“, sagte Dagmar etwas später. „Da bist du also nun verheiratet, meine liebe Barbara.“

„Das ist ja schon bald nicht mehr wahr. Sie haben sich eine halbe Ewigkeit nicht sehen lassen.“

„Was? Sie sagst du? Barbara, wir waren uns doch einmal recht gut.“

„Ja, natürlich“, lachte Barbara. „Es ist nur schon so lange her. Wie ist es denn, willst du hier bei mir wohnen — oder?“

„Nein, ich habe mich bei deiner Mutter oben eingemietet. Wie geht es dir denn, Kind? Komm, erzähl mir. Bist du glücklich? Ist er gut zu dir?“

„Ja, Dagmar, sehr gut, ich hätte keinen besseren Menschen finden können.“

„Na, das freut mich. Schau einmal, wir haben damals so viel geredet über die Liebe und so, und da —“ Sie verstummte plötzlich und starrte auf Georg, der gerade aus dem Obstgarten kam. „Du — wer ist denn das?“

„Mein Mann, der Georg."

„Ach, du liebe Zeit! Und da sagt der Mensch kein Wort, wer er ist! Ich hätte ihm natürlich einen ganz anderen Preis gemacht für das Bild."

„Was für ein Bild denn?"

„Das Bild von dir, das ich damals gemalt und in der Ausstellung hatte. Habe ich dir nicht davon geschrieben? Ach nein, mir kam ja damals alles durcheinander, ich war soviel auf Reisen und zudem auch verliebt wie nie zuvor. Ja — natürlich, das ist der Mann, der das Bild gekauft hat!"

Da zog Barbara die Malerin erregt in den Hausflur und faßte sie dort am Arm.

„Bitte, tu mir den Gefallen und sprich nicht von dem Bild! Ich weiß nun ganz genau, was da los ist. Es war nicht Georg, der das Bild gekauft hat, sondern sein Zwillingsbruder Heinrich."

„Moment mal! Sein Zwillingsbruder, sagst du? Wo ist der?"

„In der Stadt. Rechtsanwalt ist er. Vielleicht hast du schon von ihm gehört. Heinrich Rainer."

„Heinrich Rainer? Doch nicht der bekannte Anwalt, der —"

„Doch, doch, es handelt sich um ihn. Entschuldige, ich bin ein wenig aufgeregt. Er hat das Bild gekauft, sagst du?"

„Ja, allerdings, für viel Geld sogar. Ich hatte doch keine Ahnung, daß —"

„Es ist ja auch nicht so wichtig. Ich erzähle dir später einmal alles. Du bleibst doch länger hier?"

„Vorerst habe ich die Absicht, bis zum Herbst zu bleiben. Nein, wie mich das freut, dich wieder einmal zu sehen! Du hast dich kaum verändert, bist noch so schön wie damals, nur reifer noch."

Da trat Georg in den Flur, wischte sich mit dem

Hemdärmel den Schweiß von der Stirn und sah dann auf Dagmar.

„Besuch hab ich bekommen, Georg", sagte Barbara. „Eine alte Bekannte."

„So, das freut mich. Bleiben Sie länger bei uns?"

„Sie wohnt bei der Mutter oben", antwortete Barbara an Dagmars Stelle. Aber komm 'rein jetzt, Dagmar, und laß dir etwas auftischen. Hernach zeige ich dir das Haus."

Bei der Unterhaltung in der Stube merkte dann Dagmar selbst, daß dies nicht der Mann war, der bei ihr wegen des Bildes vorgesprochen hatte. Dieser Mann hier aß sein Vesper mit dem Messer und tunkte jeden Brotbrocken in das Salzschüsselchen. Der andere war ein flotter Bursche gewesen mit tadellosen Umgangsformen.

Als sie dann von Barbara durch das Haus geführt wurde, war Dagmar wohl beeindruckt von dem gediegenen Reichtum, den dieses alte Haus in allen Winkeln barg. Aber sie stellte trotzdem nochmals die Frage:

„Nun sag mir einmal ganz ehrlich, liebe Barbara, bist du wirklich ganz von Herzen glücklich?"

Barbara strich mit zärtlichen Fingern über die Kassette, Heinrichs Hochzeitsgeschenk, die sie gerade hergezeigt hatte. Dann sah sie an Dagmar vorbei zum Fenster hinaus.

„Weißt du, Dagmar, mit dem Glück ist es so eine Sache. Ich habe viel nachgedacht über das, was du mir damals alles gesagt hast. Ich habe es mir auch mit heißem Herzen so ersehnt, wie ich es von dir wußte; aber dann bin ich daraufgekommen, daß es das Schicksal doch nach seinem Willen lenkt, und daß es den Menschen, für den man bestimmt ist, schon von allem Anfang im Hintergrund bereit hält."

„Ach so, meinst du? Nein, da bin ich grundsätzlich anderer Ansicht. Weißt du, es gibt zweierlei Glück: ein ruhiges, gesichertes, in gefestigten Grenzen, an einem warmen Herd mit einem halben Dutzend lieber Kinder, und — das andere, in dem man wie von Flammen durchglüht über die Erde geht, die keine Erde mehr ist, sondern das weitgeöffnete Tor zum Paradies. Wo der Kuß kein Kuß mehr ist, sondern ein verzaubertes Siegel der Ewigkeit —"

„Ja, ja", lächelte Barbara erinnerungsselig. „Auch das habe ich kennenlernen dürfen. Aber so etwas, glaube mir, so etwas darf gar nicht ewig dauern, weil der Mensch gar nicht die Kraft in sich hat, soviel Glück bis ans Ende seines Lebens zu tragen. Und heute bin ich — um mit dir zu sagen — recht glücklich an meinem warmen Herd, mit meinen vier Kindern."

„Aber du hast deine Erinnerung."

„Und die bleibt, Dagmar, bis der letzte Hauch aus meinem Munde geht. Aber nun komm, jetzt zeige ich dir die Kinder."

*

Bevor man es sich richtig versah, schlich sich der Herbst ins Land und verdrängte den Sommer ganz langsam, aber doch unerbittlich. Wenn auch die Sonne noch warm durch den wolkenlosen Himmel hinzog, sie brauchte in der Frühe schon täglich eine Stunde länger, um den Tau der Erde aufzusaugen. und am Abend ließ sie sich von den Schatten leichter verdrängen als in den Wochen vorher, da das Laub noch in sattem Grün an den Bäumen hing.

So kam die Zeit heran, wo der alte Roßgotter zur großen Treibjagd in sein Gebiet einlud. An einem Sonntagnachmittag stellte er mit Georg die Liste der Jagdgäste zusammen. Georg, der sonst immer als

Anführer der Treiber fungierte, erhielt heuer seinen Ansitz und war unbändig stolz darauf.

Überhaupt war Georg jetzt immer von einer satten Zufriedenheit erfüllt. Die Kinder gediehen prächtig, Barbara erhielt sich so jung und geschmeidig wie ein Mädchen, er liebte sie in diesen Tagen mehr denn je, und seit der Vater hatte durchblicken lassen, daß man im Spätherbst dieses Jahres zum Notar fahren wollte, damit Georg dann endlich nach Recht und Gesetz der Bauer zu Roßgotten sei, kannte das Glück keine Grenzen mehr.

Da widerfuhr ihm in diesen Tagen etwas Merkwürdiges.

Eines Abends ging Georg über den Hof, und da streifte gerade der junge Heinrich vor dem Brunnen sein Hemd über den Kopf und ließ sich das kalte Wasser über Hals und Rücken plätschern. Georg wollte erst vorübergehen, blieb aber dann wie gebannt stehen und starrte auf das winzig kleine Muttermal unter dem Schulterblatt des Knaben. Er trat näher heran und fuhr mit dem Finger darüber, hoffend, daß es vielleicht etwas anderes sei, eine Mücke vielleicht oder ein Staubkorn. Aber er konnte dieses Mal nicht wegwischen. es blieb in der Haut sitzen.

Diese Feststellung traf ihn wie ein Schock, obwohl er eigentlich nicht wußte, warum. Sein Ahnungsvermögen führte ihn auf verborgene Wege hin, aus der Vergangenheit griff etwas Schattenhaftes heraus und legte sich beklemmend auf sein Herz. — —

Georg sagte lange nichts. Erst spät am Abend, als er mit Barbara allein war, tastete er sich vorsichtig heran. „Was ist das?“ fragte er. „Unser Bub hat ein Muttermal hinter dem linken Schulterblatt. Hast du das noch nie gesehen, Barbara?“

Ihr Herzschlag stockte einen Augenblick. Sie fühlte

sofort, was Georg jetzt dachte, daß er der Wahrheit nahe war. Aber sie hatte nicht mehr den Mut, die Wahrheit mit einem neuen Gaukelspiel der Lüge zu verdecken, weil in dieser langjährigen Ehe immer alles aufrichtig und wahrhaftig gewesen war. Und so gab sie zu, daß sie um das Muttermal gewußt hatte.

„Ja, Georg, ein kleines Muttermal", sagte sie und schaute auf ihre Hände nieder, die im Schoß ruhten. „Ich wußte es schon lange."

„Mein Bruder Heinrich hatte auch eines, genau auf dem gleichen Fleck." Georg sagte das weder böse noch drohend. Er trat nur dabei ans Fenster, verschränkte die Hände hinter dem Rücken und starrte in die Nacht hinaus. Barbara sah, wie seine Finger erregt ineinandergriffen. Seine Schultern sanken ein wenig nach vorn. Das Schweigen wurde allmählich drohend. Nur der leise Pendelschlag der Uhr war zu hören. Barbara dachte, daß sie das letzte eigentlich nicht hätte sagen sollen, das, wonach sie schon lange um dieses Muttermal gewußt hatte. Es wäre ganz natürlich, wenn er jetzt fragen würde, warum sie es verschwiegen habe. Und sie sah schon, wie sich etwas Schweres zwischen sie und Georg legte, etwas, das ihre Gemeinschaft entzweischneiden wollte.

Da drehte sich Georg wieder um, und Barbara atmete hörbar auf, denn sein Gesicht war wieder gut und still und ohne Zorn. Dann trat er auf sie zu, fragte nichts, sondern legte nur seine schwere Hand auf ihr Haar und streichelte darüber hin.

Es blieb unausgesprochen, was er dachte. Es ging vorüber wie ein Gewitter, nach dem die Landschaft wieder tief aufatmete. Erst später, als sie zur Ruhe gegangen waren, sagte Georg schon im Einschlafen:

„Heinrich wird wohl nie mehr zu uns kommen."

„Es scheint so zu sein", antwortete Barbara und

streckte zaghaft die Hand zu ihm herüber. Er nahm diese Hand in die seine, behielt sie und schlief gleich darauf ruhig und tief.

*

Die Morgennebel flatterten um die Berge und ließen die Sonne noch nicht recht durchkommen, als droben beim Wetterkreuz Gregor Rainer die letzten Anordnungen an die Treiber gab. Die Gäste, die er zu seiner Treibjagd geladen hatte, waren der Sägewerksbesitzer Höhenthaler, der Posthalter Schweiger, ferner der Tierarzt Dr. Greibl und der Gutsbesitzer Oswald Hecker. Außerdem war ja diesmal auch Georg bei den Jägern, und die Treiber, zwölf an der Zahl, wurden vom Großknecht Thomas angeführt.

Jetzt marschierten die Treiber ab und mit ihnen der Tierarzt und der Posthalter, die den Rückwechsel zu besetzen hatten. Der Gutsbesitzer Hecker hatte seinen Stand bei der Sternkanzel, und Höhenthaler zog zum Dreispitz hinüber. Das waren an sich die besten Stände, aber der Rainer rechnete so, daß er ja von diesen beiden auch zu ihrer Treibjagd eingeladen würde, dann konnte er sich schon wieder schadlos halten. Jetzt wandte er sich an Georg:

„Du setzt dich also bei der Koglscharten an, und ich bin dir dann gegenüber am Waxenstein. Paß auf und schieß mir keine Geiß zusammen! Was beim ersten Trieb durchkommt, beim zweiten und dritten Bogen muß es dann schon hereinkommen. Also, Weidmanns Heil!"

„Weidmanns Dank, Vater."

Sie trennten sich. Georg breitete auf der Koglscharte seinen Mantel aus. Durch ein paar verkrüppelte Fichtenbuschen verdeckt hatte er wunderbare Übersicht über das Treiben und gutes Schußfeld. Kaum hatte er sich richtig zurechtgesetzt, krachte schon der Losschuß auf der Treiberlinie.

Der Nebel lichtete sich jetzt. Wie flatternde Tücher zogen die großen Nebelfetzen hoch, wie dünner Rauch zog es hinter ihnen her. Die Bergspitzen wurden frei und schimmerten wie getriebenes Metall im Licht der Sonne.

Der Wald, vorher noch voll verträumter Stille, war plötzlich erfüllt vom kreischenden Geschrei der Treiberkette. Zuweilen hörte man Äste knacken. Georg richtete sich auf, seine Hände legten sich fester um den Kugelstutzen. Ein Schmalreh hetzte den Latschengang herunter, hinterher ein paar Hasen, kaum der Rede wert. Aber weiter drüben krachten die Äste, da mußte ein Prügelhirsch kommen. Zu weit für ihn.

Georg nahm den Feldstecher hoch und schaute hinüber in Richtung Waxenstein zum Vater. Gerade hob dieser sein Gewehr an die Wange. Ein Schuß krachte, und Georg sah, wie der Vater vor Freude über den gelungenen Schuß seinen Hut in die Höhe warf, noch ehe sich der Pulverdampf verzogen hatte.

Das erste Jagen war beendet. Der Rainer stritt sich ein wenig mit den Treibern herum, weil sie nach seiner Ansicht den Bogen zu eng gezogen hätten, gratulierte dem Höhenthaler zu dem kapitalen Rehbock und vertröstete die anderen Herren auf das nächste Treiben.

Im Weggehen besann er sich nochmals und rief Georg zurück. „Paß auf, Georg, setz du dich drüben beim Waxenstein an, dann nehme ich jetzt deinen Platz an der Koglscharten ein. Da drüben muß noch was kommen, und — ich vergönne es dir."

Georg lächelte gutmütig. Er wußte, daß der Vater gerade das Gegenteil meinte. Der Rainer war bereits wieder von seiner Jagdleidenschaft besessen und hatte an dem einen Hirsch noch nicht genug.

Beim Waxenstein angekommen, machte es sich Georg gemütlich, nahm ein Wurstbrot aus seinem Rucksack und biß herzhaft hinein.

Diesmal wurde es anders. Gleich nach dem Startschuß der Treiber fielen sowohl von der Kanzel als vom Dreispitz Schüsse. Kurz darauf auch vom Rückwechsel. Vielleicht war dort der Tierarzt zu Schuß gekommen, oder der Posthalter. Gleich darauf fiel von der Sternkanzel ein zweiter Schuß. Georg wandte das Gesicht zur Höhe, sah den grauen Pulverdampf über die Latschenspitzen hinflattern und einen Gemsbock mit unsicheren Sprüngen über den Grasgang hetzen, wo er dann beim Wassergraben in die Läufe brach.

Ein Rascheln ließ ihn herumfahren. Seine Hände umklammerten die Büchse fester. Da sah er schon zwischen dem Grün der Fichtenbuschen drüben einen rötlichen Schimmer gleiten. Dann tauchte das wunderschöne Gezack eines Sechserbockes auf, der nun quer über die Schneise jagte.

Da krachte aus Georgs Büchse der Schuß. Der Bock suchte mit jagenden Sprüngen den Saum des Waldes zu gewinnen, setzte mit einem herrlichen Sprung über eine tiefe Wasserrinne und verschwand zwischen den Bäumen.

„Gibt's denn so was auch?“ stöhnte Georg verzweifelt. „Hab ich jetzt den Bock gefehlt und hab gemeint, ich hätte ihn todsicher im Visier.“

Noch ehe er ganz ausgesprochen hatte, krachte drüben auf der Koglscharte ein Schuß.

„Na also, hat ihn halt doch wieder der Vater“, lächelte Georg trübsinnig vor sich hin und nahm sich vor, beim dritten und letzten Jagen unbedingt besser aufzupassen.

Ja, auf der Koglscharte fiel der letzte Schuß dieser Treibjagd. Gregor Rainer sah den Bock daherkommen und hob seine Büchse. Da peitsche ein Schuß von der Seite aus dem Gebüsch heraus. Gregor Rainer ließ seine Büchse sinken und griff sich an die Brust. Ein Ausdruck grenzenloser Trauer stand in seinen grauen Augen. Dann wollte er nochmals die Büchse heben, aber er brachte sie kaum noch bis zur Hüfte herauf, griff taumelnd um sich und stürzte zusammen. Rings um ihn färbte sich der Boden rot.

Der Schuß war ihm von hinten her durch die Schulterblätter gedrungen und die Kugel unterhalb des Halses herausgetreten.

Und doch hatte sie nicht vermocht, diesen starken Menschen mit einem Schlag auszulöschen. Er wand sich in schmerzvoller Qual.

„Weidwund —“ stöhnte er. Nie in seinem Leben hatte er eine Kreatur weidwund geschossen. Vielleicht begriff er die Zusammenhänge nicht mehr ganz; erst allmählich, in einem spärlichen Aufflackern zu vollständigem Bewußtsein, schien es ihm zu dämmern, was ihm angetan worden war. Und er dachte nach, daß er doch nie in seinem Leben einem Menschen etwas so Schweres zuleide getan hatte, daß man sich auf solche Weise rächen müßte. Und dann fühlte er wieder die gräßlichen Schmerzen, wußte plötzlich, daß es mit ihm zu Ende ging, und schrie mit seiner letzten Kraft den Namen des Sohnes.

Dieser Laut drang nur schwach bis zum Waxenstein hinüber. Aber Georg wurde doch von der Eigentümlichkeit des Rufes, der mehr wie ein Stöhnen geklungen hatte, aufmerksam und sprang über die Blöße.

Was er sah, ließ ihm das Blut erstarren. Er dachte sofort an ein Unglück. Der Vater war vielleicht gestolpert, und dabei mußte sich das Gewehr entladen haben. Bleich vor Schrecken kniete er nieder. „Vater —!“

Die Hand des Roßgotters zuckte ein wenig hoch und fiel müde auf die Brust nieder. Mit aller Anstrengung versuchte er die Augen zu öffnen. Georg schrie vor Jammer leise auf, so sehr erschreckte ihn der glasig umflorte Blick, der ihn traf. Dann öffnete der Rainer den Mund.

„Jetzt — bist Bauer — von Roßgotten — Bub! Es wird — Nacht um mich. Die Mutter grüß mir noch und — die Barbara — und die Kinder. Ich hab euch gern gehabt — alle — bloß zeigen — hab ich's nie können —"

Blut sickerte aus seinem Mund. Und weil er sein ganzes Leben lang etwas auf sich gehalten und auf Sauberkeit bedacht war, hob er jetzt die Hand und wischte es fort.

„Den Heinrich — grüß mir auch noch recht schön — meinen gescheiten Doktorbuben — in der Stadt."

Endlich hatte sich Georg gefaßt. „Wie hat denn das eigentlich geschehen können, Vater?"

„Von dort her — —" Mühsam wollte der Rainer die Richtung anzeigen, woher der Schuß gekommen war. Aber in der halben Bewegung fiel ihm der Arm herunter. Langsam sank sein Oberkörper zur Seite. Ein leises Röcheln noch. Die Hände des Roßgotters schlossen sich, als ob er beten wolle. Rasselnd lösten sich die Worte von seinen Lippen:

„Heilige Maria — Mutter Gottes! Bitt für uns arme — —"

Ein Zucken ging durch ihn hin. Dann streckte sich der Körper.

So starb Gregor Rainer, der Bauer zu Roßgotten, in der elften Stunde eines Oktobertages in seinem Wald.

*

Die Treiber und die Jäger standen um den Toten herum. Georg konnte kaum sprechen, so erschüttert war er. Als er endlich herausgebracht hatte, was seine Meinung über diesen furchtbaren Unglücksfall sei, hob der Posthalter das Gewehr des Toten auf, untersuchte es und sagte:

„Der Roßgotter muß von jemandem erschossen worden sein. Aus seinem Gewehr ist kein Schuß abgegeben worden. Schaut selber, die Patronen stecken beide noch im Lauf."

„Um Gottes willen!" schrie Georg auf. „Wer sollte denn das gewesen sein?" In ratloser Verzweiflung schaute er die Gesichter um sich an, schüttelte dann immer wieder den Kopf. Tränen liefen ihm über die Wangen, und wie geistesabwesend sah er zu, wie einige Treiber Stangen zusammenbanden, um den Toten zum Hof hinuntertragen zu können.

Da mischte sich der Tierarzt ein. „Hier darf nichts angerührt werden. Da einwandfrei Mord vorliegt, muß sofort der Staatsanwalt und die Polizei verständigt werden. Wir dürfen auch nicht davonlaufen jetzt, weil man uns wahrscheinlich in der Sache vernehmen wird."

Zum Schluß verständigte man sich dahingehend, daß der Tierarzt und der Sägewerksbesitzer Höhenthaler bei dem Toten bleiben sollen, bis die Kommission käme. Der Posthalter solle sofort die Polizei verständigen, und die Treiber sollten sich daheim zur Verfügung halten.

Der Gutsbesitzer nahm Georg bei den Schultern. „Komm, ich geh mit dir. Wir müssen es deiner Mutter sagen."

Langsam führte er ihn durch den Wald hinunter.

*

Ohne zunächst recht viel zu sprechen, saßen Höhenthaler und der Tierarzt Doktor Greibl bei dem Toten, auf dessen wächsern gewordenem Gesicht die goldenen Flecken der Sonne hinzitterten. Ein großer, tintenblauer Käfer kroch langsam über die erstarrten Hände und fiel drüben lautlos ins Gras.

„Da siehst du wieder, was der Mensch ist. Wie ein Baum so stark ist dieser Mensch am Morgen noch gestanden und liegt nun stumm und starr", philosophierte der Sägmüller.

„Ich möchte nur wissen, wer es gewesen ist", antwortete der Tierarzt.

Dann schwiegen sie wieder, weil auch der Sägmüller nicht den leisesten Schimmer eines Verdachts aussprechen konnte. Aber er sah sich jetzt die nähere Umgebung etwas genauer an, blinzelte mit den Augen und bückte sich dann schnell.

„Da schau her! Da ist das Geschoß!" Er hielt dem Tierarzt auf der flachen Hand ein Geschoß hin.

Sie besahen es ganz genau. Der Tierarzt schüttelte dann den Kopf und sah den Sägmüller lange an. „Ich kann es nicht glauben."

„Was meinst du?"

„Es ist das kleine Kaliber, wie es Georg gebrauchte."

„Tatsächlich. Herrgott, Doktor — ich getrau mir das gar nicht zu Ende denken. Das wäre ja furchtbar!"

„Auf alle Fälle müssen wir der Kommission von dem Fund Mitteilung machen. Übrigens — wie kommt der Rainer daher? Sein Stand war doch drüben am Waxenstein. Das aber ist Georgs Mantel, der hier liegt. Ich erinnere mich ganz genau, daß er ihn über der Schulter getragen hatte heute früh. Sägmüller, ich glaube, da sind wir in ein furchtbares Drama hineingeraten. Wie ist das überhaupt? Ich hörte einmal sagen, daß die beiden nicht gut zusammen standen."

„Man hat verschiedenes gehört. Der Junge soll verbittert gewesen sein, weil ihm der Alte den Hof nicht übergeben wollte. Es muß zuweilen scharfe Auftritte zwischen ihnen gegeben haben. Aber das geht mich nichts an, und ich werde mich darüber auch nicht äußern. Zudem hatte ich in letzter Zeit den Eindruck, daß sie sich gut verstanden."

„Ich traue dem Georg diese Tat auch nicht zu; aber so, wie es ausschaut, spricht alles gegen ihn."

Da tauchte an der Waldschneise der Gendarmeriekommissar mit seinem Wachtmeister auf.

Eine Stunde später traf die Mordkommission aus der Kreisstadt ein.

Die Vernehmungen begannen.

*

Nun lag Gregor Rainer in der guten Stube aufgebahrt. Neben seinem Haupt brannten in silberbeschlagenen Leuchtern sechs dicke Kerzen. Der Raum war erfüllt vom herben Duft der Latschenzweige, mit denen man den Sarg ausgelegt hatte.

Man hatte ihm vom Mund den dünnen roten Faden weggewaschen, er lag nun reinlich und sauber da, in einem blütenweißen Hemd mit schwarzer Seidenbinde. Beinahe hoheitsvoll sah sein Gesicht aus, scharf und kantig in jeder Linie, der Adel urewigen Bauerntums wehte über dem starren Antlitz, in dem sich nur die Mundwinkel ein wenig nach unten zogen, wie in Verachtung darüber, daß er eines solch schmählichen Todes hatte sterben müssen.

Die Bauern der Umgebung kamen am späten Abend zum Rosenkranzbeten. Die Stube füllte sich, das Gemurmel der Betenden drang über den Flur bis in den Hof.

Georg kniete mit Barbara und den Kindern ganz vorn. Margret Rainer, die Frau des Toten, stand daneben, sie konnte nicht knien, da sie seit Wochen an einer Zerrung im linken Knie litt. Ihr Gesicht war eine steinerne Maske, in der sich nur wie ein schmaler Strich zum Beten der Mund bewegte. Aber sie betete nicht laut, sondern flüsterte nur vor sich hin und ließ zwischen den einzelnen Absätzen immer die Gedanken darum kreisen, wer diese Tat begangen haben könnte.

Endlich war es mit dem Beten zu Ende. Die Nachbarn traten näher, tauchten das Fichtenzweiglein in das Weihwasserschüsselchen und spritzten damit über den Toten hin, der es willenlos dulden mußte, daß ihm dieses geweihte Wasser über Stirn und Wangen lief, das erst später von Frau Margret behutsam mit der Schürze wieder abgewischt wurde.

Währenddessen standen Georg und Barbara unter der Tür und bedankten sich nach altem Brauch bei den Weggehenden für die erwiesene Ehre des Kommens zum Rosenkranzbeten. — —

Hernach wurde es ganz still im Haus. Georg fiel es jetzt erst ein, daß man an Heinrich ein Telegramm schicken müsse. Barbara setzte es gleich auf, damit das Milchfuhrwerk es am Morgen mitnehmen könne. Dann wollte Georg hinausgehen, um nachzusehen, ob alles verschlossen sei, der Stadel, der Schuppen, die Wagenremise und die Milchkammer. Ganz jäh ward es ihm bewußt, daß dies gestern der Vater noch getan hatte.

Als er zur Tür gehen wollte, wurde sie von außen geöffnet, und der Gendarmeriekommissar Schöberl mit dem Wachtmeister Buchner trat über die Schwelle.

„Guten Abend, Herr Rainer."

„Guten Abend, die Herrn", antwortete Georg, ohne sich über den späten Besuch Gedanken zu machen. Er dachte nur flüchtig daran, daß man den beiden wohl ein Gläschen vom selbstgebrannten Zwetschgenschnaps würde geben müssen.

Der Kommissar nestelte an seinem Ärmelaufschlag herum und suchte irgend etwas, fand es nicht gleich und meinte nervös: „Na, wo hab ich ihn denn jetzt hingetan?"

„In die Brieftasche, Herr Kommissar", erinnerte ihn der Wachtmeister.

Vielleicht wußte dies der Kommissar selbst genau und tat nur so, um die Peinlichkeit seines Auftrages etwas hinauszuzögern. Endlich zog er dann aus der Brieftasche ein Schriftstück.

„Ja, Herr Rainer — es tut mir furchtbar leid, aber wir müssen Sie verhaften."

Georg reckte sich ein wenig in den Schultern. Nein, er erschrak wider Erwarten überhaupt nicht. „Mich? Warum?"

„Sie stehen im dringenden Verdacht, Ihren Vater erschossen zu haben."

„Nein —!" Dieser Schrei kam aus der Ofenecke, wo Barbara stand. Er war so durchdringend schrill, daß sogar die Fenster leise klirrten.

Georg wandte den Kopf. „Aber Barbara, das muß sich doch leicht klären lassen."

„Es tut mir ja, wie gesagt, recht leid", ließ sich der Kommissar wieder vernehmen. „Aber Pflicht ist halt Pflicht."

„Ich habe auch gar nicht die Absicht, Ihnen Schwierigkeiten zu machen", meinte Georg jetzt. „Ich komme dann morgen früh hinunter zu Ihnen."

Der Kommissar wechselte einen Blick mit seinem Wachtmeister, fuhr sich mit dem Zeigefinger in den Uniformkragen, als sei er ihm plötzlich zu eng geworden. An seiner Stelle antwortete jetzt der Wachtmeister:

„Das geht leider nicht. Der Haftbefehl lautet auf sofortige Festnahme, weil Fluchtverdacht besteht."

„Fluchtverdacht? Ja — wo soll ich denn hin? Ich habe doch meine Frau und die Kinder da. Aber, wie gesagt, ich mache Ihnen keine Schwierigkeiten. In ein paar Tagen wird sich ja alles geklärt haben."

„Nein, nein, nein! Georg, du darfst nicht fort!" Barbara kam aus ihrer Ecke heraus und umschlang seinen Hals. „Das ist ja Wahnsinn, Georg! Was sollte ich denn ohne dich?"

„Barbara, nimm dich doch zusammen! Das Ganze kann ja nur ein Irrtum sein. Barbara, du warst doch immer so tapfer, mach es mir auch jetzt nicht schwer. Wer weiß, vielleicht bin ich morgen schon wieder bei euch."

Die Kammertür öffnete sich. Groß und hager, mit einem steinernen Gesicht stand Margret Rainer dort. Ihre Augen sahen durchdringend auf den Sohn. Ihre Stimme war müde und schleppend, als käme sie aus einem Totenhaus.

„Georg, ich habe alles gehört. Schau mir, deiner Mutter in die Augen, und sag mir die Wahrheit! Bist du es gewesen?"

Fassungslos starrte er sie an und wurde sich jetzt erst der ganzen furchtbaren Situation bewußt.

„Nein, Mutter! Bei allem, was mir heilig ist — bei der Barbara und bei den Kindern — ich war es nicht. Mutter — das mußt du mir glauben!"

Zitternd hoben sich ihre Hände und umschlossen sein Gesicht. „Ja, Bub, ich glaube dir."

Langsam wandte er das bleiche Gesicht über die Schulter zurück. „Und du, Barbara? Glaubst du mir auch?"

„Wie sollte ich an dir zweifeln, Georg?"

„Gut, jetzt gehe ich mit ruhigem Gewissen. Grüß

mir die Kinder noch, Barbara, und sag ihnen, daß ich bald wiederkomme."

Georg schlüpfte in seine Joppe und griff nach dem Hut. Da sah er etwas, und eine rote Lohe schoß ihm ins Gesicht. „Muß das sein, Herr Wachtmeister?"

Verlegen ließ der Beamte die Schließkette in die Tasche zurück gleiten und sah seinen Vorgesetzten an. Der nickte und schob den Haftbefehl wieder in die Brieftasche.

„Nein, Rainer, wir wollen Sie nicht wie einen Verbrecher abführen, mit gefesselten Händen. Ich hoffe aber, daß Sie keine Dummheiten machen. Beim geringsten Fluchtversuch müßten wir von der Schußwaffe Gebrauch machen."

Ganz ruhig und gefaßt reichte Georg der Mutter und dann Barbara die Hand. Dann schloß sich schnell die Tür hinter ihm und den Beamten.

Als sie über den Hof gingen, schrie ein Käuzchen in der Tiefe des Obstgartens.

Drinnen aber fiel Barbara mit einem harten Aufschlag zu Boden.

*

Hinter den purpurnen Abendwolken verglühte ein Tag. Allmählich verloren alle Formen ihre Gestalt. Über dem Golf von Neapel blinzelten die ersten Sterne. Weit draußen rauschte ein schneeweißes Schiff dahin, und von den Hügeln läuteten die Abendglocken.

Am Strand wurde es leer und einsam. Heinrich Rainer ging über die Promenade auf sein Hotel zu. Er ging durch den Menschenstrom hin, ohne jemanden zu beachten. Ihm war, als ginge er durch eine Herde hin, die gesättigt von Licht und Sonne durch den Abend zog.

Ja, so ein Menschenfeind war er geworden. Vier Wochen weilte er jetzt hier. Der Süden hatte ihm wieder reichlich geschenkt, was er vorher vermißte: neue Spannkraft und einen ruhigen Schlaf. Zwar hatte sich auch hier die Sehnsucht nach Barbara nicht einschläfern lassen, und zuweilen, wenn er weit draußen irgendwo in der Stille sich sonnte, dann zogen die Bilder alle wieder an ihm vorüber. Und dann stellte er sich die Frage, ob er recht getan habe damals, daß er um des Bruders willen verzichtete. Er hatte in der Zwischenzeit die Menschen kennengelernt und wußte, wie rücksichtslos sie sein konnten im Verfolgen ihrer Ziele.

Wer Hemmungen hatte, blieb am Wege liegen. Und er hatte Hemmungen gehabt. Er hatte sich nicht herausreißen können aus dem Wirrwarr seiner Gefühle. Es war ihm leicht geworden, von Sabine zu gehen, aber er hatte nicht die nötige Rücksichtslosigkeit besessen, das Mädchen Barbara an sich zu ketten für immer.

Heute würde er es nicht mehr tun. Aber heute war es zu spät. Barbara war längst die Frau seines Bruders und hatte ihm Kinder geschenkt. Sie ging über den Roßgotterhof — er sah sie im Geist oft vom Milchhaus in die Tiefe des Apfelgartens hineinschreiten. Er dachte wehmütig, daß sie eigentlich hier neben ihm in der Sonne liegen müßte, und daß gerade diese Landschaft der richtige Rahmen für ihre blühende Schönheit sei.

Es war ihm nicht entgangen, daß man ihm nachsah, wenn er so am Strand dahinschlenderte. Es gab berückend schöne Frauen hier, die sich für den deutschen Rechtsanwalt lebhaft interessierten, so lebhaft, daß Heinrich sie mit leichter Mühe durchschaute. Hinter ihren zärtlichen Blicken lockte die Sinnlichkeit. Aber er hatte kein Verlangen danach. — —

Im Hotel griff er beim Warten auf das Abendessen

nach einem Pack Illustrierter, die auf einem Nebentisch lagen. Darunter befand sich auch eine deutsche Zeitung älteren Datums. Er blätterte darin aus Langeweile. Und plötzlich wurden seine Augen schmal. Was war das?

„Familiendrama in den Bergen.

In der Ortschaft Breitbruck wurde vor einigen Tagen der verheiratete Jungbauer Georg Rainer von Roßgotten unter dem dringenden Verdacht verhaftet, bei der Treibjagd vorsätzlich seinen Vater erschossen zu haben. Wie wir hören, soll es zwischen den beiden seit Jahren immer wieder zu heftigen Auseinandersetzungen gekommen sein wegen der Hofübergabe. Der Verhaftete bestreitet hartnäckig jede Schuld. Der Erschossene war eine weit über die Grenzen seiner Gemeinde hinaus bekannte und geschätzte Persönlichkeit, und die Bevölkerung sieht mit großer Spannung der kommenden Verhandlung im Schwurgericht entgegen."

Heinrich hatte nicht bemerkt, daß ihm der Ober bereits das Essen serviert hatte. Wie geistesabwesend starrte er vor sich hin. Noch glaubte er zu träumen, aber ein Blick auf die Zeitung in seiner Hand sagte ihm unerbittlich, daß das Furchtbare Wirklichkeit war.

„Arme Barbara", sagte er leise vor sich hin. Nicht „armer Vater" oder „armer Georg." Nein, nur an Barbara dachte er in diesem Augenblick. Dann hatte er sich gefaßt und stand auf. Ohne das Essen anzurühren, ging er durch die Halle zur Portierloge.

„Bitte veranlassen Sie, daß meine Koffer zur Bahn gebracht werden. Ich muß sofort abreisen."

„Oh, Signore, ich hoffe, daß es nichts Unangenehmes ist, das Sie zu dieser plötzlichen Abreise zwingt?"

„Es ist leider etwas sehr Unangenehmes. Schreiben Sie bitte meine Rechnung, bis ich wieder herunterkomme." — —

Eine Stunde später saß Heinrich bereits im Nachtschnellzug Rom—Innsbruck—München.

Als der Zug im Morgengrauen vom Brenner kommend ins ebene Land hinausfuhr, dachte Heinrich noch, daß sein erster Weg nach Roßgotten sein würde. Barbara würde ihn brauchen jetzt, und die Mutter.

Tausendmal wohl hatte er sich ein Wiedersehen mit Barbara ausgemalt. Nun sollte er sie wiedersehen. Sieben Jahre waren seitdem vergangen. Sieben Jahre voller Sehnsucht. Und nun würde dieses Wiedersehen doch ganz anders sein.

*

Als er seine Kanzlei betrat, starrte ihn die Sekretärin wie einen Geist an. „Sie sind schon zurück, Herr Doktor?"

„Ja. Wo ist mein Vertreter, Doktor Braun?"

„Es sind soeben zwei Klienten bei ihm."

Heinrich warf Hut und Mantel auf einen Stuhl, ging aufgeregt hin und her.

„Warum hat man mir nicht mitgeteilt, was sich da in Roßgotten ereignet hat?"

„Herr Doktor, Sie haben ja keine Adresse hinterlassen, wollten nicht gestört werden."

„Ja, richtig. Entschuldigen Sie. Sie wissen doch von dieser Sache?"

Die Sekretärin nickte und streckte ihm dann die Hand hin. „Darf ich Ihnen mein tiefempfundenes Beileid aussprechen, Herr Doktor."

„Danke, Fräulein Berger. — Wissen Sie, welcher von meinen Kollegen den Fall übernommen hat?"

„Rechtsanwalt Doktor Bäumler, soviel ich weiß."

„Bäumler ist gut. Bitte, rufen Sie einmal bei ihm an."

Die Verbindung wurde hergestellt.

„Hier ist Rechtsanwalt Rainer. Ich komme soeben von der Reise zurück und höre, daß Sie die Verteidigung für meinen Bruder übernommen haben. Wie? Ja, natürlich. Ich bin wie vor den Kopf geschlagen. Durch reinen Zufall habe ich es gestern in einer alten Zeitung gelesen. Wer hat denn die Anklagevertretung — So, so, Staatsanwalt Bernstein. Hm. Zu dumm, mir sind in diesem Falle die Hände gebunden. Haben Sie die Anklageschrift schon? Ja? Kann ich einmal bei Ihnen vorsprechen? Schön, danke. In einer halben Stunde bin ich bei Ihnen. Auf Wiederhören bis dahin."

Heinrich raffte Hut und Mantel an sich, stürzte davon, winkte drunten einer Taxe und fuhr zu Rechtsanwalt Bäumler. — —

Doktor Bäumler schätzte den jüngeren Kollegen außerordentlich. Heinrich war das As unter dem Nachwuchs. Sein Auftreten im Gerichtssaal war eindrucksvoll. Messerscharf fielen seine Einwürfe, und jedem Fall, den er einmal übernommen hatte, widmete er sich mit leidenschaftlicher Besessenheit. Und nun kam dieser junge Mensch zu ihm, vielleicht seinen Rat einzuholen, oder Hilfe zu erbitten; man würde ja sehen.

Bäumler begrüßte Heinrich herzlich und führte ihn sofort in sein Büro. „Sie sind erst heute zurückgekehrt?"

„Ja, soeben. Sie werden begreifen, Herr Kollege, daß mir der Fall sehr nahegeht. Wie stehen die Chancen für meinen Bruder?"

Doktor Bäumler schob dem Besucher einen Stuhl zu. „Nehmen Sie erst einmal Platz." Er zog sich einen zweiten Stuhl herbei. „Unter uns gesagt, Herr Kollege, die Chancen für Ihren Bruder stehen mehr als schlecht."

„Eine andere Frage, Doktor Bäumler. Halten Sie ihn für schuldig?“

„Menschlich gesehen, nein. Auf Grund der Indizien gibt es fast keine andere Möglichkeit.“

„Was sagt er selbst dazu?“

„Das ist es eben, was den Fall so kompliziert macht. Er hüllt sich einfach in Schweigen, spricht nichts, ißt kaum etwas und lebt völlig apathisch dahin. Die Haft zermürbt ihn mit jedem Tag mehr. Er wehrt sich gegen keinen Punkt, den ihm die Anklage vorwirft, sagt immer nur: Ich war es nicht.“

Heinrich sah lange nachdenklich auf das Muster des Teppichs zu seinen Füßen. Dann hob er mit einem Ruck den Kopf.

„Ich danke Ihnen, daß Sie den Fall übernommen haben, nachdem meine Person aus verwandtschaftlichen Gründen von vornherein ausscheiden mußte. Ich weiß, Doktor, daß Sie Ihr möglichstes tun werden. Darf ich fragen, wer Sie mit dem Fall beauftragt hat?“

„Seine Frau war hier, nachdem sie zuerst bei Ihnen vorgesprochen und Sie nicht angetroffen hatte, weil Sie verreist waren. Kollege Braun hat sie dann an mich verwiesen, weil er nach Lage der Dinge als Ihr Vertreter den Fall nicht annehmen konnte.“

„Wie trägt es meine Schwägerin?“

„Eine wunderbare Frau. Von ihr geht eine bezwingende Ruhe aus, und das Vertrauen zu ihrem Mann ist nach wie vor unbegrenzt.“

Heinrich schloß einen Moment die Augen und legte die Handflächen gegeneinander. „Haben Sie die Anklageschrift hier?“

„Ja, natürlich.“

„Wann ist die Verhandlung anberaumt?“

„Für Mittwoch nächster Woche, am 14. November.“

„Herr Kollege Bäumler — würden Sie mich die Anklageschrift einmal durchlesen lassen?"

Doktor Bäumler sah etwas unsicher auf. „Es verstößt zwar gegen die —"

„Ich weiß, ich weiß", unterbrach ihn Heinrich schnell. „Aber dieser Fall ist doch ganz besonders gelagert. Bedenken Sie, er ist mein Bruder, wir sind sogar Zwillingsbrüder, sind schicksalhaft miteinander verkettet. Ich sehe in dem Fall mit anderen Augen und könnte Ihnen vielleicht diesen oder jenen Hinweis geben, lieber Kollege."

„Gut, ich will Ihnen den Gefallen tun, Rainer. Aber nur, weil ich unbedingtes Vertrauen zu Ihnen habe, und weil ich Sie als Kollegen außerordentlich schätze."

„Danke. Ihr Plädoyer haben Sie noch nicht vorbereitet?"

„Im Entwurf ist es fertig."

Heinrich sagte nicht, daß er auch diesen Entwurf gern einsehen wolle, aber Doktor Bäumler verstand ihn auch so und legte ihm beides hin.

„Lesen Sie alles ganz in Ruhe durch. Ich will Sie inzwischen allein lassen. Hier sind Zigaretten, bedienen Sie sich."

Heinrich wartete erst gar nicht ab, bis der andere hinausgegangen war, sondern vertiefte sich sofort in die Anklageschrift, überflog sie zuerst und nahm dann Satz für Satz durch. Und je länger er las, desto mehr verdüsterte sich seine Stirn. Einzelne Lichtpunkte glaubte er zwar zu erkennen, im ganzen aber erkannte er, daß Georg von den Maschen des Gesetzes völlig eingegittert war und von der Last der Indizien erdrückt werden mußte. Die Anklage selbst war klar und eindeutig angelegt, ohne eine Lücke aufzuweisen. Nur das Motiv, das man dem Angeklagten für die Tat unterschob, war für ihn, den Bruder vollständig absurd.

Immer wieder las er die einzelnen Punkte durch, prägte sich alles genau ein und las dann Doktor Bäumlers Entwurf zum Plädoyer. Eine exakte und wohlausgefeilte Rede. Doktor Bäumler warf zum Beispiel auch die Frage auf, warum das Gericht durchaus annehme, daß der Angeklagte nur den Zeitpunkt der Treibjagd abgewartet hätte, um seinen Vater zu ermorden. Auf einem Einödhof, beim täglichen Zusammenleben, gäbe es doch hundert andere Möglichkeiten zur Ausführung eines solchen Planes, ohne daß man dabei an etwas anderes als an einen Unglücksfall denken könnte.

Heinrich hatte sich schon die dritte Zigarette angezündet und ging aufgeregt im Zimmer umher. Endlich kam Doktor Bäumler wieder herein. Ohne eine Frage abzuwarten, begann Heinrich:

„Der Fall liegt für den Außenstehenden ziemlich klar. Wie ich aus der Anklageschrift ersehe, war mein Bruder heuer zum erstenmal als Schütze eingeteilt. Sonst hatte er immer nur die Treiber angeführt. Es erhebt sich nun die Frage: Konnte mein Bruder wissen, daß ihn der Vater diesmal als Schützen einteilte? Ferner: Hatte mein Vater die Einteilung der Standplätze erst vor Beginn des Jagens vorgenommen, oder wußte mein Bruder vorher schon, daß er an der Koglscharte ansitzen würde? Dies sind meines Erachtens schwerwiegende Punkte, die weder aus der Anklage noch aus der Verteidigung hervorgehen."

„Es wurde als selbstverständlich angenommen, daß dies, wie üblich bei Treibjagden, längst vorher festgelegt wurde."

„So selbstverständlich ist das durchaus nicht. Dazu muß man den Toten und seine Eigenarten gekannt haben. Sicher hatte mein Vater selbst gewußt, daß er am Waxenstein ansitzen werde. Er hätte aber meinen Bruder ebensogut auf die Sternkanzel schicken können. Von dort aus wäre es einfach unmöglich gewesen, daß — ich weiß zwar nicht, Herr Kollege, ob Sie das Gelände dort kennen —"

„Doch, ich habe mir alles genau angesehen."

„Dann werden Sie zugeben müssen, daß er von der Sternkanzel aus unmöglich zur Koglscharte kommen hätte können, ohne von den Treibern gesehen zu werden."

„Das stimmt eigentlich", antwortete Rechtsanwalt Bäumler und machte sich ein paar Notizen. „Jetzt bleibt nur noch die Frage offen, warum der Tote bei der Koglscharte gefunden wurde, nachdem er im ersten Treiben, wie alle Beteiligten bekunden, auf dem Waxenstein seinen Stand hatte."

„Sehr richtig. Was sagt mein Bruder dazu?"

„Ihr Bruder behauptet, daß der Vater ihn nach dem ersten Treiben dazu bewogen habe, mit ihm den Stand zu wechseln. Das klingt zwar für das Gericht wenig überzeugend, aber —"

„Durchaus nicht. Wer unseren Vater richtig kannte, muß zugeben, daß dies seine Art war. Er hatte oft blitzschnelle Entschlüsse und setzte sie auch immer sofort in die Tat um. Ich möchte sogar annehmen, daß mein Vater als alter, passionierter Jäger genau gewußt hat, daß beim zweiten Treiben am Waxenstein nichts Gutes mehr vorbeikommen würde, und deshalb mit Georg seinen Stand tauschte."

„Was Sie da sagen, Herr Kollege, ist mir sehr wichtig. Sie dürfen überzeugt sein, daß ich jede Möglichkeit ausschöpfe, Ihren Bruder zu entlasten."

Heinrich zündete sich eine neue Zigarette an und schaute eine Weile angestrengt zum Fenster hinaus. Regen trommelte gegen die Scheiben, und ein stöhnender Wind riß die letzten Blätter von den Bäumen und Büschen des Gartens. Plötzlich drehte sich Heinrich um.

„Würden Sie mir einen großen Gefallen tun?"

„Wenn es in meiner Macht liegt, gern."

„Könnten Sie mir eine Besuchsstunde bei meinem Bruder verschaffen? Ich muß ihn unbedingt sprechen."

„Lieber Kollege, Sie wissen selbst —"

„Ja, ich weiß. Aber es muß doch möglich sein, daß ich Georg eine Viertelstunde wenigstens sprechen kann."

„Gut, ich will es versuchen. Sie kennen ja den Untersuchungsrichter Weigand selbst recht gut. Vielleicht macht er Ihretwegen eine Ausnahme. Heute ist ja nichts mehr auszurichten. Aber ich rufe morgen früh gleich an und gebe Ihnen dann Bescheid."

„Ich danke Ihnen von ganzem Herzen, Doktor Bäumler. Vielleicht kann ich Ihnen gelegentlich gefällig sein."

„Nichts zu danken, Herr Kollege. Ich bitte Sie nur, wirken Sie auf Ihren Bruder ein, daß er seine Apathie aufgibt. Er schadet sich ja nur selber."

„Ich werde mein möglichstes tun. Leben Sie wohl, Doktor. Und nochmals vielen Dank."

*

Daheim angekommen, ging er unruhig durch die Räume. Es war bereits Büroschluß und außer der Haushälterin niemand mehr in der Wohnung. Hatte er zunächst gedacht, daß er nach Roßgotten fahren müßte, um Barbara Trost und Stütze zu sein, so verwarf er jetzt diesen Gedanken wieder. Wenn es nämlich in ihr so aussah wie in ihm, dann würde ihr seine Gegenwart keinen Trost bedeuten, sondern eine neue Verstrickung. Er fühlte es nur zu deutlich in sich selbst, wohin es führen würde, wenn er ihr täglich nahe sein müßte. Ihre Herzen würde aufs neue verwirrt, und diesmal würde es kein Bemänteln der Schuld mehr geben. Es würde also nur ein ganz bewußtes Schuldigwerden geben oder ein gegenseitiges Abquälen bis zur Grenze des Möglichen.

Er hatte plötzlich Angst vor einem Wiedersehen mit Barbara. Und aus dieser Angst heraus wuchs spontan ein verwegener Plan in ihm. Je länger er darüber nachdachte, desto mehr rückte dieses Phantastische in die Möglichkeit eines Durchführens. Gewiß, es würde ein verwegenes Spiel sein, und es konnte unter Umständen für ihn katastrophal ausgehen. Aber vor Schwierigkeiten dieser Art hatte er noch nie kapituliert.

Wenn er seinen Plan ausführte, dann konnte er Barbara damit viel mehr geben und helfen, als wenn er hinausführe und sie mit seiner Gegenwart allein vielleicht schon bedrängen würde. Mochten auch schon sieben Jahre darüber vergangen sein — der Glaube, daß auch Barbara ihn immer noch unverlierbar in ihrem Herzen trug, war unwandelbar in ihm.

Jetzt ging er hinüber in das große Wohnzimmer, stand vor Barbaras Bild und vertiefte sich in ihre Augen. Er hielt Zwiesprache mit ihr und sagte ihr, daß er es ihr zuliebe gern auf sich nähme. Sie solle es nicht als ein Opfer von ihm auffassen, sondern als den letzten Dienst, den er um ihrer beider Liebe willen zu tun bereit war.

Anschließend legte er sich schlafen und schlief die ganze Nacht durch traumlos und ruhig, als drehe es sich am anderen Morgen nur um einen Spaziergang. — —

Er erwachte vom rasselnden Geräusch eines Lastwagens, der drunten vorüberfuhr, stand sofort auf, ging ins Bad und kleidete sich an. Er wählte einen dunklen Anzug, legte sich den braunkarierten Ulster und den dunklen, weitrandigen Hut zurecht. Dann frühstückte er ausgiebig, ließ sich von der Haushälterin von Barbaras Besuch erzählen und tat dabei so, als interessiere ihn dieser Besuch am allerwenigsten. Plötzlich aber fragte er: „Hat sie auch das Bild gesehen hier?"

„Ja, sie wollte, daß ich ihr die ganze Wohnung zeige."

„Was hat sie gesagt?"

„Eigentlich nichts. Sie war nur sehr enttäuscht, daß sie Herrn Rechtsanwalt nicht angetroffen hat." Und plötzlich kamen der guten Seele die Tränen. „Mein Gott, wenn ich daran denke! Hier ist er immer gesessen, der Herr Vater, wenn er auf Besuch kam. So ein stattlicher Mann, gewachsen wie ein Baum — und nun so ein Unglück!"

„Laß nur gut sein, Ursula. Das ist jetzt nicht mehr zu ändern. Für mich ist die ganze Angelegenheit natürlich furchtbar peinlich, obwohl ich keinen Augenblick daran glaube, daß mein Bruder es gewesen ist. Aber ich kann nicht tatenlos dasitzen und warten, wie der Prozeß nun ausgeht. Ich werde deshalb wieder verreisen, bis alles vorbei ist."

Das gleiche sagte er auch der Sekretärin, als sie um acht Uhr kam, und seinem bisherigen Vertreter Doktor Braun.

Dann verabschiedete er sich von allen und wollte gehen.

„Und das Gepäck?" fragte die Haushälterin. „Nehmen Sie denn kein Gepäck mit, Herr Doktor?"

„Ach so, ja, Gepäck. Ich nehme gleich den großen Koffer dort wieder mit. Der genügt einstweilen." — —

Dann fuhr er mit der Tram zum Hauptbahnhof,

stellte dort im Gepäckraum den Koffer ein und ging zu Fuß zum Untersuchungsgefängnis. Sein Herz klopfte unnatürlich laut gegen die Rippen. Was nun, wenn man ihm den Besuch abschlagen sollte?

Untersuchungsrichter Weigand war bereits von Doktor Bäumler angerufen worden. Er kannte Heinrich Rainer von vielen Verhandlungen her und war ihm sehr gewogen. Darum genehmigte er eine Viertelstunde Sprecherlaubnis und überließ Heinrich dem Gefängnisbeamten, der ihn in einen kahlen Raum mit vergittertem Fenster führte.

Der Gefängniswärter kannte Heinrich ebenfalls von früheren Besuchen bei Klienten. Er zog den einzigen Stuhl unter dem Tisch heraus und meinte:

„Wenn der Herr Doktor einstweilen Platz nehmen möchten. Ich werde den Untersuchungsgefangenen gleich bringen. Ist eine verteufelte Geschichte das, Herr Doktor, was?"

„Was meinen Sie?"

„Ich meine, daß es ausgerechnet Ihr Bruder ist. Nebenbei bemerkt, er sieht Ihnen sogar recht ähnlich."

„Ja, das mag sein. Hier haben Sie eine Zigarre. Wenn es gerade einige Minuten länger dauern sollte —"

„Ist gut, Herr Doktor."

Heinrich war allein und sah sich in dem Raum um. Außer dem Stuhl und dem Tisch, auf dem ein Tintenfaß stand, war nur noch ein kleiner eiserner Ofen im Raum. Kahl und erschreckend nüchtern war alles ringsum.

Jetzt wurde die Tür geöffnet, und Heinrich erschrak heftig. Das sollte Georg sein? Du meine Güte, wie sah er aus! Blaß und mit rotentzündeten Augen stand er auf der Schwelle, konnte es offenbar noch nicht fassen, daß sein Bruder Heinrich zu ihm gekommen war. Dann stürzte er mit einem Schrei auf ihn zu, umschlang ihn mit beiden Armen und schluchzte wie ein Kind.

Die Tür hinter ihnen schloß sich. Und von diesem Augenblick an handelte Heinrich mit kalter Entschlossenheit.

„Hilf mir, Bruder!" stöhnte Georg.

„Ja, Georg, ich werde dir helfen", antwortete Heinrich und schob den Bruder sanft von sich. „Zieh dich aus. Wir wechseln jetzt die Kleider — mach schnell, wir haben nicht lange Zeit."

„Ausziehn, meinst du, die Kleider wechseln? Warum?"

„Frag nicht lange und zieh dich aus!" drängte Heinrich und hatte bereits Mantel und Jacke abgelegt. „Du gehst statt meiner hinaus, und ich bleibe statt deiner hier."

„Nein, Heinrich, das kann ich nicht annehmen."

„Doch, doch, das kannst du ohne weiteres. Ich glaube, ich habe einiges gutzumachen an dir. Schneller, schneller, Georg, die Zeit ist kurz!" Er schnürte bereits die Schuhe auf.

Jetzt kam auch in Georg Leben. Hastig riß er seine Kleider vom Leib, schlüpfte in Heinrichs Hose und Schuhe, ließ sich den Schlips binden und stand nach wenigen Minuten völlig verwandelt da.

Heinrich schlüpfte in Georgs graue Trachtenjoppe, knöpfte sie zu, genau so wie Georg sie vorhin zugeknöpft hatte, und faßte dann den Bruder an den Schultern.

„So, und jetzt Georg, schau mir einmal in die Augen. Bist du es gewesen?"

„Heinrich —!"

„Ja, ist gut. Ich glaube dir. Hör zu, ich habe die Anklageschrift gelesen. Du sollst nach Aussage dieses

Gabriel recht unkluge Äußerungen getan haben. Hast du denn mit Vater so schlecht gelebt?"

„Es hat einmal Zwistigkeiten gegeben, ja. Aber wir haben uns in letzter Zeit ausnehmend gut verstanden. Er wollte mir doch den Hof nun verschreiben lassen."

„So? Das ist gut, wenn ich es weiß. Wer ist dieser Gabriel?

„Er war Drittknecht bei uns. Vater hatte ihn entlassen."

„Dieser Gabriel sagt unter anderem auch aus, du hättest einmal gesagt, daß du dem Vater den Garaus machst, wenn es nicht bald anders wird."

„Ich habe mich leider zu Äußerungen hinreißen lassen, aber das habe ich nie gesagt."

„Wie war das am Tag der Treibjagd? Hat Vater die Plätze erst beim Wetterkreuz oben eingeteilt, oder war das vorher schon besprochen?"

„Nein, es war vorher nichts besprochen worden."

„Das Geschoß war das gleiche Kaliber, wie du es benützt hast zur Jagd."

„Ja, leider. Heinrich, darüber hab ich schon soviel nachgegrübelt und sehe nirgends einen Lichtpunkt. Nach dem ersten Jagen habe ich mit Vater den Platz gewechselt. Du hast ihn ja gekannt. Er hatte Angst, ich könnte ihm ein gutes Stück wegschießen. Ich habe dann auch geschossen, auf einen Rehbock, aber ich habe ihn gefehlt. Unmittelbar darauf krachte bei der Koglscharte ein Schuß, und ich dachte, daß der Bock dem Vater vor die Büchse gekommen war. Mehr kann ich einfach nicht sagen, und wenn sie mich umbringen."

„Seid ihr denn nicht beim Lokaltermin draußen gewesen?"

„Freilich. Und ich habe den Herren vom Gericht alles genau gesagt und gezeigt; aber sie bestanden darauf, daß es eben mein Kaliber gewesen sei, und daß ich nach meinem Schuß schnell hinübergelaufen sei zur Koglscharte."

„Das ist unmöglich. Selbst wenn man rennt, braucht man vom Waxenstein zur Koglscharte zehn Minuten. War Vater überhaupt gleich tot?"

„Nein, er sprach noch mit mir. Sein letzter Gruß war für dich, Heinrich. Dann hatte er noch etwas sagen wollen und hat mit dem Arm eine Richtung andeuten wollen — aber dann war es plötzlich zu Ende mit ihm."

Heinrich dachte angestrengt nach, was er noch fragen könnte, aber es fiel ihm jetzt nichts mehr ein. Wie zufällig strich er mit der Handfläche über die weißgekalkte Mauer, fuhr sich ein paarmal mit der Hand über Stirn und Wangen, um seine Sonnenbräune etwas zu verbergen, und wandte sich dann wieder an Georg.

„Jetzt paß gut auf, Georg. Du bist jetzt nicht mehr Georg, sondern der Rechtsanwalt Heinrich Rainer. Als solcher gehst du hier hinaus, und ich bleibe für dich zurück."

„Heinrich — das kann ich nicht annehmen", wehrte sich Georg zaghaft und wurde doch bis in den letzten Nerv hinein vor Erregung geschüttelt. Er sollte hier herauskommen! Ach, was wußte Heinrich, wie sehr er unter dieser Haft gelitten hatte!

„Du kannst das ohne weiteres annehmen", sagte Heinrich. „Nimm dich zusammen, wenn du hier hinausgehst. Zieh den Hut ein wenig tiefer in die Stirn, und schau, daß du so schnell wie möglich auf die Straße kommst. Laß dich hier im Hause auf kein Gespräch ein, sonst verdirbst du im letzten Augenblick noch alles."

„Bruder — was bist du für ein Mensch?"

„Nicht besser und nicht schlechter als du. Nur kann ich es nicht vertragen, wenn einer soviele Worte macht, wenn ich etwas tun will, zu dem ich mich entschlossen habe. Hör zu jetzt, Georg. Du darfst vor dem Abend nicht heimfahren. Ich glaube, der letzte Zug kommt um neun Uhr in Breitbruck an. Am besten ist es, du gehst gar nicht erst durch die Sperre, sondern steigst auf der anderen Seite aus und verschwindest hinter der Molkerei. Du mußt dich unbedingt auch im Haus vor den Dienstboten verborgen halten, bis die Verhandlung hier vorüber ist. Am besten gehst du einstweilen in die alte Jagdhütte hinauf."

„Wenn das nur alles gut ausgeht, Heinrich!"

„Ach was! Wenn man nichts riskiert, kann man nichts gewinnen. Sorge dich nicht um mich. Jedenfalls werde ich leichter in dem Strudel der nächsten Woche stehen als du."

„Und wenn sie dich verurteilen?"

„Dann —" Heinrich blickte zu Boden, als hätte er etwas mit sich auszukämpfen. „Dann mußt du vor der Welt — als Heinrich neben Barbara leben. Das dürfte immer noch leichter für dich sein, als hier langsam zugrunde zu gehen. Still jetzt — ich höre Schritte. Nimm dich zusammen!"

Georg konnte gerade noch Heinrichs Hand drücken, da wurde schon die Tür langsam geöffnet, und der Wärter erschien.

„Herr Doktor — es sind bereits fünf Minuten darüber."

Georg nickte, dann gab er sich einen Ruck, tippte schweigend an den Hutrand, trat an dem Wärter vorbei in den Gang hinaus, fand gleich die breite Treppe und stand wenige Minuten später draußen auf der Straße, während Heinrich von dem Wärter in die Zelle geführt wurde.

Dort warf er sich auf die Pritsche, verschränkte die Arme hinter dem Kopf und starrte zu dem kleinen vergitterten Fenster hinauf.

Das Schauspiel konnte beginnen. Seinen ersten Auftritt hatte er hinter sich und ließ nun in seinem Hirn die Einzelheiten seiner Rolle abspielen. Sein größter Auftritt kam erst am Mittwoch nächster Woche. Bis dahin konnte er sich auf seine Rolle konzentrieren. Er hatte noch genau fünf Tage Zeit dazu.

Mit einem Ruck setzte er sich wieder auf und rezitierte den § 211 vor sich hin: „Mörder ist, wer aus Mordlust, zur Befriedigung des Geschlechtstriebes, aus Habgier oder sonst niedrigen Beweggründen, heimtückisch oder grausam oder mit gemeingefährlichen Mitteln oder um eine andere Straftat zu ermöglichen oder zu verdecken, einen Menschen tötet."

Heinrich lächelte dünn vor sich hin. In diesem Falle kam wohl Habgier in Frage. Aus Habgier heimtückisch den Vater getötet.

Gut, wenn man die Rechts- und Gesetzeskunde beherrscht. Da können einem die vom Gericht gar nichts vormachen. Da heißt es weiter so treffend: „Mörder ist, wer nach seiner Gesamtpersönlichkeit als solcher charakterisiert wird, wobei besonders verwerfliche Gesinnung ausschlaggebend ist —"

Oh, Heinrich wußte alles ganz genau. Auf Seite 139 des Strafgesetzbuches war das Kapitel Verbrechen und Vergehen wider das Leben im sechzehnten Abschnitt genau aufgezeichnet.

Der Herr Staatsanwalt würde also wahrscheinlich ihn nach seiner Gesamtpersönlichkeit als Mörder charakterisieren. Das war seine Pflicht und seine Aufgabe, und er, der Rechtsanwalt Heinrich Rainer, würde dann dastehen und nicht darauf erwidern können. Aber er würde sich seiner Haut wehren, das sollten sie schon sehen!

Er hatte Zeit, viel Zeit. Fünf Tage waren es, in denen er sich vorbereiten konnte. Es kam ihm jetzt beinahe vor wie damals, als er sich auf sein Examen vorbereitet hatte.

*

Die Nacht lag ohne einen Stern über Roßgotten. Ein kalter Wind mit feuchter Schneeluft zog von den Bergen herunter. An der Ostseite des Hauses knarrte ein Fensterflügel, und Barbara dachte bei sich, daß man dies gleich morgen in Ordnung bringen müsse.

Sie ging gerade vom Milchhaus auf den Stall zu, prüfte im Vorübergehen das Vorhängeschloß an der Wagenremise und dachte befriedigt, daß sie sich auf die Leute am Hof doch gut verlassen konnte. Alles war abgesperrt und verschlossen.

Ach ja, wo wäre sie hingekommen in diesen schweren Wochen, wenn die Leute nicht so selbstlos und treu zu ihr gestanden wären. Die Rainermutter hatte sich immer noch nicht von dem schweren Schlag aufraffen können und ging apathisch durch die Tage, kümmerte sich um gar nichts und überließ die ganze Sorge um den Hof mit allem Drum und Dran der Barbara.

Die eigene Mutter war wohl in der ersten Zeit öfters vom Murhäusl heruntergekommen; aber es wäre besser gewesen, wenn sie dies nicht getan hätte. Sie erging sich meist nur in dunklen Andeutungen von jener weisen Frau, die der kleinen Barbara schon in der Wiege gesagt hatte, daß ihr Lebensweg mit Irrtümern und Wirrnissen beladen sein werde.

Wirklicher Trost in den ersten schweren Tagen war nur die Malerin Dagmar Lorenzen, die sich wie ein Schild vor dem Jammer der Barbara aufbaute und mit ihrem unüberwindlichen Optimismus der Bedrückten neuen Lebensmut einflößte.

Aber dann hatte Dagmar wieder zurück müssen in

die Stadt, und Barbara hatte sich allein mit allem abfinden müssen. Nie hätte sie geglaubt, daß soviel an sie herankommen könnte, und daß sie es ertragen könnte, ohne den Mut zu verlieren. Irgendwo in einem Winkel ihres Unterbewußtseins hatte sie das Gefühl, daß sich doch alles zum Guten wenden würde.

Wie Balsam auf ihre brennende Wunde war es gewesen, als eines Tages der Pfarrer heraufkam und ihr sagte, daß er nie und nimmer an eine Schuld Georgs glaube. Ihm hatte sie dann ihr ganzes Herz ausgeschüttet, mit ihm hatte sie reden können, und er hatte sie darüber belehrt, daß nichts auf der Welt ohne den Willen des Herrn geschehe, und daß das Ganze vielleicht eine Prüfung sei, in der man sich bewähren müsse.

Das alles überdachte Barbara jetzt wieder, als sie vor der Stalltür stand und in die Nacht hineinschaute, die so dunkel und trübe war. Im Haus schlief alles schon, und zuweilen hörte man das Klirren einer Rinderkette. Vom Dorf herauf tönten zwei helle Schläge der Kirchenuhr. Halb zehn Uhr. Kaum waren die Töne verklungen, knurrte der Hund, der an Barbaras Seite den Rundgang mitgemacht hatte.

„Sei still, Flock!"

Aber das Tier rannte mit einem Satz von ihr fort, auf den Weg hinaus. Barbara griff nach dem Lichtschalter. Die Hoflampe flammte auf, und Barbara sah, wie der Hund, toll vor Freude, immer wieder an einer grauen Gestalt hochsprang, die jetzt über den Hof her in den Lichtkreis der Lampe kam.

Barbara preßte die Hand aufs Herz. Sie dachte sofort, daß es Georg sein müsse. War er aus dem Gefängnis geflüchtet?

Aber dann kam die Gestalt näher, und ein heißes Erschrecken jagte durch Barbara hin.

„Heinrich —" flüsterten ihre Lippen. Dann flog sie auf den Ankommenden zu und schlang die Arme um seinen Hals.

„Ach, daß du nur gekommen bist, endlich gekommen! Dieses Alleinsein ist furchtbar für mich —"

Die ganze durchstandene Not der letzten Wochen fand jetzt ihre Reaktion in erlösenden Tränen. Heinrich war gekommen! Immer hatte sie darauf gehofft und gewartet. Nach sieben Jahren war er jetzt gekommen.

Die Hände des Heimgekehrten legten sich um ihre Schultern.

„Laß nur gut sein, Weibl — jetzt bin ich ja wieder da", sagte Georg.

Barbara horchte auf. „Weibl" hatte er gesagt. Das war doch Georgs Sprache, so nannte er sie immer in glücklichen Stunden. Ihr Herz schlug bis zum Halse herauf. Dann tastete sie nach der rechten Hand des Mannes und wußte nun ganz genau, daß ein Trugbild sie genarrt hatte, und daß es Georg war, denn sie fühlte die Narbe an seinem Handballen, die von einer Wunde im Frühjahr zurückgeblieben war.

Nie vorher in ihrem Leben hatte sie geglaubt, so tief gesunken zu sein wie in dieser Minute. Es war wie ein Sog, der sie immer weiter hinunterriß in einen dunklen Wirbel. War es denn nicht Sünde, so maßlos davon enttäuscht zu sein, daß nicht Heinrich, der Schwager, vor ihr stand, sondern Georg, ihr Mann, der angeklagt war, seinen Vater erschossen zu haben? Sie wußte nicht mehr, wie sie sich das alles zusammenreimen sollte, und ließ kraftlos seine Hand aus der ihren gleiten. Endlich, es schien ihr eine halbe Ewigkeit, konnte sie fragen:

„Wo kommst du her, Georg?"

„Direkt aus dem vergitterten Haus. Komm mit in die Stube, dann werde ich dir alles erzählen."

Dort aber konnte er zunächst gar nichts reden, so überwältigte ihn das Glück, wieder hier zu sein. Er entledigte sich des Ulsters und sah sich in der Stube um, als wäre er nicht vier Wochen, sondern vier Jahre fortgewesen.

„Bleibst du jetzt hier, Georg?" fragte Barbara. Ihre Stimme klang wie zersprungenes Glas.

„Ja, ich werde hierbleiben. Das heißt — ein paar Tage muß ich mich noch verborgen halten, bis die Verhandlung stattgefunden hat."

„Ich verstehe das nicht, Georg."

„Nein, das kann man auch nicht verstehen. Aber es ist so, Barbara. Mein Bruder Heinrich opfert sich für mich und steht am Mittwoch an meiner Stelle vor den Richtern."

„Nein —!" Barbara schrie es heraus, als hätte sie einen Schlag empfangen.

„Doch, Barbara, es ist so. Er hätte etwas gutzumachen, sagte er. Ich weiß nicht, was."

Barbara zog die Schultern ein, wandte sich ab und zog die Gewichte der Uhr hoch, nur um etwas zu tun zu haben. Es ging ihr mit dem besten Willen nicht in den Sinn, wie Georg dieses Angebot hatte annehmen können.

Gerade als ob er geahnt hätte, was sie dachte, sagte er jetzt: „Ich wollte es zuerst nicht annehmen, aber du weißt nicht, wie Heinrich sein kann, wenn er etwas durchsetzen will. Ich mußte mich einfach seinem Willen fügen und mit ihm die Kleider wechseln."

„Ja", sagte Barbara tonlos. Und erst nach einer langen Weile: „Am nächsten Mittwoch ist die Verhandlung?"

„Ja, fünf Tage noch."

„Und wenn sie dann Heinrich verurteilen?"

Georg wich ihrem Blick aus.

„Wir haben auch darüber gesprochen, Barbara."

Sie ließ nicht locker. „Und wenn sie ihn verurteilen, Georg?"

„Dann — müßte ich eben als Heinrich neben dir weiterleben. So hat er mir gesagt."

„Als Heinrich neben mir weiterleben", klang es in Barbara schmerzhaft nach, und es war ihr, als hätte sie nie im Leben so grausame Worte vernommen.

Da hörte sie den Mann fragen: „Freut es dich denn nicht, Barbara, daß ich wieder da bin? Es kommt mir grad so vor, als wäre es dir nicht recht."

„Was dir nicht einfällt! Ich kann mich nur noch nicht in diese neue Situation hineinfinden." Mit müden Schritten kam sie auf ihn zu und reichte ihm die Hand. „Es geschieht nichts ohne den Willen des Schöpfers, hat mir der Pfarrer kürzlich gesagt. Und ich glaube daran, Georg. Und ich glaube auch, daß Heinrich einen Ausweg weiß, sonst wäre er dieses Risiko nicht eingegangen."

Da riß er sie in seine Arme und bedeckte ihren Mund mit Küssen.

„Wenn ich dich nicht hätte, Barbara! Nichts hat mich so zermürbt da drinnen wie das Heimweh nach dir und — den Kindern. Zeig mir die Kinder jetzt, Barbara. Morgen, bevor es Tag wird, bin ich wieder fort. Ich gehe in die alte Jagdhütte hinauf, bis der Mittwoch vorüber ist. Ich will alles genauso machen, wie Heinrich es befohlen hat."

„Ja, die Kinder", sagte sie und nahm ihn bei der Hand. So traten sie zuerst in die Kammer der Mädchen und dann an das Bett des Buben.

„Wie gut sie schlafen", sagte er ergriffen. „Ich wollte, ich könnte auch bald wieder einmal so ruhig und sorglos schlafen."

Barbara schwieg. Sie wunderte sich, wie langsam und

schwer er redete, als sei seine Zunge des Sprechens entwöhnt. Und als sie ihn so von der Seite her betrachtete, kam ein großes Erbarmen über sie. — —

Spät in der Nacht lagen sie noch wach. Draußen stöhnte der Wind um die Mauern des Hauses. Der lose Fensterladen schlug weiter gegen die Mauer, und diese Schläge taten Barbara auf einmal weh. Am liebsten wäre sie aufgestanden und hätte ihn sofort befestigt. Aber damit hätte sie ihre Hand zurückziehen müssen, die Georg genommen und auf sein Gesicht gelegt hatte, bevor er eingeschlafen war.

Und darüber wunderte sie sich nun, daß der Mann hier einschlafen konnte, wo der andere für ihn in die kalte Zelle gegangen war. Durch die Nacht gingen ihre Gedanken zu Heinrich, so stark, wie sie nie zuvor an ihn gedacht hatte. Vielleicht bereute es Heinrich jetzt in der ersten Nacht schon, daß er sich für dieses Opfer hergegeben hatte, denn Georg hatte ihr erzählt, daß das Lager dort in der Zelle hart und recht lieblos sei. — —

Längst bevor es Tag werden wollte, zog Barbara ihre Hand zurück. Aber Georg erwachte sofort davon und erschrak, als hätte man ihm etwas Schützendes von den Augen weggezogen.

„Was ist?“ fragte er.

„Tag will es werden, Georg. Es liegt nun bei dir, ob du dich hier verborgen halten willst oder droben in der Jagdhütte.“

„Nein, nein, nicht hier. Ich könnte doch jemandem in die Hände laufen.“

Er stand auf und suchte nach seinen eigenen Kleidern, weil die anderen, die er vor ein paar Stunden erst abgelegt hatte, Heinrichs Kleider waren. Dann fragte er:

„Fährst du selber hin, am Mittwoch zur Verhandlung?“

„Nein, Georg, das kann ich nicht. Thomas, unser Großknecht muß ja als Zeuge hin. Er wird mir dann Nachricht bringen, wie es ausgegangen ist.“

„Soll Thomas gegen mich aussagen?“

„Nein, er wird sagen, wie du wirklich zu Vater gestanden bist. Kein Mensch hier glaubt doch daran, daß du es gewesen bist. Was willst du alles mitnehmen, Georg?“

„Ich brauche nicht viel für die paar Tage.“

Drunten packte sie Brot, Fleisch und was ihr sonst gerade in die Hände kam, in den Rucksack. Dann begleitete sie ihn über den Hof hinaus, wo der Anstieg der Jährlingsweide begann.

„Ich komme ja nun bald wieder“, sagte er und suchte in der Dunkelheit nach ihrem Mund. Dann ging er schnell davon. Sofort verschwand seine Gestalt in Nebel und Dunkelheit. Seinen Schritt hörte man nicht auf dem weichen Boden; erst als er droben über das Gatter stieg, knarrte einmal ein Brett.

Barbara zog das Tuch enger um die Schultern und ging zum Hof zurück. Und weil sie immer ehrlich zu sich selbst gewesen war, gestand sie sich auch jetzt ganz offen, daß sie gestern und die anderen Tage vorher viel ruhiger gewesen war als jetzt. Jetzt graute ihr vor dem, was kommen mochte.

*

Der Raum des Schwurgerichtssaales konnte die Menschen nicht alle fassen, die gekommen waren, um an der Verhandlung teilzunehmen. Sämtliche größeren Zeitungen hatten ihre Presseberichter geschickt. Man versprach sich einen Sensationsprozeß.

Zur festgesetzten Minute betrat das Gericht den Saal, an der Spitze der Vorsitzende, Landgerichtsrat Doktor Gerber. Dann die beiden Beisitzer und die Geschworenen.

Auf der Zeugenbank sah man vor allem die Jagdgäste, die an jenem unglücklichen Tag an der Teibjagd teilgenommen hatten. Ferner einige der Treiber, den Dienstknecht Gabriel Weitlinger, den Großknecht Thomas Stübler und einige mehr.

Jetzt erschien der Staatsanwalt Doktor Bernstein und hinter ihm der Verteidiger Doktor Bäumler. Der Vorsitzende gab dem Gerichtsdiener ein Zeichen, und der Angeklagte wurde hereingeführt.

Eine Bewegung ging durch den Saal. In Breitbruck hatte man sich erzählt, daß Georg Rainer von der Untersuchungshaft völlig zermürbt und zusammengebrochen wäre. Der Mensch aber, der da hereingeführt wurde, machte absolut keinen gebrochenen Eindruck. Nur sein Gesicht war blaß. Aber er trug seinen Kopf hoch und schlug die Augen vor niemandem nieder. Einmal zuckte seine linke Augenbraue leicht hoch, als er Sabine unter den Zuhörern gewahrte. Nicht darüber erschrak er, daß sie hier war, sondern deshalb, weil vielleicht sie als einzige in diesem Saal ihn erkennen könnte. Im übrigen wußte er, daß Sabine seit Jahren mit einem Buchverleger verheiratet war.

Ein paar Reihen hinter Sabine erkannte er die Malerin Dagmar Lorenzen. Ihr schwarzes Haar war peinlich genau in der Mitte gescheitelt, und sie sah mit großen Augen zu ihm her.

Dr. Bäumler beugte sich über die Brüstung der Anklagebank und sprach leise auf Heinrich ein, daß er ruhig und gefaßt sein solle. Heinrich wandte ihm das Gesicht zu und nickte.

Nachdem der Vorsitzende die Verhandlung eröffnet

hatte, die Zeugen aufgerufen, zur Wahrheit ermahnt und dann aus dem Saal gewiesen worden waren, begann die Vernehmung des Angeklagten.

„Sie heißen Georg Rainer?"

Die erste Lüge kam aus Heinrichs Mund, als er mit einem Ja bestätigte, daß er Georg Rainer sei.

„Sie sind geboren am 28. Mai 19.. zu Roßgotten, Gemeinde Breitbruck."

„Ja", antwortete Heinrich froh und hell, weil er diesmal nicht zu lügen brauchte.

„Sie sind verheiratet mit Barbara Rainer, geborene Ponkraz, haben vier Kinder und waren am Hof Ihres Vaters beschäftigt."

Heinrichs Herz sagte zu diesen Fragen nein, sein Mund aber sprach ja.

„So, und nun erzählen Sie einmal dem Gericht, wie sich das am zweiten Oktober abgespielt hat."

Heinrich hatte sich in den letzten Tagen konzentriert gerade auf dieses Kapitel vorbereitet und sprach daher fließend, mit klarer Stimme, so daß der Verteidiger ein paarmal verwundert auf ihn hersah und wohl denken mochte, woher sein Klient auf einmal diese Ruhe hatte. Vor allem wunderte er sich über die klare und sachliche Formulierung, mit der der Angeklagte den Hergang in logischer Folgerichtigkeit schilderte. Der Vorsitzende unterbrach ihn mit keinem Wort, spielte wie gelangweilt mit seinem Bleistift, obwohl er genau auf jedes Wort hörte. Erst als Heinrich schwieg, hob er langsam den Kopf.

„Angeklagter! Das Verhältnis zwischen Ihnen und Ihrem Vater war ein gespanntes. Sie haßten Ihren Vater?"

„Nein, ich achtete meinen Vater."

„Aber es kam doch seit Ihrer Verheiratung öfter zu Streitigkeiten zwischen Ihnen und dem Toten."

„Es gab Meinungsverschiedenheiten, wie sie überall einmal vorkommen. Sie waren ganz unwesentlich."

„So unwesentlich", warf jetzt der Staatsanwalt ein und betrachtete dabei seine Fingernägel, „daß Sie ihm schließlich eine Kugel in den Rücken jagten."

Da sprang Rechtsanwalt Bäumler erregt auf. „Ich muß diesen Vorgriff in die Verhandlungsweise auf das schärfste zurückweisen!"

Wie in leichtem Staunen hob der Staatsanwalt die schweren Lider und antwortete mit Kälte:

„Der Herr Verteidiger scheint nicht zu wissen, um was es hier geht."

„Doch, sehr gut. Sonst stünde ich nicht hier. Die Verhandlung muß erst beweisen, ob mein Klient tatsächlich den tödlichen Schuß abgab. Aber mit Einwürfen solcher Art will man offenbar den Angeklagten verwirren. Ich nenne das illoyal —"

Der Vorsitzende hob beschwichtigend die Hand. „Herr Verteidiger, ich muß Sie ersuchen, sich etwas gewählter auszudrücken."

„Die Wahl meiner Ausdrücke ist nur das Echo, das der Herr Staatsanwalt auszulösen beliebt."

Der Staatsanwalt lächelte sauer. „Es gibt auch Schüsse, die kein Echo auslösen."

Dr. Bäumler öffnete schon den Mund zu einer sarkastischen Entgegnung, unterließ es aber dann und vertiefte sich in seine Akten, weil er aus Erfahrung wußte, daß solche Wortplänkeleien nur eine Abnützungstaktik des Staatsanwalts Bernstein waren.

Der Vorsitzende stellte jetzt eine Frage. Und diese Frage irritierte Heinrich für den Zeitraum von zwei Sekunden.

„Ihr Bruder ist doch der bekannte Strafverteidiger Doktor Rainer?"

„Ja, allerdings."

„Das Gericht ist nun der Ansicht, daß Sie von Ihrem Bruder dahingehend inspiriert wurden, dem Gericht nur das zu sagen und zuzugeben, was es sich auf Grund der Indizien selber bereits zusammengetragen hat."

„Das ist eine Gemeinheit!"

Der Vorsitzende schlug heftig mit der Hand auf den Tisch. „Angeklagter, ich verbitte mir diese Beleidigung!"

„Und ich kann Ihnen versichern, daß ich überhaupt auf gar nichts antworten werde, wenn die Verhandlung in diesem Sinn weitergeführt wird."

„Dafür würden Sie nur selbst die Verantwortung zu tragen haben und brauchten sich dann über das Strafmaß nicht zu wundern. Das Gericht ist dazu da, die Wahrheit zu erforschen."

„Ich wehre mich aber dagegen, daß mein Bruder in eine Sache hereingezogen wird, mit der er nichts zu tun hat. Der Wahrheit nahezukommen, hat sich übrigens der Herr Untersuchungsrichter schon reichlich Mühe gegeben. Nach meinem Dafürhalten hat das heutige Gericht lediglich die Aufgabe, mich schuldig zu finden oder freizusprechen."

„Sie sind ja ausgezeichnet orientiert", sagte der Staatsanwalt spitz.

Heinrich hielt es für besser, darauf nichts zu erwidern, obwohl er bereits nahe daran war, eine seiner scharfgeschliffenen Reden vom Stapel zu lassen. So fand der Vorsitzende endlich Gelegenheit, in der Verhandlung fortzufahren.

„Sie gaben vorhin zu, mit Ihrem Vater Meinungsverschiedenheiten gehabt zu haben. Welcher Art waren denn diese Meinungsverschiedenheiten?"

Heinrich zog sich nun wieder ganz in sich selbst zurück, wie eine Schnecke ins Schneckenhaus, wenn Gefahr drohte. Er war nicht mehr der scharfe Dialektiker Heinrich Rainer, sondern der Bauernsohn Georg Rainer, dem die Rede nur schwerfällig über die Lippen kam.

„Ich wollte haben, daß mir der Vater den Hof überschreiben ließ, nachdem ich — geheiratet hatte. Ich glaube, dieses Verlangen wäre nicht so unbillig gewesen. Ich war schon sechs Jahre verheiratet, es waren bereits vier Kinder da, und andere Jungbauern meines Alters hatten längst den Hof übernommen."

„War Ihr Vater vielleicht mit der Wahl Ihrer Frau nicht einverstanden? Mir sind Fälle bekannt —"

„Das hatte mit meiner Frau gar nichts zu tun."

„Ich muß Sie ersuchen, mich nicht mehr zu unterbrechen, Angeklagter. Was mag nach Ihrer Ansicht der Grund gewesen sein, daß Ihr Vater von einer Hofübergabe nichts wissen wollte?"

„Mein Vater wollte noch nicht zu den Alten zählen. Es war dies eine seiner Eigenarten, seiner wunderbaren Eigenarten, um derentwillen ich ihn eher achten als hassen mußte."

„Welche Nachteile wären Ihrem Vater entstanden, wenn er Ihnen den Hof hätte verschreiben lassen?"

„Gar keine Nachteile, weil ja alles gesetzlich vor dem Notar festgelegt wird."

„Das Gnadenbrot hält sich an keine schriftlichen Vereinbarungen", warf der Staatsanwalt gelassen ein.

„Gnadenbrot hätte mein Vater niemals zu essen brauchen", antwortete Heinrich. „Mein Vater war der Bauer Gregor Rainer zu Roßgotten."

„Was wollen Sie damit sagen?"

„Daß ein Bauer zu Roßgotten seinen Lebensabend ruhig und sorglos in jeder Hinsicht genießen kann, weil der jeweilige Nachkomme sich mit seinem Wort dafür verpfändet. Und dieses Wort hat die gleiche Gültigkeit wie das niedergeschriebene Gesetz, das Ihnen, Herr Staatsanwalt, die zustehende Pension sichert."

Im Zuhörerraum entstand Unruhe. Beifälliges Gemurmel brach durch und übertönte die Glocke des Vorsitzenden.

Der Staatsanwalt aber sprang zornrot auf. „Das ist doch unerhört!"

Dann setzte er sich hastig nieder, beugte sich über seine Akten und kritzelte mit dem Bleistift ein paar Bemerkungen an den Rand der Akte, etwa: „Das freche und arrogante Benehmen des Angeklagten beweist dem Gericht zur Genüge, daß man es hier mit einem sittlich verdorbenen und kaltschnäuzigen Menschen zu tun hat."

Ja, so ähnlich wollte er in seinem Schlußwort sagen. Auf alle Fälle wollte er diesem frechen Bauernlümmel eine gehörige Lektion erteilen.

Der Vorsitzende hatte sich mit der Glocke wieder Ruhe verschafft.

„Angeklagter, Sie sollen einmal geäußert haben, daß es ein Unglück gäbe, wenn Ihr Vater Sie weiterhin drangsalierte."

„Ja, das ist richtig. Ich gebe zu, daß ich mich ungeschickt ausgedrückt habe. Es war ja auch mehr eine Redensart als eine Drohung."

„Dann war auch die Äußerung ‚Ich mache ihm den Garaus, wenn es nicht bald anders wird' nur so eine Redensart ohne Drohung?"

„Das habe ich nie im Leben gesagt."

„Ein Zeuge wird aber bekunden, daß Sie sich so, und zwar wörtlich genau so, geäußert haben."

„Wenn der Zeuge das Risiko eines Meineids auf sich nimmt, kann ich es nicht ändern. Fest steht auf alle Fälle, daß das Verhältnis zwischen mir und meinem

Vater gerade im letzten halben Jahr von einer Herzlichkeit war wie nie zuvor."

„Das wird erst nachzuprüfen sein. — Nach Ihrer Schilderung und auch nach Zeugenaussagen waren Sie heuer zum erstenmal bei der Treibjagd als Schütze eingeteilt. Wie lange vorher haben Sie das schon gewußt?"

„Mein Vater sagte es mir drei oder vier Tage vorher, und ich bewertete es als einen besonderen Vertrauensbeweis."

„Die Plätze wurden erst kurz vor Beginn des Jagens verteilt. Sie wußten natürlich schon, wohin Ihr Vater Sie stellen würde?"

„Nein, das wußte ich nicht."

„Sie hatten also bei der Koglscharte Ihren Stand."

„Beim ersten Jagen, ja."

„Warum beim zweiten nicht mehr?"

„Weil mein Vater wechseln wollte."

„Haben Sie ihn dazu überredet?"

Heinrich lächelte wehmütig. „Diese Frage konnte nur gestellt werden, weil der Herr Vorsitzende meinen Vater nicht kannte. Mein Vater ließ sich von niemandem überreden."

„Sie haben beim zweiten Jagen — als Sie also beim Waxenstein angesessen sind — auf einen Rehbock geschossen und haben ihn verfehlt. Sind Sie ein so schlechter Schütze?"

„Im allgemeinen nicht."

„Mit Worten schießt er besser", zischelte der Staatsanwalt.

„Danke, Herr Staatsanwalt. Vom Untersuchungsrichter wurde mir allerdings die ganze Zeit über gesagt, daß ich zu verschlossen und zu wortkarg sei. Wenn ich mich bei der Verhandlung auch so benähme, wäre es mir ein großer Nachteil. Wie man's macht, ist es falsch."

Der Staatsanwalt biß sich auf die Lippen. So etwas von Schlagfertigkeit bei einem Angeklagten war ihm in seiner ganzen Praxis noch nicht vorgekommen. Er schaute wieder in die Akten.

Der Vorsitzende räusperte sich und fragte jetzt mit erhobener Stimme: „Sie haben angegeben, keinen zweiten Schuß bei diesem Jagen abgegeben zu haben. Wer könnte dann nach Ihrer Meinung den zweiten Schuß bei der Koglscharte abgegeben haben?"

„Natürlich der Mörder."

„Ausgezeichnet!" warf der Staatsanwalt ein und schmunzelte.

Da sagte Doktor Bäumler, der Verteidiger, scharf: „Herr Staatsanwalt, man lacht nicht, wenn es um ein Menschenleben geht!"

Wütend warf der Staatsanwalt seinen Bleistift auf den Tisch. „Herr Verteidiger, ich verbitte mir Ihre Anzüglichkeiten! Übrigens — ich habe nicht gelacht."

„Sehr richtig — nur geschmunzelt, was im Prinzip so ziemlich das gleiche ist."

Ungeduldig wehrte der Vorsitzende: „Aber — meine Herren!"

Nun war es fast so, als lächle der Angeklagte. Der Vorsitzende starrte ihn betroffen an und fragte dann: „Und wer könnte nach Ihrer Vermutung der Mörder sein? Etwa einer der übrigen Jagdteilnehmer?"

„Nein, ausgeschlossen."

„Ich meine — aus Unvorsichtigkeit."

„Selbst das ist vollständig ausgeschlossen. Mein Vater wurde von hinten her erschossen, also von nördlicher Richtung. Die übrigen Schützen standen aber westlich, östlich und südlich — und zwar ziemlich weit von der Koglscharte weg."

„Nur Sie waren in unmittelbarer Nähe."

„Wenn man eine Entfernung von einem Kilometer unmittelbar nennen kann, dann ja. Der zweite Schuß fiel — wie ja auch die anderen Jagdteilnehmer bekunden können — direkt nach dem meinen. Selbst wenn ich Flügel hätte, wäre es unmöglich gewesen, innerhalb zwei Minuten vom Waxenstein zur Koglscharte zu kommen."

Der Staatsanwalt reckte sich auf und sagte mit beißender Schärfe: „Vorausgesetzt, daß Sie Ihren ersten Schuß nicht schon in der Nähe der Koglscharte abgegeben haben."

„Das soll also heißen, ich hätte mich schon früher von meinem Stand am Waxenstein wegbegeben, um in den Hinterhalt in der Nähe meines Vaters zu kommen."

„Ja, genau das könnte es heißen. Andernfalls liegt auch die Vermutung recht nahe, daß Sie sich der Einfachheit halber gar nicht erst zum Waxenstein bemühten, als Ihnen Ihr Vater den Wechsel der Plätze vorschlug."

„Ach so." Über Heinrichs Stirn glitt eine dunkle Röte. „Ich habe den Eindruck, daß man mir nicht glauben will. Dann ist es eigentlich zwecklos, wenn ich mich weiter um meine Rechtfertigung bemühe."

„Bemühen Sie sich ganz ungeniert", meinte der Staatsanwalt. „Ob es etwas hilft, steht auf einem anderen Blatt."

„Ihr Vater wurde von hinten her erschossen. Das Geschoß hatte das gleiche Kaliber, wie Sie es bei dieser Jagd benützten." Der Vorsitzende nahm ein kleines Geschoß vom Tisch und hob es als Corpus delicti ans Licht. „Wie erklären Sie sich das, Angeklagter?"

„Daß der Mörder eben das gleiche Kaliber benützte."

„Das müßte mehr als Zufall sein. Haben Sie jemanden im Verdacht?"

„Nein."

Der Vorsitzende schloß seinen Aktendeckel und blickte zum Staatsanwalt hinüber. Doktor Bernstein nickte gelangweilt. Der Vorsitzende gab bekannt, daß die Vernehmung des Angeklagten damit beendet sei und man in die Beweisaufnahme treten wolle.

Heinrich wandte das Gesicht über die Schulter zu seinem Rechtsbeistand. Der nickte ihm zu.

„Die Sache steht gar nicht mehr so schlecht. Aber lassen Sie sich durch die Äußerungen des Staatsanwalts zu nichts Unüberlegtem hinreißen."

„Ich darf sowieso jetzt nichts mehr sagen. Jetzt haben die Zeugen das Wort, und ich kann versichern, daß ich wirklich sehr neugierig bin."

Zunächst trat der Tierarzt Doktor Geibl in den Zeugenstand. Nach Erledigung der üblichen Formalitäten wurde an ihn die Frage gerichtet:

„Ist Ihnen an diesem besagten Morgen irgend etwas aufgefallen? Etwa, daß der Angeklagte erregt war, oder daß zwischen ihm und dem Ermordeten eine Verstimmung herrschte?"

„Nein, nicht im geringsten."

„Sie haben die beiden Schüsse fallen hören?"

„Natürlich."

„Wie groß war nach Ihrer Schätzung der Zeitraum zwischen dem ersten und dem zweiten Schuß?"

„Im allerhöchsten Fall zwei Minuten."

„Wo fiel nach Ihrer Meinung der erste Schuß?"

„Am Waxenstein."

„Und der zweite?"

„Bei der Koglscharte."

„Kann der zweite Schuß nicht auch schon unmittelbar bei der Koglscharte abgegeben worden sein?"

„Das ist ganz ausgeschlossen."

„Können Sie das so ganz bestimmt behaupten?"

Der Tierarzt sah den Fragenden fast vorwurfsvoll an. „Herr Vorsitzender, ich bin seit mehr als zwanzig Jahren Jäger und kann genau unterscheiden, wo ein Schuß fällt."

Der Staatsanwalt räusperte sich. „Kann es nicht möglich sein, daß auch ein passionierter Jäger sich einmal darüber täuscht, in welcher Richtung ein Schuß fällt?"

Der Zeuge: „Ich nehme an, daß sich unter den Herren Geschworenen sicher ein Jäger befindet, der über diese Frage Aufklärung geben kann."

Doktor Bäumler war jetzt ganz in seinem Element. „Ich stelle fest, daß durch die Aussage dieses glaubwürdigen Zeugen erwiesen ist, daß der Schuß an der Koglscharte von keinem Jagdteilnehmer abgegeben worden sein kann."

Der Staatsanwalt: „Erwiesen ist gar nichts. Jeder Mensch kann sich irren, warum der Herr Zeuge nicht?"

Der Vorsitzende wartete ein Weilchen und fragte dann: „Hat noch jemand eine Frage an den Zeugen? Wenn nicht, dann der nächste Zeuge Höhenthaler."

So traten nacheinander alle Jagdteilnehmer in den Zeugenstand. Es wurde viel leeres Stroh gedroschen, und Heinrich hatte dabei Zeit und Muße, sich im Zuhörerraum umzusehen. Er suchte nicht Sabines Blick, nur im Vorbeischauen sah er sie an und stellte fest, daß sie immer noch eine berückend schöne Frau war. Sonst sah er manchen Bekannten aus seinem Heimatort, erinnerte sich dabei an dies und jenes und nickte beinahe befriedigt vor sich hin, als der Vorsitzende die Verhandlung für die Mittagspause aussetzte und bekanntgab, daß um zwei Uhr mit der Zeugenvernehmung fortgefahren werde. — —

Der nächste Zeuge nach der Mittagspause war der Großknecht Thomas Weindl. Mit seiner schon etwas dünnen, brüchigen Stimme gab er an, daß er jetzt dreißig Jahre auf Roßgotten bedienstet sei.

Der Vorsitzende: „Dann kennen Sie ja den Angeklagten ganz genau?"

Thomas drehte den weißhaarigen Schädel in die Richtung der Anklagebank. Heinrich lächelte ihm wehmütig zu. Dieser gute Alte, was würde man jetzt alles aus ihm herausfragen!

„Ja, schon von der ersten Stund' an", sagte Thomas.

„Wie war der Angeklagte in seiner Jugend?"

„Er war immer ein guter und stiller Bub. Im Gegensatz zum Heinrich. Dersell, Herr Oberrichter, dersell hat den Teufel im Leib gehabt. Nichts war dem zu dumm. Da muß ich gleich ein Stückl erzähln, vom Heinrich. Da haben wir einmal eine Stallmagd gehabt, und der kleine Tropf — wissen's, Herr Oberregierungsrichter —"

Der Vorsitzende winkte mit der Hand ab. „Das interessiert uns absolut nicht, was dieser Heinrich getan oder nicht getan hat. Hier geht es um den Georg Rainer, der als Angeklagter vor Gericht steht. Bleiben Sie also bei der Sache."

„Na ja, ich hab mir halt denkt, das könnte Ihnen interessieren, wie der Heinrich der Veronika den Igel ins Bett hineingelegt hat."

Im Zuhörerraum hub ein Raunen und Kichern an. Selbst die Richter mußten schmunzeln. Nur der Staatsanwalt zog finster die Brauen zusammen. Heinrich aber hatte das Gefühl, als müsse er jetzt aus der Anklagebank treten und dem guten Alten um den Hals fallen.

Nach einer Weile stellte der Vorsitzende weitere Fragen.

„Wie war das Verhältnis zwischen dem Angeklagten und dem Ermordeten?"

„Gut. Nur gut. Ja, da fehlt schon gar nichts."

„So? Haben die beiden denn nie gestritten?"

„Gestritten? Na, wissen Sie, Herr hoher Gerichtshof, wenn sich einmal zwei die Meinung ein bißl sagen, das ist doch noch lange nicht gestritten. Und auf einem Bauernhof, da gibt es halt oft zweierlei Meinungen."

„Das wird nicht nur allein auf einem Bauernhof so sein, Herr Zeuge. Was könnte denn der Angeklagte nach Ihrer Ansicht gemeint haben, wenn er sich äußerte, daß es ein Unglück gäbe, wenn ihn sein Vater weiterhin drangsaliere?"

„Das hat er ja gar nicht gesagt."

„Der Angeklagte gibt selber zu, daß er diese Äußerung gemacht hat."

Der Alte drehte das Gesicht wieder zu Heinrich hin und schüttelte vorwurfsvoll den Kopf.

„Wie kannst denn bloß so dumm sein, Georg!"

„Zeuge, unterlassen Sie jede Verständigung mit dem Angeklagten!" schrie der Staatsanwalt. „Wahrscheinlich hat Ihnen Ihre Bäuerin aufgetragen, daß Sie von nichts etwas wissen sollen."

Thomas sah den Staatsanwalt beleidigt an. Er war noch nie vor Gericht gewesen und sah das Ganze an wie eine Versammlung, in der man sich ungehindert zur Diskussion melden durfte.

„Schrein S' mich doch nicht so an! Ich hör' noch ganz gut. Die Augen lassen nach bei mir, aber hören tue ich noch gut."

„Herr Zeuge, besinnen Sie sich, daß Sie sich in einem Gerichtssaal befinden und nich in einer Bierkneipe", sagte der Vorsitzende in durchaus ruhigem Ton.

„Ist ja wahr auch, wenn mich der da gleich so anschreit."

„Wen meinen Sie denn mit dem ‚der'?"

„Na, den Herrn dort, mit der Glatzen. Ich weiß ja nicht, wer er ist. Aber anschrein laß ich mich schon gleich gar nicht."

Der Staatsanwalt blieb wider Erwarten ruhig, so daß der Vorsitzende fragen konnte: „Herr Verteidiger, haben Sie noch eine Frage an den Zeugen?"

„Ja", antwortete Doktor Bäumler. „Herr Zeuge, halten Sie den Angeklagten für fähig, daß er die Tat begangen haben könnte?"

„Wo denken Sie denn hin? Der Georg — und seinen Vater erschießen? Eher könnte der Himmel einfallen. Der Georg hat nicht einmal eine Fliege erschlagen können."

„Gut. Eine andere Frage. Hätte nach Ihrer Ansicht der Angeklagte auch andere Möglichkeiten gehabt, seinem Vater ein Leid anzutun, oder glauben Sie, daß er damit nur auf den Tag der Treibjagd gewartet hat?"

„Das hat er gar nicht wissen können, daß er heuer als Schütze eingeteilt wird. Er hat sonst immer die Treiberkette angeführt."

„Sehr richtig. Und eine andere Möglichkeit — hätte er also auch andere Möglichkeiten gehabt?"

„O ja, die gäbe es schon."

„Zum Beispiel?"

Der Alte besann sich eine Weile.

„Er hätte ihm Arsenik ins Essen tun können."

„Was soll denn diese Art von Fragestellung?" erboste sich der Staatsanwalt. „Das gehört doch nicht zur Sache."

„O ja, das gehört durchaus zur Sache. Im übrigen habe ich keine Frage mehr an den Zeugen. Nach den klaren und überzeugenden Bekundungen der vorhergehenden Zeugen dürfte ein Weiterverhandeln überflüssig sein. Ich beantrage daher, von weiteren Beweiserhebungen abzusehen."

„Das kann ich mir denken", lachte der Staatsanwalt spöttisch. „Die Vernehmung der noch ausstehenden Zeugen paßt wahrscheinlich nicht in Ihr Schema. Ich beantrage aber, die Beweisaufnahme fortzusetzen und, wenn nötig, die Verhandlung auf einen andern Termin zu vertagen."

Doktor Bäumler lächelte amüsiert. „Ich habe kein Schema, Herr Staatsanwalt, sondern nur eine ganz klare Linie."

„Ich auch."

Die nächsten Zeugen waren die Großmagd vom Rainerhof, Katharina Holzner, und der Pfarrer von Breitbruck. Erstere hatte überhaupt nichts zu bekunden. Der Pfarrer aber schilderte den Angeklagten, so wie er ihn von früher Jugend auf kannte. Seine eindringlichen, fast beschwörenden Worte blieben auf das Gericht nicht ohne Wirkung. Zum Schluß sagte er:

„Ich bitte das Hohe Gericht, zu bedenken, daß ein Mensch mit solch sittlichen und moralischen Grundsätzen niemals ein Mörder sein kann. Der Schein mag gegen ihn sprechen. Mir aber ist, als sähe ich in sein Herz hinein. Und dort ist alles rein und ohne Schuld."

Der Vorsitzende schaute zuerst auf den Staatsanwalt, dann auf den Rechtsanwalt. Jeder schüttelte verneinend den Kopf.

„Der Zeuge Gabriel Weitlinger!"

Die Zuhörer waren von der langen Verhandlungsdauer schon etwas ermüdet. Die großen, aufregenden Momente einer Schwurgerichtsverhandlung waren ausgeblieben. Ein Teil der Leute hatte den Saal schon verlassen. Auch Sabine war kurz hinausgegangen, um eine Zigarette rauchen zu können. Jetzt kam sie wieder herein. Die Malerin Dagmar Lorenzen hatte die Beine übereinandergelegt und verzehrte mit Andacht ein Butterbrötchen.

Auch den Geschworenen am Richtertisch wurde es schon langweilig. Dem Gemüsehändler Kapler fielen immer wieder die Äuglein zu, und sein Nachbar, der Juwelier Horn, mußte ihn von Zeit zu Zeit mit dem Ellbogen sanft gegen die Rippen stoßen.

Da trat der Zeuge Gabriel Weitlinger auf. Er brachte so etwas wie einen frischen Wind mit herein. Gekleidet mit einem Lodenanzug von mausgrauer Farbe, stand er breitschultrig und gedrungen vor dem Richtertisch.

„Sie heißen Gabriel Weitlinger", begann der Vorsitzende, „sind achtundzwanzig Jahre alt und waren bei dem Bauern Rainer zu Roßgotten bedienstet."

„Freilich, freilich."

„Ja oder nein genügt. Kennen Sie den Angeklagten?"

Gabriel drehte das Gesicht ein wenig. „Ja — es ist der Georg Rainer."

„Wie lange waren Sie beim Rainer bedienstet?"

„Zwei Jahre und zwei Monate."

„Sie sind also dann unterm Jahr fort. Das ist meines Wissens sonst nicht üblich auf einem Bauernhof."

„Ich bin nicht selber fort. Der Alte hat mich weggeschickt."

„Warum?"

„Weil ich — zum Georg gehalten habe."

Der Vorsitzende gab dem Gerichtsdiener einen Wink

und wandte sich wieder an den Zeugen: „Sie werden jetzt vereidigt. Ich mache Sie darauf aufmerksam, daß Sie nur die reine Wahrheit sagen. Heben Sie die rechte Hand hoch und sprechen Sie mir nach: Ich schwöre bei Gott dem Allmächtigen —"

Nach Ablegung der Eidesformel war es im Saal ganz still. Dann räusperte sich der Vorsitzende.

„Sie waren also — wenn ich so sagen darf — mit dem Angeklagten gut befreundet?"

„Wir sind gut miteinander ausgekommen."

„Halten Sie den Angeklagten einer so furchtbaren Tat für fähig?"

Gabriel wurde einen Moment unsicher, hob die Schultern und ließ sie wieder sinken. „Ich — weiß nicht — wie ich sagen soll."

„Sie sollen bloß ja oder nein sagen."

„Da muß ich ja sagen und muß auch wieder nein sagen."

Rechtsanwalt Bäumler machte sich hastig ein paar Notizen, während der Vorsitzende weiterfragte:

„Der Angeklagte hat sich Ihnen gegenüber einmal geäußert, daß er seinem Vater den Garaus machen werde, wenn es nicht bald anders würde."

„Ja."

„Was sollte nach Ihrer Auffassung anders werden?"

„Na, ja, daß ihm halt der Alte den Hof übergibt, daß er Bauer sein kann und daß ihm der Alte nicht überall dreinredet. Er war ja nichts anderes als ein besserer Knecht, der Georg. Ich habe es ihm nie übelgenommen, wenn er deshalb zornig war."

Der Verteidiger beugte sich ein wenig vor. „Zu welchem Zeitpunkt und bei welcher Gelegenheit hat sich der Angeklagte in diesem Sinn geäußert?"

Gabriel schaute von der Seite her in das Gesicht des Verteidigers, als fühle er, daß ihm von dorther Gefahr drohe. „Das kann ich doch heute nicht mehr wissen."

„Eine merkwürdige Ausrede. Wenn mir gegenüber jemand eine solch schwerwiegende Äußerung machen würde, ich wüßte das auch nach Jahren noch ganz genau. Sie müssen sich doch erinnern können, bei welcher Gelegenheit der Angeklagte dies gesagt haben soll."

„Wir sind im Obstgarten gestanden, da hat er es gesagt."

„Aus welchem Anlaß? Hatte er kurz zuvor Streit mit seinem Vater?"

„Das kann schon sein."

„Herr Zeuge, ich ersuche Sie dringend, anständige Antworten zu geben."

Der Staatsanwalt: „Herr Verteidiger, Sie werden doch von einem einfachen Menschen nicht verlangen können, daß er sich nach Jahren noch genau an Stunde und Minute erinnert, wann irgend einmal etwas gesagt worden ist."

Scharf wie ein Schwerthieb kam die Antwort: „Herr Staatsanwalt, hier geht es um eine ganz entscheidende Frage. Es ist das einzige Belastungsmoment der bisherigen Verhandlung."

„Jawohl, bis auf die Kugel dort auf dem Tisch."

„Von der man nicht weiß, wer sie abgeschossen hat."

Der Vorsitzende hob den Kopf und rief: „Ruhe dahinten! Was ist denn das für ein Lärm?"

Es war weiter nichts, nur die Malerin Dagmar Lorenzen verließ den Saal und war dabei über die ausgestreckten Füße eines Zuhörers gestolpert.

Dann wandte sich der Vorsitzende wieder an den Zeugen. „Der Angeklagte bestreitet, diesen Ausspruch jemals getan zu haben."

„So, so, er bestreitet es. Ich kann doch so etwas nicht aus der Luft greifen."

„Das kann man ohne weiteres, wenn man es auch sonst mit der Wahrheit nicht ganz genau nimmt", meinte der Verteidiger.

„Waren Sie noch auf dem Roßgotterhof, als die Treibjagd stattfand?" fragte der Vorsitzende.

„Nein, schon lange nicht mehr."

„Haben Sie — —" Der Vorsitzende unterbrach sich, weil der Gerichtsdiener an ihn herantrat und ihm einen Zettel überreichte. Dann sah er seine Beisitzer an. „Es meldet sich eine Zeugin, die angeblich in der Sache etwas Wichtiges auszusagen hat."

Der Staatsanwalt fiel sofort ein: „Ich beantrage, die Vernehmung des Zeugen Weitlinger fortzusetzen."

„Und ich beantrage, die Zeugin sofort vorzuführen. Meine Herren Richter, der ganze Verlauf der heutigen Verhandlung zeigt, daß wir aus einem Sumpf psychologischer Irrtümer und juristisch unhaltbarer Fehlkombinationen nicht herauskommen. Es wäre sicher im Sinne aller, wenn endlich Licht in dieses Dunkel käme. Ich beantrage daher nochmals dringend, die Zeugin sofort vorzuführen", sagte Dr. Bäumler.

Dem Antrag wurde stattgegeben, und Dagmar Lorenzen wurde hereingeführt. Ihr schmales, energisches Gesicht war ganz ruhig. Mit sicheren Schritten trat sie an den Richtertisch. Im Saal wurde es lautlos still. Der Vorsitzende ließ vielleicht absichtlich eine kleine Pause entstehen, bis er sagte:

„Sie haben etwas Wichtiges zu sagen? Wie ist Ihr Name?"

„Dagmar Lorenzen."

Der Vorsitzende schaute überrascht auf.

„Die Malerin Lorenzen?"

„Ja."

„Sind Sie mit dem Angeklagten verwandt, verschwägert, oder sonst was?"

„Nein."

„Nun, was haben Sie dem Gericht zu sagen?"

Dagmar öffnete den oberen Knopf ihres Pelzmantels, weil ihr plötzlich ein wenig warm wurde. Dann sagte sie ruhig, indem sie mit der Hand auf den Zeugen Gabriel Weitlinger deutete: „Ich habe diesen Mann an dem bewußten Tag mit einem Gewehr aus dem Wald kommen sehen."

Ein Gemurmel ging durch den Saal, dann herrschte wieder lautlose Stille.

„Wann war das? Erinnern Sie sich bitte ganz genau!"

„Es war am zweiten Oktober dieses Jahres, etwa fünf Minuten nach elf Uhr."

Der Verteidiger sprang erregt auf. „Am zweiten Oktober etwa eine Viertelstunde vor elf Uhr fiel der verhängnisvolle zweite Schuß. Ich glaube, das Dunkel hellt sich."

„Wo sind Sie gewesen um diese Zeit?"

Dagmar holte etwas weiter aus und erzählte: „Ich war seit ein paar Monaten schon in jener Gegend, hatte mich im Murhäusl einquartiert und habe gemalt. Ich brauchte noch ein gutes Herbstlandschaftsmotiv und ging an jenem Morgen gegen neun Uhr über das Gatter zum Goldenen Grund und von dort auf die Rosenkuppe. Im Lauf des Vormittags hörte ich links von mir viel Schießerei und dachte mir, daß es sicher eine Treibjagd sei. Auf einmal hörte ich einen jagenden Schritt und sah unmittelbar darauf — diesen Mann unter den Bäumen auftauchen, sich vorsichtig umsehen und über die Blöße rennen."

„Er hatte ein Gewehr, sagten Sie?"

„Ja, ein Gewehr mit einem kurzen Lauf. Ich habe es ganz genau gesehen."

Gabriel wechselte die Farbe und blickte verstört vor sich hin.

„Und — täuschen Sie sich nicht? Sehen Sie sich den Zeugen nochmals genau an. War er es?"

Dagmar schaute Gabriel prüfend ins Gesicht. Er wich ihrem Blick aus und schaute zu Boden.

„Nein, ich täusche mich nicht. Ich habe ihn sofort wiedererkannt, als er vorhin hereingeführt wurde."

Der Vorsitzende hob seine Stimme. „Zeuge, was haben Sie darauf zu erwidern? Was ist Ihnen denn? Warum zittern Ihre Hände so?"

Gabriel riß sich zusammen. „Das ist nicht wahr. Ich war um diese Zeit gar nicht in der Gegend."

„So? Wo waren Sie denn?"

„In — Dingsda — in — Welkhofen."

„Waren Sie dort bedienstet?"

„Nein — nur so. Es hat mich ja keiner mehr genommen, auf das Zeugnis hin."

„Auf was für ein Zeugnis?"

„Das mir der Roßgotter ausgestellt hat."

„War es denn ein schlechtes Zeugnis?"

Gabriel verlor nun seine Fassung völlig, riß seine Brieftasche heraus und warf das Zeugnis auf den Richtertisch. Der Verteidiger beugte sich zum Angeklagten vor und sprach leise mit ihm. Dann lehnte er sich wieder zurück und rieb sich die Hände. Mittlerweile hatte der Vorsitzende das Zeugnis gelesen und reichte es dem Staatsanwalt hinüber.

Dann fragte er: „Auf Grund dieses Zeugnisses haben Sie Ihren ehemaligen Dienstherrn sicher gehaßt."

Gabriel schwieg verbissen.

„Zeugin Lorenzen, was haben Sie weiterhin noch gesehen? Wohin ging der Mann mit dem Gewehr?"

„Er verschwand in einem Heustadel und kam nach

kurzer Zeit ohne Gewehr wieder heraus. Dann verschwand er bergwärts."

Da stand der Verteidiger Dr. Bäumler ganz ruhig auf und sagte:

„Ich beantrage die sofortige Verhaftung des Zeugen Gabriel Weitlinger, wegen dringenden Verdachts, den Bauern Gregor Rainer zu Roßgotten erschossen zu haben."

Das Gericht gab dem Antrag statt. Ein Wachtmeister trat heran und legte Handschellen um Gabriels Handgelenke. Im Gerichtssaal entstand ein ungeheurer Tumult, in dem sich die Glocke des Vorsitzenden nur mit Mühe Ruhe verschaffen konnte.

Da erhob sich der Staatsanwalt nochmals und forderte mit sonorer Stimme: „Ich beantrage die Verhandlung zu vertagen und neue Ermittlungen anzustellen."

Das Gericht befürwortete nach kurzer Beratung den Antrag.

Langsam leerte sich der Schwurgerichtssaal. Es summte noch durch die Gänge wie ein Bienenschwarm. Dann schlossen sich die großen Tore des Hauses. Draußen auf den Straßen brannten schon die hohen Bogenlampen. Es schneite in dicken Flocken.

*

Zwei Tage später war Heinrich, alias Georg Rainer frei. Die Abendzeitung brachte mit großer Überschrift als Sensationsmeldung die Wendung im Mordprozeß Rainer.

„Der Angeklagte frei! Zeuge als Täter ermittelt! Eine dramatische Wendung trat im Mordfall Rainer ein. Der im Verhandlungssaal verhaftete Zeuge Gabriel Weitlinger legte vor dem Untersuchungsrichter ein umfassendes Geständnis ab. Demnach hatte er am 2.

Oktober dieses Jahres den tödlichen Schuß auf seinen früheren Dienstherrn Gregor Rainer abgegeben. Er gibt an, absichtlich ein Kaliber benützt zu haben, von dem er wußte, daß es auch der Sohn des Erschossenen zur Jagdausübung benützte. Damit wollte er den Verdacht von vornherein auf diesen lenken. Georg Rainer — übrigens ein Bruder des bekannten Strafverteidigers Heinrich Rainer — wurde sofort auf freien Fuß gesetzt.“

Sofort ist gut, dachte Heinrich. Er kam soeben aus dem Gefängnis, stand vor dem Aushängekasten der Redaktion und hatte gerade gelesen, daß er wieder frei sei.

Er trug nichts weiter als eine lange dunkle Hose und eine graue Trachtenjoppe, so eben, wie man damals Georg vom Hof fortgeholt hatte. Man hatte ihm auch ausgehändigt, was man Georg bei der Einlieferung abgenommen hatte: eine Taschenuhr mit silberner Kette, ein feststehendes Messer, aber leider kein Geld, weil Bauern werktags selten Geld bei sich tragen. Und das war im Augenblick das Fatale, denn er fror ordentlich und hätte gern irgendwo eine Tasse Kaffee getrunken, weil er nicht heimgehen wollte, bevor es dunkel war. So ging er zum Bahnhof, dachte an seinen Koffer, den er dort vor sieben Tagen eingestellt hatte, und konnte ihn nicht auslösen, weil der Gepäckschein in der Brieftasche war, die Georg aus dem Gefängnis mit hinausgetragen hatte.

Er trieb sich also zwischen Bahnhofshalle und Wartesaal herum, bis es dunkel wurde und die Bogenlampen aufleuchteten. Dann machte er sich auf den Weg zu seiner Wohnung, wartete, bis im Büro das Licht erlosch und Dr. Braun mit der Sekretärin aus dem Haus kam. Dann erst ging er über die Straße.

Ursula, die Haushälterin, öffnete auf sein Läuten und

erschrak sehr, als sie ihn sah. „Herr Doktor, wie sehen Sie aus?"

Er lächelte müde. Ursprünglich wollte er den Spaß machen, zu sagen, daß sie sich täusche und er der Bruder des Doktors sei, was ihm, ihrem zweifelnden Gesicht nach, sicher gelungen wäre. Aber er war wirklich zu müde und ausgefroren jetzt.

„Wie man eben in fremden Kleidern aussieht, Ursula. Komm, frag mich nichts jetzt, richte mir gleich ein Bad und frische Wäsche her. Und dann ein gutes Abendessen mit Wein. Ja, ja, schau mich nur nicht so ungläubig an — heute habe ich verschwenderische Gefühle." — —

Viel später dann, er hatte reichlich und gut gegessen und eine Flasche Wein getrunken, saß er im Wohnzimmer vor dem offenen Kamin und sah gedankenvoll dem Rauch seiner Zigarre nach. Er fragte sich, ob es sich gelohnt habe, sieben Tage lang ein fremdes Gesicht getragen zu haben. Fragte sich, ob Georg nicht auch ohne sein Dazutun frei geworden wäre. Natürlich wäre er das, und zwar durch das unverhoffte Auftreten dieser Dagmar Lorenzen. Er hatte Georg eigentlich nur die fürchterliche Angst und Aufregung vor der Schwurgerichtsverhandlung abgenommen, als er ihn frühzeitig wieder zu Barbara heimschickte.

In dieser Stunde hatte er zum erstenmal das Gefühl, daß er seine Schuld an Georg abgetragen hatte. Nach seinem Ermessen müßte es jetzt so sein, daß er vor Georg hintreten und sagen könnte: „Hör mal zu, Georg, ich habe dir einmal Barbara weggenommen, dafür bin ich nun für dich ins Gefängnis gegangen und habe die Verhandlung über mich ergehen lassen. Nun meine ich, könnten wir quitt sein."

Aber er würde weder das eine noch das andere

sagen. Was sieben Jahre lang mit Schweigen bedeckt gewesen war, brauchte auch jetzt nicht ins zwiespältige Licht eines Vergleiches gestellt zu werden, weil es sonst gerade so aussehen würde, als täte es ihm leid, einmal Barbaras Liebe genommen zu haben.

„Ach ja", sagte er und warf die halbaufgerauchte Zigarre ins offene Feuer. „Legen wir uns schlafen."

*

Am anderen Morgen saß er Punkt sieben Uhr schon im Büro. Nun war er wieder der Rechtsanwalt Doktor Heinrich Rainer, im tadellos sitzenden dunklen Anzug und mit sorgfältig gescheiteltem Haar. Er sah die Eingänge durch und seufzte über den Stoß von unerledigter Arbeit, die sich inzwischen angehäuft hatte. Aber innerlich freute er sich doch darüber, denn Arbeit und wieder Arbeit war die gesündeste Medizin, die es für einen Menschen geben konnte, der irgendwo in einem Winkel seines Herzens ein kleines Leid herumtrug.

Plötzlich erregte ein Schriftstück seine Aufmerksamkeit. Es war erst vor ein paar Tagen eingegangen, wie er am Stempel sah. Es handelte ich um eine Eifersuchtsszene, in deren Verlauf der Großkaufmann Kübler den Liebhaber seiner Frau im Streit erschlug und die Frau selbst schwer verletzte.

Obwohl Heinrich eigentlich noch gar nicht recht wußte, was es mit dem Fall auf sich hatte, machte er sich schon Notizen, blätterte im Strafrecht und bereitete im Geist schon ein Plädoyer vor.

Um acht Uhr kam die Sekretärin. „Oh, Herr Doktor? Sie sind von der Reise zurück?"

„Ja, heute nacht kam ich zurück." Er stand auf und reichte ihr eine Hand. „Wissen Sie über den Fall Kübler Bescheid, Fräulein Berger?"

„Ja, doch. Die Schwester des Herrn Kübler war hier und wollte Ihnen die Verteidigung übertragen. Doktor Braun bat sie, einen schriftlichen Bericht einzureichen, weil wir hofften, Sie kämen doch bald zurück, nachdem der Fall mit Ihrem Bruder so reibungslos —"

„Ja, das ist noch mal gutgegangen", antwortete Heinrich abwesend. Seine Gedanken waren bereits bei dem kommenden Prozeß. „Seien Sie doch so gut und rufen die Frau — wie ist doch gleich ihr Name?"

„Burghart. Die Frau des Direktors der chemischen Werke."

„Ach so, ja. Rufen Sie an, die Frau möchte morgen vormittag vorsprechen."

Doktor Braun erschien und war erfreut, den Chef wieder anzutreffen. Sie sprachen gemeinsam die Fälle durch, die inzwischen eingelaufen waren. Später diktierte Heinrich der Sekretärin in die Maschine, er war wieder ganz in seinem Fahrwasser. — —

Am Nachmittag fuhr er zu Dagmar Lorenzen hinaus. Er hatte das Bedürfnis, ihr zu danken.

„Ja, aber denken Sie nur", sagte sie, „ich könnte mir die Haare einzeln ausreißen, daß ich nicht eher auf die Idee kam, meine Wahrnehmung zu Protokoll zu geben. Ihr Bruder hätte dann nicht so lange in Haft bleiben müssen."

„Das ist ja nun vorbei. Ein Glück war nur, daß Sie wenigstens bei der Verhandlung noch rechtzeitig gesprochen haben."

„Als dieser Kerl hereinkam, fiel es mir wie Schuppen von den Augen. Übrigens war ich erstaunt, wie großartig sich Ihr Bruder bei der Verhandlung gehalten hat. Von dieser Seite kannte ich ihn nicht."

Heinrich nahm eine der dargebotenen Zigaretten und zündete sie an.

„Georg ist ein Schweiger aus Bequemlichkeit. Aber

wenn es darauf ankommt, stellt er seinen Mann. Was macht die Kunst, gnädiges Fräulein?"

„Danke, man ist zufrieden. Allerdings, ein Porträt wie das des Mädchens Barbara ist mir bisher nicht wieder gelungen. Darf ich mir die Frage erlauben, Herr Doktor, weshalb Sie damals auf das Bild so erpicht waren? Doch nicht wegen des künstlerischen Wertes allein?"

Er sah sie ruhig an, damit sie nicht zweifeln sollte.

„Doch, nur des künstlerischen Wertes wegen. Kommen Sie nächsten Sommer wieder hinaus?"

„Ich glaube ja, und ich hoffe auch Sie da draußen einmal zu treffen."

„Das glaube ich weniger." Er sah das Forschende in ihrem Blick und lächelte in ihre Augen hinein. „Ich habe wenig Zeit für Sommerfrische. Mein Beruf nimmt mich völlig in Anspruch."

„Ja, ich habe gehört, daß Sie ein vielgesuchter und berühmter Anwalt sind. Und doch — für Ihren Bruder konnten Sie gar nichts tun."

„Nein, leider konnte ich nichts für ihn tun. Aber es ist ja auch so noch gutgegangen, dank Ihrem rechtzeitigen Dazwischentreten."

„Denken Sie, daß er sonst verurteilt worden wäre?"

„Das glaube ich kaum. Möglicherweise wäre es zu einem Freispruch wegen Mangel an Beweisen gekommen. Und was das für einen Mann von Ehre bedeutet, können Sie vielleicht nachfühlen."

„Vollständig. Ach, ich bin ja so froh für Barbara, daß sich nun doch alles zum Guten gewendet hat!"

„Für Barbara, ja — Sie haben recht. Darf ich mich nun empfehlen? Haben Sie nochmals herzlichen Dank, und leben Sie wohl." — —

Langsam ging er in die Stadt zurück, betrachtete in

einem Buchladen die neuesten Bücher und fühlte plötzlich, daß jemand hinter ihm stand. Gemächlich wandte er sich um und zog den Hut.

„Oh, welch ein Zufall, gnädige Frau!"

„Ja, wirklich. Das kann man sagen — ein Zufall. Ein glücklicher Zufall?"

„Ich weiß nicht, gnädige Frau."

„Komm, laß doch diese Förmlichkeiten, Heinrich. Es gab einmal eine Zeit, in der wir uns etwas bedeuteten."

„Allerdings. Aber das ist schon lange her, Sabine. Darf ich hoffen, daß dich die Erinnerung daran nicht schmerzlich berührt?"

„Aber Heinrich, ich bin doch kein junges, dummes Ding mehr gewesen, das sich hinter dir her die Augen hätte ausweinen müssen."

„Sabine, das freut mich, oder — es beruhigt mich. Es geht dir doch gut, Sabine?"

„O ja, danke. Was hast du jetzt vor, Heinrich?"

„Eigentlich wollte ich zum Abendessen gehen. Wenn es dir nichts ausmacht, könntest du doch mitkommen."

„In den Ratskeller vielleicht."

„Meinetwegen, wenn du es absolut auf dieses Lokal abgesehen hast."

„Ja, weil in einer Stunde auch mein Mann dorthin kommt. Bis dahin, denke ich, könnten wir uns allerlei zu sagen haben." — —

Der Ratskeller war eines der gutbürgerlichen Lokale in der Innenstadt mit jener gemütlichen Atmosphäre, die den Besucher sofort mit anheimelnder Wärme empfängt. Die Wände waren mit sinnvollen Bildern bemalt und darunter herzhafte Sprüche, die davon zeugten, daß man hier auch vor vergessenen Jahrzehnten schon tüchtig zu zechen verstanden hatte.

Heinrich geleitete Sabine in eine gemütliche Ecke, nahm ihr den Mantel ab und schob ihr den Stuhl zurecht. Dabei hatte er das Gefühl, daß es wieder ganz so wie früher sei, nur daß Sabine heute einen Ehering trug. Jedenfalls saß er heute lieber und aufgeschlossener an ihrer Seite als in jenen Wochen vor dem Auseinandergehen.

Sabine nahm die Speisekarte. „Darf ich auch für dich aussuchen, Heinrich?“

„Bitte. Meinen Geschmack kennst du ja.“

Sie bestellte ungarisches Gulasch mit Knödeln, dazu einen kräftigen Rotwein.

„So — und nun wollen wir warten, Herr Schauspieler.“

„Bitte? Was meinst du?“

„Aber Heinrich! Glaubst du denn, ich hätte dich nicht sofort erkannt, als du zur Anklagebank geführt wurdest?“

Er erschrak ein wenig, fühlte aber sofort, daß es zwecklos war, zu leugnen. Er nahm die Weinkarte in die Hand und spielte damit.

„Woran hast du mich erkannt?“

„Erstens: als du mich so plötzlich gesehen hast, zucktest du mit der linken Braue. Das kann niemand so wie du. Und dann hast du einmal gelächelt, so auf eine ganz besondere Art. Dieses Lächeln kannte ich gut und trug es lange genug als Erinnerung an dich in mir herum.“

„Tatsächlich?“

„Komm, Heinrich, laß den Spott. Im übrigen — das will ich dir sagen, ich habe dich maßlos bewundert. Du standest völlig über der Sache. Hast du um den Clou gewußt, den diese Malerin als Schlußeffekt noch starten würde?“

„Nein, das habe ich nicht gewußt. Aber ich war ihr dankbar, weil es sonst höchstens zu einem Freispruch aus Mangel an Beweisen gereicht hätte.“

„Es war einfach heroisch, wie du dich für deinen Bruder eingesetzt hast. Das habe ich dir sehr hoch angerechnet, nachdem ich mich anfangs gewundert habe, warum du dies wohl getan hast. Hernach begriff ich aber, daß du so handeln mußtest. Es ging ja auch nur, weil ihr zwei einander so ähnlich seht."

Heinrich faßte plötzlich nach ihrer Hand. „Um Gottes willen, Sabine, es können mir die größten Unannehmlichkeiten erwachsen, wenn du etwa weitererzählen wolltest, was ich aus innerem Antrieb habe tun müssen!"

Ihre großen, dunklen Augen sahen ihn vorwurfsvoll an. „Heinrich, kennst du mich denn so wenig?"

„Ich danke dir, Sabine. Da kommt das Essen."

„Ich habe einen Mordshunger, Heinrich. Hoffentlich schmeckt es dir auch so wie mir. Dort drüben sitzt übrigens Staatsanwalt Bernstein."

„Wo?"

„Zweiter Tisch links von der Säule. Schau nicht hin, er sieht nämlich gerade her."

Darum wartete Heinrich eine kleine Weile, ließ sich das Gulasch schmecken und sah dann einmal ganz zwanglos hinüber. Jetzt verneigte sich der Staatsanwalt leicht, Heinrich tat es noch höflicher. Wer weiß, vielleicht war Bernstein im nächsten Prozeß wieder der Anklagevertreter und er der Verteidiger. Da würden sie einander wieder ein scharfes Wortgefecht liefern. Aber hier konnte man durchaus höflich zueinander sein.

Das Geschirr wurde abgeräumt. Sabine hob ihr Glas und stieß mit Heinrich an. „So, Heini, und nun sei einmal ganz, ganz ehrlich, wenn ich dich etwas frage."

„Wenn es geht, gern."

„Sag einmal, Heinrich, was war denn damals, daß

du die Trennung von mir suchtest? Das kann doch nicht so ganz von ungefähr gekommen sein."

„Du meinst — weil überhaupt nichts im Leben von ungefähr kommt?"

„Nicht deswegen allein. Aber ich stellte damals einen Bruch in deinem Wesen fest. Du warst plötzlich ganz anders und bist auch heute nicht mehr so, wie du früher warst."

„Da kannst du recht haben."

„War es eine Frau, Heinrich?"

Er schüttelte den Kopf und sah sie an. „Keine Frau, ein Mädchen."

„Kannte ich sie?"

„Ja und nein. Erinnerst du dich an das Mädchenbild in der Ausstellung?"

„Noch ganz genau sogar. Dieses Gesicht hat sich mir unwillkürlich eingeschrieben."

„Sie ist die Frau meines Bruders, meine Schwägerin also."

„Ach, du mein Schreck!" lachte Sabine und hatte plötzlich eine Erinnerung. „Sahen wir sie nicht damals, als wir zur Bahn gingen?"

„Ja, richtig."

„Und warum hast du sie nicht geheiratet?"

„Sie gehörte meinem Bruder, Sabine. An ihm konnte und durfte ich nicht zum Dieb werden."

„Nein, dazu warst du zu anständig. Hat auch sie dich geliebt?"

„Ja, sehr."

„Nun begreife ich. Ihretwegen hast du das Opfer gebracht. Ihretwegen bist du ins Gefängnis gegangen."

„Ein Grund zum Spotten für dich, nicht wahr?"

„Du täuschst dich, Heinrich. Ich bewundere dich jetzt noch mehr."

„Ich bilde mir nichts darauf ein."

„Und du liebst sie heute noch?"

Er lächelte sie ganz freundschaftlich an und hob sein Glas.

„Trink, Sabine, und frag nicht so schrecklich viel." Dann wurde er wieder ernst. „Weißt du — es gibt Dinge im Leben, die stärker sind, als man selbst ist. Und dieses Stärkere zieht sich dann wie ein roter Faden durch das ganze Leben durch. Ich weiß nicht, ob du mich verstehst, Sabine — aber ich hätte nie wieder eine andere Frau lieben können."

„Doch, Heinrich, ich verstehe dich ganz gut. Ah, da kommt mein Mann!"

Auf den Tisch steuerte ein großer, breitschultriger Herr zu. Sein Gesicht war rosig rund, ein kleiner blonder Bart gab diesem Gesicht etwas Gemütvolles.

Noch ehe er den Mantel ablegte, reichte er Sabine die Hand. „Entschuldige, Liebes, wenn ich mich etwas verspätet habe."

„Nicht der Rede wert", lachte Sabine. „Nebenbei bemerkt, verspätest du dich immer. Darf ich dir einen alten Bekannten, Rechtsanwalt Doktor Rainer vorstellen."

„Freut mich, freut mich riesig", sagte der andere und schüttelte Heinrichs Hand. Der war im Zweifel, ob es Sabines Gatten wirklich so riesig freute. Aber er stellte bald fest, daß Herr Buchberg sich wirklich riesig freuen konnte. Sein ganzes Wesen war von einer ursprünglichen Herzlichkeit. Er konnte sich zum Beispiel auf das Essen freuen wie ein Kind, bestellte sich aber statt des Weines Bier, weil er einen bildschönen Durst hatte, wie er sich ausdrückte.

„Hast du den Vertrag nun unter Dach bringen können, Oswald?" fragte ihn Sabine.

„Ja doch. Aber dieser Winkler ist einer meiner schwierigsten Autoren. Läßt sich einfach nichts abzwacken. Mit knapper Not habe ich ihm diese erotische Szene in Rom abhandeln können. Wird gestrichen jetzt. Du weißt schon, Sabine, wo die beiden in einer Jagdhütte übernachten und sündig werden. Geht nicht, geht einfach nicht. Wissen Sie", wandte er sich an Heinrich, „Geldverdienen ist ganz schön, und ich tue es riesig gern (offenbar tat er alles riesig gern), aber es muß mit sauberen Mitteln verdient werden. Auf Schwülstigkeiten lasse ich mich nicht ein. Ein Verleger hat auch eine sittliche Verpflichtung. Apropos, Herr Doktor, schreiben Sie auch?"

„Nein", antwortete Sabine. „Heinrich ist doch Rechtsanwalt. Du dürftest eigentlich seinen Namen schon gehört haben. So unbekannt ist er ja gerade nicht."

„Möglich, möglich", gab Buchberg zu und machte sich mit Lust über den saftigen Lendenbraten her, den Sabine ihm auf den Teller legte. „Ist eigentlich ganz gut, wenn wir einen Rechtsanwalt in unserem Bekanntenkreis haben. Braucht man oft. Oder wenn es dir gerade einmal einfallen sollte, dich von mir scheiden zu lassen."

„Kindskopf!" lachte Sabine und gab ihm mit der Serviette einen zärtlichen Klaps ins Genick.

„Würde ich grundsätzlich nicht annehmen", sagte Heinrich.

„Warum nicht? Geschäft ist Geschäft."

„Aber die Ehe ist kein Geschäft. Ich überlasse solche Fälle stets meinen jüngeren Kollegen."

„Diese Auffassung ist mir interessant — ich meine, sie von einem Rechtsanwalt zu hören."

„Ja, ich habe meine eigenen Vorstellungen von einer Ehe. Vielleicht sind sie veraltet, aber es ändert nichts an meiner Auffassung, daß man das, was Gott zusammenfügt, nicht trennen kann."

„Die Menschheit schert sich aber herzlich wenig darum."

„Leider. Es würde in der Welt ganz anders aussehen, wenn die Begriffe der Moral und der Sittlichkeit in Verbindung mit wirklicher Liebe wieder zu Grundpfeilern des menschlichen Daseins würden. Sehen Sie, ich kann zum Beispiel nicht begreifen, daß zwei Menschen, die sich einmal geliebt haben oder wenigstens geglaubt haben, daß sie sich lieben, wenige Jahre später schon vor dem Scheidungsrichter stehen und sich gegenseitig die schamlosesten Dinge an den Kopf werfen, daß selbst ein Außenstehender dabei erröten müßte. Mir sind solche Szenen ein Ekel, und ich lehne daher jeden Scheidungsprozeß ab, das heißt, ich selbst will dabei nicht als Anwalt auftreten."

„Es gibt aber Frauen, die sich nie dem Wesen des Mannes anpassen können", meinte der Verleger.

„Das muß der Mann dann vor der Ehe schon erkennen, wenn er ein Mann sein will. Es kommt auch auf die Art des Mannes an, das Wesen der Frau, die er liebt, zu erfassen."

Buchberg wischte sich den Mund ab und legte die Serviette zusammen. Sabine reichte ihm das Schälchen mit den Zahnstochern.

„Danke, Liebes. Sie sind ein Idealist, Herr Rechtsanwalt."

„Ohne dabei etwas erreichen zu wollen. Nach meiner Ansicht muß die Frau dem Manne Kameradin sein. Das bildet eine gesunde Basis."

„Sie sollten eigentlich doch schreiben, Doktor. Ich glaube, Sie hätten das Zeug in sich."

Heinrich schüttelte den Kopf. „Um schreiben zu können, genügt nicht Begabung allein; es gehört mehr dazu."

„Richtig. Aber Ihre Anschauung über Liebe und Ehe

ist so bestechend folgerichtig, daß Ihnen unbedingt ein gutes Buch gelingen müßte."

„Ich will es lieber nicht versuchen", meinte Heinrich.

„Dabei ist er selber gar nicht verheiratet", warf Sabine ein.

Herr Buchberg riß die Augen auf.

„Das ist nicht die Möglichkeit! Ein Mensch mit solch gesunden Grundsätzen, und läuft allein durchs Leben! Ich darf sagen, ich bin enttäuscht. Menschenskind, dann halten Sie sich aber dran! Sie versäumen das Beste vom Leben. Ich weiß zwar nicht, wie alt Sie sind, aber nach meiner Schätzung nicht mehr weit weg von dem gefährlichen Alter, wo der Mann zum pedantischen Junggesellen wird. Da ist er dann meistens für eine gute Ehe verdorben."

Das war so ulkig nett gesagt, daß Heinrich laut auflachen mußte. Im übrigen sah er, daß diese beiden Menschen trefflich zusammenpaßten. Es tat ihm sogar ein wenig weh, als er sehen durfte, wie mütterlich Sabine sich um ihren Mann bemühte. Ein Gefühl unsäglicher Einsamkeit wollte ihn überkommen, denn er mußte an Barbara denken, und wie schön es wäre, wenn sie bei ihm säße und seine Hand hielte, so wie Sabine die Hand ihres Mannes hielt, wenn es auch nur unter dem Tisch geschah, damit er es vielleicht nicht sehen sollte.

Die unbeschwerte Art des Mannes aber ließ keine Düsterkeit in Heinrich aufkommen. In seinem Berufsleben als Verleger hatte Buchberg soviele Erfahrungen gesammelt, daß er angeregt darüber plaudern konnte. Heinrich erfuhr dabei auch, daß Sabine als Lektorin mit tätig war, und daß ihr Urteil fast immer treffend und unbestechlich war.

Also doch Kameraden, dachte er und freute sich neidlos am Glück der beiden.

Es war schon ziemlich spät, als sie aufbrachen. Buchbergs brachten Heinrich in ihrem Wagen zu seiner Wohnung.

„Es war ein sehr anregender Abend, Herr Doktor", sagte Buchberg beim Abschied. „Es wäre riesig nett, wenn Sie einmal zu uns kommen wollten. Was meinst du, Sabine?"

„Ich würde mich natürlich sehr freuen, doch fürchte ich, daß der Doktor eine Ausrede haben wird."

„Nicht einmal", sagte Heinrich und drückte Sabine herzlich die Hand. „Wenn ich einmal recht einsam bin, würde ich mich freuen, kommen zu dürfen." — —

Langsam glitt der Wagen in die Nacht hinein. Heinrich sah zum Himmel auf. In der glasklaren Nacht schimmerten hell die Sterne, aber es schien ihm, als ob ihr Licht über der Großstadt nicht ganz den reinen und makellosen Glanz hätte wie draußen über den Bergen.

Auf jeden Fall schienen sie aber auch über Roßgotten in dieser Nacht. Und damit war der Kreislauf seines Denkens trotz des anregenden Abends wieder dort angelangt, wo er wohl immer und ewig anlangen würde: bei Barbara, der jungen Bäuerin von Roßgotten.

*

In der Woche darauf kam die Mutter ihn besuchen. Sie brachte ihm alles das mit, was er Georg aus dem Gefängnis hatte tragen lassen, so daß er endlich seinen Koffer am Bahnhof abholen konnte. Sie brachte ihm auch viele herzliche Grüße von allen im Hause.

So leid es ihm tat, er mußte nun doch Barbaras Bild wieder entfernen. Nur einem einzigen Menschen hatte er sein Herz geöffnet und ihn in den Schrein seiner

Liebe schauen lassen: Frau Sabine Buchberg. Und das war doch sehr merkwürdig, daß er sich gerade ihr erschlossen hatte. Sonst aber würde niemals ein Mensch von seiner Liebe zu Barbara erfahren. Auch die Mutter nicht.

Die Mutter blieb eine volle Woche. Sie konnte es sich jetzt leisten. Daheim wußte sie alles in bester Ordnung. Barbara war ja endlich Bäuerin und Frau des Hauses. Sie aber war die Matrone geworden, weil das Wort „Alte“ auf ihre Erscheinung nicht passen wollte, denn sie ging noch ganz aufrecht, mit großen Schritten, und ihr Gesicht war noch fast ohne Falten, obwohl ihr Haar die Farbe von Altsilber hatte.

Heinrich machte ihr den Aufenthalt in der Stadt so schön wie nur möglich. Er führte sie ins Theater, zeigte ihr Sehenswürdigkeiten und blieb nur in strikter Ablehnung, wenn die Mutter ihn dazu überreden wollte, daß er mit ihr hinausfahre nach Roßgotten, damit er selbst erleben sollte, wie sehr sie alle, Georg, Barbara und die Kinder ihm dankbar waren.

„Hast du denn nie Heimweh?“ fragte sie enttäuscht.

„Ich trage meine Heimat so tief im Herzen, daß sie immer bei mir ist.“

„Aber an Vaters Grab solltest du doch einmal kommen.“

Er nickte nur und verschwieg, daß er kürzlich in einer Nacht draußen war und einen ganzen Arm voll Treibhausrosen auf die dünne Schneedecke gelegt hatte.

„Oder mir“, bohrte die Mutter hartnäckig weiter. „Mir wirst du doch wohl ans Grab gehen, wenn ich einmal hinunter muß.“

„Ja, Mutter“, antwortete er. „Aber das hat hoffentlich noch recht lange Zeit.“

„Es wäre ja schon wegen der Leute“, sagte sie. — —

Dann brachte er sie wieder an die Bahn, kaufte einen

ganzen Korb voll Süßigkeiten für die Kinder und winkte dem Zug so lange nach, bis er nicht mehr sichtbar war.

Die nächsten Tage und Wochen nahmen ihn beruflich wieder so in Anspruch, daß ihn sein Mitarbeiter oft warnen mußte, mit seinen Nerven nicht solchen Raubbau zu treiben.

Er lachte dazu, denn noch nie hatte er eine solche Spannkraft in sich gefühlt wie in dieser Zeit.

So kam Weihnachten und Neujahr heran. Heinrich schrieb seine herzlichen Wünsche nach Roßgotten und feierte Silvester im Hause des Verlegers Oswald Buchberg.

*

Die Jahre gingen dahin. Der junge Heinrich Rainer führte jetzt schon den Pflug und kam in das Alter, in dem sein Vater heimlich und leise über die Jährlingsweiden gestiegen war, um das Mädchen Barbara zu treffen.

Die Mädchen wuchsen auch heran, alle gesund und zuverlässig. Die zweite, Monika mit Namen, war das vollendete Ebenbild Barbaras und glich auch in ihrem Wesen am meisten der Mutter, so daß Georg oft meinte, die Jahre hätten sich zurückgedreht.

Georg bewirtschaftete mit Umsicht und Fleiß das größer gewordene Gut, denn seit Barbaras Mutter im Murhäusl das Zeitliche gesegnet hatte, waren auch die Grundstücke dort oben zu Roßgotten gekommen. Das Häusl aber stand noch, und Georg sagte oft zu Barbara, daß er später einmal dort hinauf ziehen wolle in den Austrag, weil man von dieser Höhe aus alles am besten übersehen könne, wie die Jungen drunten dann wirtschaften würden.

Jetzt hätte man freilich Georg mit Heinrich nicht mehr verwechseln können. Er war beleibt geworden und hatte sich auf der Oberlippe einen Bart stehen lassen, der ihm zuweilen ein wenig struppig in die Mundwinkel hing. Auch seine Schultern neigten sich schon ein wenig nach vorn, wie bei Leuten, die ihr ganzes Leben lang schwer gearbeitet haben.

Wie die Zeit vergangen war, das merkte man aber am besten, wenn man jetzt die Matrone über den Hof gehen sah. Ihr Haar war so weiß geworden wie Schnee, ihre Stimme war dünn und leise, ihr Schritt hatte alle Kraft verloren, und sie trippelte nur noch mit gebücktem Rücken vom Haus bis zur Bank am Ende des Apfelgartens, von wo aus sie ins Tal hinunterschauen konnte.

Und eines Tages wurde sie gefällt wie ein Baum. Keine Stunde in ihrem Leben ernstlich krank, traf sie, sechsundsiebzigjährig, ein Herzschlag.

Was würde Heinrich nun für eine Ausrede finden? Diesmal mußte er sich keiner Operation unterziehen, und diesmal war er auch nicht gerade im Ausland, wie bei Vaters Tod; denn Georg hatte vor ein paar Tagen in der Zeitung gelesen, daß dem bekannten Rechtsanwalt Justizrat Dr. Heinrich Rainer die Verteidigung in einem großen Devisenschmuggelprozeß übertragen worden war.

Auf alle Fälle war sofort ein Telegramm an ihn aufgegeben worden. — —

Drei Tage vergingen. Barbara hatte die gute Kammer hergerichtet, die Mädchen stellten einen Feldblumenstrauß in das Zimmer und waren furchtbar neugierig auf diesen Onkel Heinrich, von dem die Rede ging, daß er ein Sonderling geworden sei.

Als der dritte Morgen anbrach und die Mutter aus

dem Haus gesegnet wurde, da gab es Barbara auf. Nun wußte sie, daß sie Heinrich nie mehr in ihrem Leben sehen würde.

Die Glocken läuteten mit dumpfem Klang aus dem Tal. Vom Berg herunter bewegte sich der Leichenzug dem Dorf zu. Schon bog er jetzt beim Lammwirt um die Ecke, da fuhr eine dunkelblaue Limousine ins Dorf herein und hielt bei der Schmiede.

Heinrich stieg aus, nahm einen Kranz aus lauter dunkelroten Rosen auf den Arm und reihte sich schweigend in den Trauerzug ein. Zu dritt gingen sie nun hinter dem Sarg: Heinrich, Georg und Barbara. War es überhaupt noch Heinrich? Jener Heinrich aus der versunkenen Zeit, der flotte Student, der einmal in einer dunklen Sommernacht von der Liebe der blühjungen Barbara beglückt wurde, weil er wie Georg aussah?

Heute erinnerte nichts mehr daran, daß die beiden einander jemals zum Verwechseln ähnlich gesehen hatten. Diese Gleichheit hatte anscheinend nur bis dahin dauern dürfen, daß Heinrich an Georgs Statt vor die Schranken des Schwurgerichtes treten konnte. Heute wäre dies nicht mehr möglich.

Die Schultern hochgezogen, ging Georg hinter dem Sarg. Sein Haar war licht geworden und sprang an der Stirn schon weit zurück. Heinrich dagegen ging aufrecht und gerade, war Grandseigneur vom Scheitel bis zur Sohle. Und doch waren die Jahre auch an ihm nicht spurlos vorübergegangen. Er trug eine Hornbrille, und sein schöngewelltes Haar schimmerte an den Schläfen silbergrau.

Barbara sah es und hatte plötzlich das Empfinden, als müsse sie darüber hinstreichen. Sie möchte ihm ein gutes Wort sagen. Aber die Totenglocken läuteten wieder. Sie bogen jetzt in den Friedhof ein und hatten den gleichen Schritt alle drei: Heinrich, Georg und Barbara.

Der Geistliche sprach gute und tröstliche Worte am Grabe. Er hob das Bild der Mutter in ein helles und reines Licht, das den Hinterbliebenen nie erlöschen könne. Er sprach weiter von einer kleinen Weile und wieder einer kleinen Weile. Georg ging es sehr zu Herzen, er weinte hemmungslos und hatte sich nicht in der Gewalt wie Heinrich, dem es genauso naheging. Bei ihm fielen die Tränen nach innen. — —

Als dann alles vorüber war, stand die ganze Familie um die dunkelblaue Limousine herum. Der Justizrat Dr. Rainer sah die Kinder der Reihe nach an. Sein Blick kreuzte sich mit dem des Jünglings Heinrich, in dessen Augen er das Spiegelbild seiner eigenen Jugend zu finden glaubte.

Endlich sagte Georg: „Du kommst doch mit zu uns herauf?"

Heinrich schaute auf die Uhr. „Ich weiß nicht — eigentlich hatte ich nicht die Absicht."

„Bitte, komm mit", sagte jetzt Barbara, und Heinrich dachte, daß ihre Stimme nicht mehr ganz so glockenrein sei wie ehedem. Aber dann wandte er den Kopf und sah die junge Monika an. In ihr sah er die Barbara der versunkenen Jahre wieder.

Schließlich bettelten alle vier Kinder, daß er mitkommen solle. Da konnte er nun doch nicht mehr nein sagen.

„Gut, aber nur bis zum Abend", gab er nach. „Morgen früh muß ich nämlich schon frühzeitig bei Gericht sein."

„Es ist nur", sagte Georg, „wir müßten zuerst noch ins Gasthaus gehen. Dort ist nämlich die ganze Verwandtschaft versammelt. Sie würden es uns arg übelnehmen."

„Auch das noch", seufzte Heinrich. Da aber zwei der Mädchen sich links und rechts an seine Arme hängten, blieb ihm nichts anderes übrig, als mitzukommen.

Georg war mächtig stolz auf den Bruder.

„Mein Bruder, der Justizrat", sagte er zu denen, von denen er glaubte, daß sie Heinrich nicht kennten. Oder er trieb es noch höher, indem er hinzufügte: „Der berühmte Rechtsanwalt. Ihr wißt doch."

Natürlich wußten sie es. Aber viele kannten ihn wirklich nicht mehr, denn der Student war anders gewesen als dieser ernste Mann dort am Tisch, der nur zuweilen ein gutes Lächeln an die schönen Mädchen an seiner Seite verlor oder mit dem Jüngling Heinrich sprach. — —

Nach dem Mittagessen fuhren sie nach Roßgotten. Spielend nahm der schwere Wagen die Steigung.

Als Heinrich in die Stube trat, blieb er eine Weile ganz still wie in Andacht versunken vor dem Bild des Vaters stehen, das mit Blumen geziert an der Wand hing.

Georg führte ihn durch den Hof. Er konnte es mit ruhigem Gewissen tun, denn es war noch alles so voll peinlicher Sauberkeit wie zu Vaters Zeiten. Manche Neuerungen hatte er inzwischen durchgeführt, und Heinrich hörte sich alles geduldig an.

Inzwischen hatte Barbara drinnen den Kaffeetisch gedeckt. Da saß die ganze Familie nochmals beisammen.

„Über Nacht willst du nicht hierbleiben?" fragte Barbara.

„Nein, es geht wirklich nicht", antwortete Heinrich, der wohl einsah, daß er Barbara allein nicht würde sprechen können, selbst wenn er die Nacht über bliebe.

Er hatte aber nicht mit Barbaras Willen gerechnet, die es darauf angelegt hatte, daß sie ihm allein gegenüberstehen könnte, weil sie sonst ihr Geheimnis bis ans Ende ihres Lebens tragen und ins Grab mitnehmen müßte.

Als es schon Abend werden wollte, hatte sie es erreicht. Sie waren für einen Augenblick allein in der Stube. Und als sie so voreinander standen und sich in die Augen sahen, da war ihnen, als läge gar kein Vierteljahrhundert zwischen heute und jener Stunde, in der sie ihren Abschied nahmen. Ihre Hände lagen auch jetzt ineinander. Nur war heute alles ausgeglüht, und darum konnte es Barbara ruhig wagen, mit ihrer Hand sein Schläfengrau zu streicheln.

„Ach ja, Heinrich", flüsterte sie leise. „Nun sind wir alt geworden, wir beide — du und ich."

Ihre Stimme schnitt ihm tief in die Seele.

„Denkst du noch manchmal an uns beide, Barbara?"

„Ich muß es wohl, Heinrich, denn — etwas gibt es, das mich immer an dich erinnern wird."

„Ja, mein kleines Tagebuch. Hast du es noch?"

Sie nickte und dachte an das rotgebundene Büchlein, das sie tief in ihrem Wäscheschrank versteckt hatte und in dem sie in ganz einsamen und stillen Stunden las, an einem Sonntagnachmittag vielleicht, wenn draußen die Welt in Blüten stand und die Bienen summten.

„Aber das allein ist es nicht, Heinrich. Ich meine — das Muttermal hinter dem linken Schulterblatt meines Sohnes."

Betroffen wich er einen Schritt zurück. In seinem Gesicht spannte sich jeder Zug. Eine tiefe Stille entstand.

„Barbara — ist das die Wahrheit?"

Sie sah ihm fest und tief in die Augen. Dann senkte

sich ihr Kopf mit dem immer noch schönen Haar immer tiefer.

„Ja, Heinrich, es ist die reine Wahrheit."

Sie ging von ihm weg, zum Fenster hin und zupfte ein paar welke Geranienblätter ab. Heinrich sah zu ihr hin, sah das Licht der Sonne über ihre schmalen Schultern rieseln und hörte dabei sein eigenes Herz klopfen in einem rasenden Rhythmus.

„Barbara — warum hast du es mich nie wissen lassen?"

Langsam wandte sie ihm ihr Gesicht zu. „Was hätte es für einen Sinn gehabt?"

„Es hätte alles anders werden können."

„Nein, dazu war es schon zu spät. Als mir dies zur Gewißheit wurde, war ich schon Jungbäuerin zu Roßgotten. Aber du weißt nicht, Heinrich, wie oft ich dich herbeigesehnt habe, damit ich mein Geheimnis nicht so gnadenlos allein durchs Leben tragen müsse. Aber du kamst nicht."

„Nein, ich kam nicht, weil ich nicht konnte."

„Einmal nur in meinem Leben wollte ich dich noch einmal sehen — ein letztesmal. Und heute ist dieses letzte Mal. Ich weiß das ganz genau, Heinrich. Nun wirst du nie mehr wiederkommen."

„Ich darf nicht, Barbara, weil mein Herz — —"

„Sei still, ich höre einen Schritt."

„Nur eines sag mir noch: Weiß er es?"

„Einmal glaubte ich, daß er es ahnte, aber er hat dann nie ein Wort davon gesprochen."

Der Schritt war an der Tür vorübergegangen. Heinrich trat auf Barbara zu und nahm ihr Gesicht in seine Hände.

„Was du mir jetzt gesagt hast, Barbara, ist das Tiefste und Schönste in meinem Leben geworden, auch wenn es wie Schuld aussehen mag."

Sie lächelte ihm mutig in die Augen.

„Das, womit du schuldig geworden zu sein glaubst, das hast du gebüßt, Heinrich. Daß du für deinen Bruder ins Gefängnis gingst, war weit größer als das, was du dir als Schuld aufrechnen möchtest."

„Du machst es einem leicht", antwortete Heinrich. Dann neigte er sich und küßte sie auf die Stirn. Er schloß die Augen, um nicht sehen zu müssen, wie sehnsüchtig weich ihr Mund in diesem Augenblick war.

Dann trat er zurück und nahm seinen Mantel vom Kleiderständer.

In diesem Augenblick trat Georg in die Stube.

„Ach, da seid ihr ja", sagte er froh lächelnd. „Du willst also wirklich nicht zur Nacht bleiben? Was ich eigentlich noch fragen wollte: Verheiratet bist du nicht?"

Heinrich streifte den einen Handschuh über.

„Ich — habe nicht geheiratet."

„Es fällt mir nur so ein, weil ich vorher an das Mädchen Sabine denken mußte. Ihr Bild hängt noch droben", versicherte Georg und strich sich dabei über das schütter gewordene Haar. Dabei traf er lächelnd die Feststellung: „Heute würde uns wohl niemand mehr verwechseln."

Heinrich konnte nicht recht erkennen, ob Georg auf etwas Bestimmtes anspielen wollte. Er zog den Handschuh wieder aus und griff nach dem Hut. Es war doch eine große Verlegenheit in ihm.

„Weil du gerade von Sabine sprichst", sagte er. „Sie hat sich glänzend verheiratet, hat einen prächtigen Mann und ein paar liebe Kinder. Ich verkehre öfters dort. Ein wenig komisch, nicht wahr? Ja — was wollte ich gleich noch sagen? Richtig. Ein neuer Grabstein ist notwendig, habe ich gesehen. Ich bitte, das mir zu überlassen." — —

Draußen scharten sich alle noch einmal um den Wagen. Heinrich gab den Kindern die Hand, einem nach dem andern. Zu Monika sagte er: „Wenn du einmal Lust hättest, könntest du zu mir in die Stadt kommen, damit es nicht gar so einsam ist um mich."

Zuletzt lag Barbaras Hand in der seinen. Ihre Hände waren rauher geworden. Aber liebe, gesegnete Hände, dachte er voller Demut. Dabei sah er ihr in die Augen, und an diesem letzten Blick erkannte sie, daß sie ihn zum letzten Male sah.

Dann stieg er schnell in den Wagen. Der Motor sprang an. Eine graue Staubwolke stieg auf und verschwand dann hinter fernen Wäldern.

* *

*